带你走进文学

王子安◎主编

汕头大学出版社

图书在版编目（ＣＩＰ）数据

带你走近文学 / 王子安主编. -- 汕头 ： 汕头大学
出版社， 2012.5（2024.1重印）
ISBN 978-7-5658-0801-2

Ⅰ．①带… Ⅱ．①王… Ⅲ．①文学－作品－世界－普
及读物 Ⅳ．①I106-49

中国版本图书馆CIP数据核字(2012)第097691号

带你走近文学

主　　编：王子安
责任编辑：胡开祥
责任技编：黄东生
封面设计：君阅天下
出版发行：汕头大学出版社
　　　　　广东省汕头市汕头大学内　　邮编：515063
电　　话：0754-82904613
印　　刷：三河市嵩川印刷有限公司
开　　本：710 mm×1000 mm　1/16
印　　张：16
字　　数：90千字
版　　次：2012年5月第1版
印　　次：2024年1月第2次印刷
定　　价：69.00元
ISBN 978-7-5658-0801-2

前　言

　　浩瀚的宇宙,神秘的地球,以及那些目前为止人类尚不足以弄明白的事物总是像磁铁般地吸引着有着强烈好奇心的人们。无论是年少的还是年长的,人们总是去不断的学习,为的是能更好地了解与我们生活息息相关的各种事物。身为二十一世纪新一代的青年,我们有责任也更有义务去学习、了解、研究我们所处的环境,这对青少年读者的学习和生活都有着很大的益处。这不仅可以丰富青少年读者的知识结构,而且还可以拓宽青少年读者的眼界。

　　文学是种心灵的艺术,不仅记述着人的故事,更在故事里承载着情感。文学通过讲述的故事表达着创造者的心灵,影响着阅读者的心灵。诸如诗词、散文、小说、戏剧、影视文学,均是文学的表现形式,在这些形式中,不同的语言文字讲述方式,不同的修辞方法,构成了各自的特色。但影响读者心灵、给予情感体验则是共通的。自古以来,无论是中国还是外国,文学均是最为枝繁叶茂的文化巨树,硕果累累。本文介绍的即是跟文学相关的知识,共分为十一章,分别讲述了先秦、秦汉、魏晋南北朝、唐代、两宋辽金、蒙元、明代、清代、中国近现代等各个时期的文学作品。此外,本文还介绍了欧洲、非洲和拉丁美洲的文学作品,涵盖广泛,内容齐全。通过阅读此书,可以开阔青少年学生的眼界，增长他们的知识。

综上所述，《带你走进文学》一书记载了文学知识中最精彩的部分，从实际出发，根据读者的阅读要求与阅读口味，为读者呈现最有可读性兼趣味性的内容，让读者更加方便地了解历史万物，从而扩大青少年读者的知识容量，提高青少年的知识层面，丰富读者的知识结构，引发读者对万物产生新思想、新概念，从而对世界万物有更加深入的认识。

此外，本书为了迎合广大青少年读者的阅读兴趣，还配有相应的图文解说与介绍，再加上简约、独具一格的版式设计，以及多元素色彩的内容编排，使本书的内容更加生动化、更有吸引力，使本来生趣盎然的知识内容变得更加新鲜亮丽，从而提高了读者在阅读时的感官效果，使读者零距离感受世界万物的深奥、亲身触摸社会历史的奥秘。在阅读本书的同时，青少年读者还可以轻松享受书中内容带来的愉悦，提升读者对万物的审美感，使读者更加热爱自然万物。

尽管本书在制作过程中力求精益求精，但是由于编者水平与时间的有限、仓促，使得本书难免会存在一些不足之处，敬请广大青少年读者予以见谅，并给予批评。希望本书能够成为广大青少年读者成长的良师益友，并使青少年读者的思想得到一定程度上的升华。

2012年7月

目录
contents

第一章

原始思辯的先秦文學

先秦即秦代以前，指公元前221年秦朝统一天下以前的历史，包括原始社会、奴隶社会和早期封建社会。先秦文学主要是周代文学，尤其是春秋战国时代的文学。《诗经》、史传散文、诸子散文和楚辞都是周代文学的主体。先秦文学的内容主要包括中国文学的起源、口头文学、早期书面文学和成熟的书面文学。从文学体裁的角度来说，先秦文学时期，诗歌、散文、辞赋等文学形式一应俱全。而且史传散文产生了文诰、编年、国别、谱牒等体例，诸子散文形成了专题论文、论说文的体制，应用文包括典、谟、训、诰、誓、命、书信、盟誓、祝文、祝辞、箴、诔、铭文等文体。战国时期出现的楚辞是指以具有楚国地方特色的乐调、语言而创作的诗赋。

先秦文学是我国古代文学产生发展的最早阶段，其文学成果有古代神话、古代歌谣、《诗经》、历史散文、诸子散文、先秦寓言、《楚辞》等，这些为我国几千年文学发展奠定了一定的基础。先秦散文分为历史散文与诸子散文。由于先秦时代的军政特征，使得此时的文学作品基本都具有浓郁的政治味道。接下来，本章主要通过对先秦时期主要文学作品的介绍来阐述先秦文学。

先秦历史散文

我国历史散文的产生比诸子散文要早，它的发展与文字、史官之间的关系非常密切。我国史官分左史、右史，一般左史记言，右史记事。春秋战国的各国诸侯均重修史，因而史籍大兴，历史散文得到了很大的发展。从时间角度来说，先秦历史散文分为三个阶段。第一阶段从夏到春秋，以《尚书》《春秋》为代表，《尚书》记言，《春秋》记事，文字古朴简洁。第二阶段从春秋末到战国初，代表作是《左传》《国语》，既记言又记事，篇幅加长，富于文采。第三阶段是战国中后期，以《战国策》为代表，采取国别体，使历史散文发展到高峰。先秦历史散文的总趋势是由简到繁，由片断文辞到详细生动的记言、记事、写人。从文史间的关系来说，先秦历史散文带有极强的文学特色，将神话、传说渗入史籍，使历史事件故事化，注重人物刻划、声情并茂。先秦历史散文对后世书书、散文、诗歌、小说、戏曲等有重大影响。接下来我们就来说一说几部具有代表性的先秦历史散文著作。

◆《左传》

《左传》是记录春秋时期社会状况的典籍，取材于王室档案、鲁史策书、诸侯国史等。《左传》是《春秋左氏传》的简称，原名《左氏春秋》，也称《春秋古文》《左氏传》。其作者是春秋末年的左丘明。《左传》是我国现存第一部编年体断代史，记事起于鲁隐公元年（前722年），止于鲁哀公二十七年（前468年）。《左传》补充且丰富了《春秋》的内容，一改《春秋》流水账式的记史方法，引征了许多古代史实。记事以《春秋》鲁国十二公为次序，内容包括诸侯国间的聘问、会盟、征伐、婚丧、篡弑等，主要记录了周王室的衰微，诸侯争霸的历史，以及诸如礼仪规范、典章制度、社会风俗、民族关系、天文地理、历法时令、神话传说等。

《左传》写到的人物达四千多，其王侯将相、学者说客、宰竖商贾、倡优役人、盗贼侠勇等，这些人物的容貌、性格鲜明，或以细节描写深化人物性格，或通过人物的语言和行动表现人物性格，如"曹刿论战"。同时，《左传》的语言简炼、含蓄、曲折，极富表现力。总之，《左传》为后世史传文学、小说、诗歌、戏剧的创作提供了艺术借鉴，是研究先秦历史和春秋历史的重要文献，代表了先秦史学的最高成就，对确立编年体史书的地位起了很大作用。

◆《战国策》

《战国策》是部国别体史书，西汉刘向加以整理，定名《战国策》。全书分东周、西周、秦、齐、楚、赵、魏、韩、燕、宋、卫、中山12国策。记事年代，上接春秋，下至秦并六国。基本内容是战国时代谋臣策士纵横捭阖的斗争及有关谋议或说辞。在权谋、战争、残杀的记述中，揭露了统治者的腐败与残忍，表现了作者对

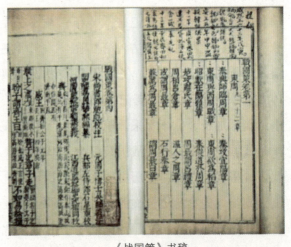

《战国策》书稿

权谋的推崇。记载了许多政治开明、反抗强暴的君主、卿相、士人、下吏的事迹。

《战国策》的文学成就首先表现在长于说辞，其中的名篇有"触龙说赵太后""邹忌讽齐王纳谏""苏秦游说六国""张仪游说诸侯"等。《战国策》所写人物上至国君，下至平民百姓，计有六百余人，涉及面超过先秦任何史籍。其表现的人物以谋臣策士为主，善于把写人、叙事结合起来。另外，《战国策》运用了丰富多彩的修辞手段和寓言故事，言短意长，文学性强。《战国策》孕育了汉代的史传文学、汉赋等。

邹忌讽齐王纳谏

◆《国语》

《国语》与《左传》同时问世的另一部史书是《国语》，又称《左氏外传》《春秋外传》，可能是战国初期史官汇集西周、春秋列国史记编选而成。《国语》是我国现存的第一部国别体史书。全书以记言为主，记事为辅，记事上起周穆王征犬戎（约前976年），下止韩、赵、魏灭智伯（公元前453年），分为"周语、鲁语、齐语、晋语、郑语、楚语、吴语、越语"八部分。《国语》对八国的政治、外交、军事等，都有详略记述，表现了对统治者的奢侈暴虐的批判，及对"重民""忠恕""天命"思想和农业生产的推重。《国语》是部记言为主的史书，多用社会上层流行的口头语、俗语及政治用语，语言通俗自然，尤其是外交辞令写得精彩纷呈，名篇有《召公谏厉王弭谤》。其说理细密，分析精辟，层次清晰，章法严谨，如名篇《叔向贺贫》。场面描写方面则夸张渲染，气象宏伟，视野开阔，有声有色，在先秦散文中较为罕见，名篇有《吴欲与晋战得为盟主》。

 经典短篇文学欣赏

《诗经·国风·秦风·蒹葭》

蒹葭苍苍，白露为霜。所谓伊人，在水一方。
溯洄从之，道阻且长；溯游从之，宛在水中央。
蒹葭萋萋，白露未晞。所谓伊人，在水之湄。
溯洄从之，道阻且跻；溯游从之，宛在水中坻。
蒹葭采采，白露未已。所谓伊人，在水之涘。
溯洄从之，道阻且右；溯游从之，宛在水中沚。

先秦诸子散文

春秋末年，王权衰落，诸侯崛起，天下纷争，礼崩乐坏。在这种极端动荡不安的社会背景下，私学兴起，形成战国时的百家争鸣，诸子横议的情形。当时的中国思想文化阵地出现了诸如儒、道、阴阳、法、名、墨、纵横、农、杂、小说家等诸子十家。先秦诸子散文指的就是春秋战国时期诸子百家所表达的对自然、对社会、对政治的观点和主张的著作。从时间角度来说，先秦诸子散文也分为三阶段。第一阶段是春秋末期至战国初期，代表作有《论语》《墨子》，为语录体；第二阶段是战国中期，代表作是《孟子》《庄子》，为对话式论辩文、专题论文；第三阶段是战国后期，《荀子》《韩非子》是其代表作，为宏篇巨制的专题论文。

先秦诸子坚持独立思考，各抒己见，如孔子提倡仁义礼乐，墨子主张兼爱尚贤，庄子主张自然无为，韩非子大倡法术势。与之对应而形成独具个性的文风，如《论语》平易含蓄，《墨子》质朴明快，《孟子》辞锋雄辩，《庄子》文思奇幻，《荀子》比喻繁富，《韩非子》论辩透辟。此外，先秦诸子散文也为后世的叙事文学提供了营养。尤其是在思想上，先秦诸子散文对我国几千年的政治制度、文化艺术等方面产生了极为深远的影响。接下来我们就来介绍一些经典的先秦诸子散文名著。

◆《论语》

《论语》是孔门后学者记录孔子及其门人、时人言行的语录体著作，成书于战国初年，内容涉及哲学、政治、时事、教育、文学等方面，是儒家的重要经典，主要记载了孔子言行。因秦始皇焚书坑儒，到西汉时期仅有口头传授及从孔子住宅夹壁中所得的《论语》。西汉末年，张禹精治《论语》，并根据《鲁论语》，参照《齐论语》，另成《张侯论》。东汉末年，郑玄以《张侯论》为依据，参考《齐论语》《古论语》，作《论语注》，从而形成今日的《论语》。

孔子，名丘，字仲尼，鲁国陬邑（今山东曲阜）人，儒家鼻

孔子教学

祖，是我国第一个开办私学教育的人。青年从政，仕途不显，后聚徒讲学，周游列国。晚年讲学著述，整理典籍，《诗》《书》《易》《礼》《乐》《春秋》等都经他整理。孔子政治思想的核心是"仁"与"礼"。教学上主张因材施教，循循善诱。

《论语》的文学表现在它对孔子及其门人、弟子等性格形象的塑造上。如孔子思想深沉、举止端方、平易近人；子路直率、鲁莽、刚烈；颜渊沉默寡言、安贫乐道、敏而好学。另外，《论语》言简

意赅，朴素生动，富有哲理和情感色彩，语言风格平易隽永。《论语》有不少警句成为后人生活、学习、工作的座右铭，如"三人行必有我师焉""人无远虑，必有近忧""三军可夺帅，匹夫不可夺志"等。《论语》对中华民族的道德行为起到重大影响，在两千多年的历史中，一直是中国人的初学必读之书。

◆《孟子》

《孟子》是记载孟子及其弟子言行的语录体散文，由孟子和弟子万章合著。《汉书》把《孟子》放在诸子略中，视为子书。 五代十国的后蜀孟昶命人刻石经，其中包括《孟子》，这可能是《孟子》列入"经书"的开始。南宋孝宗时，朱熹将《孟子》与《论语》《大学》《中庸》合称《四书》，并成为《十三经》之一，《孟子》的地位才被推到高峰。孟子是孔子的孙子子思的再传弟子，晚年

孟 子

授徒讲学，著书立说，主张"王道""仁政"，反对不义战争和横征暴敛；提倡"民贵君轻"，以民为本，重视个人后天的道德修养。孟子藐视帝王，鄙夷奸佞，待人诚恳率直，有时近于天真。孟子赞同若君主无道，人民有权推翻无道政权的思想。

《孟子》文章雄辩，充满论战，但又注意论辩技巧，刚柔相济。或根据不同对象，掌握对方心理，妙设机巧，层层紧逼，步步追问，势不可挡。语言上，《孟子》词彩华赡，痛快流利，感情强烈，气势磅礴，富于鼓动性。书中词语如"明察秋毫""水深火热""出尔反尔""出类拔萃""心悦诚服""一曝十寒"等，都成为成语，至今流传。总之，《孟子》长篇大论，气势磅礴，议论尖锐、机智而雄辩，对后世的散文写作产生了深刻的影响。

◆《庄子》

《庄子》是庄子及其门人后学的著作，分为内篇、外篇、杂篇。一般认为，内篇是庄子自著，外、杂篇出于其门人、后学之手。庄子是战国中期道家学派最重要的代表人物，家境贫寒，轻视官禄，最崇拜老子；激烈批判现实黑暗，主张清静无为，顺应自然；提倡齐万物、一死生，追求绝对的精神自由。其思想对后世产生了深刻的影响。《庄子》的名篇有《盗跖》《说剑》《齐物论》《逍遥游》《大宗师》《养生主》等。

《庄子》在诸子散文中的艺

庄 子

术成就最高。其善于通过形象的比喻和情节性强的寓言故事说理，将文学与哲理熔为一炉。《庄子》中

《逍遥游》

的寓言有180余则，想象丰富，生动形象，增强了文章的浪漫色彩。其次，《庄子》想象丰富，构思奇特，大胆夸张，具有浓厚的浪漫主义色彩。再次，《庄子》的语言在诸子中最高，嘻笑怒骂、激情澎湃、气势磅礴、语汇丰富。郭沫若认为《庄子》"秦汉以来的一部中国文学史差不多大半在他的影响之下。"

◆《荀子》

　　《荀子》是荀况及其门徒所作，大部分为荀子自著。荀子是与孟子齐名的儒学大师，其学说以儒学为基础，批判吸取诸家之说。荀子反对天命迷信，强调天人相分和"制天命而用之"；反对性善说，提倡性恶说，特别强调后天教育、环境影响及个人努力。弟子有韩非、李斯等。

　　《荀子》主要是长篇专题性论说文，善于围绕题目或一定的中心，以类比、引证、比喻、排偶反复说理，层层展开论述，结构严谨，说理透辟，风格沉着深厚，语言朴素简洁。《荀子》结构严谨，说理透彻，有很强的逻辑性。语言丰富多彩，善于比喻，排比偶句很多。值得注意的是，《荀子》中还含有《成相》《赋篇》。其中《成相》是用楚地民歌形式宣传政治主张的作品，为韵文；《赋篇》包括"礼""知""云""蚕""箴"五首小赋和所附"佹诗"二首。这些作品开了后世咏物赋、说理赋的先河。

◆《韩非子》

《韩非子》是战国末期法家代表人物韩非子创作的一部政治哲学文集，多为说理文，逻辑严密，分析透彻，条理分明，辞锋犀利；其善于用历史故事和寓言故事阐明事理，首先提出了矛盾学说。《韩非子》重点宣扬了韩非的法、术、势相结合的法治理论，达到了先秦法家理论的最高峰，为秦统一六国提供了理论武器，同时也为封建专制制度提供了理论根据。《韩非子》中有寓言故事三百多个，有较浓的文学色彩，如"守株待兔""郑人买履""买椟还珠""自相矛盾"等。记载的寓言故事蕴含着深隽的哲理，给人们以智慧的启迪，具有较高的文学价值。

◆《墨子》

《墨子》是墨子后学整理先师的言论、笔记而成，小部分是墨子自著。墨子，名翟，鲁国人，手工业者出身。墨学与儒学对立，墨学

韩非子

集团，既是学术团体，又是生活刻苦、纪律严明的政治团体。墨子提倡"尚贤""尚同""兼爱""非攻""节用""节葬""非乐""非命"，反映了当时中下阶层的愿望。《墨子》反对文采，讲究逻辑性，提出著名的"三表法"，强调为文立论要上"本之于

古者圣王之事""下察百姓人民之利"。因而全书风格质朴。其文章的结构是先提出问题，然后加以分析，最后作简括总结，有一定的文学性。名篇有《兼爱》《公输》《鲁问》《耕柱》等。

经典短篇文学欣赏

《诗经·国风·邶风·击鼓》

击鼓其镗，踊跃用兵。土国城漕，我独南行。
从孙子仲，平陈与宋。不我以归，忧心有忡。
爰居爰处？爰丧其马？于以求之？于林之下。
死生契阔，与子成说。执子之手，与子偕老。
于嗟阔兮，不我活兮。于嗟洵兮，不我信兮。

先秦儒家六经

六经，是春秋时期孔子教授和编译的六类科目的教科书。这六本教科书在汉代被称为"六艺"，包括《诗》《书》《礼》《易》《乐》《春秋》，又称为"六经"。孔子所教授的"六艺"与周朝教授的传统"六艺"（礼、乐、射、御、书、数）相比，是一种创新。"六经"是儒家的必读书目。

◆《诗经》

《诗经》是我国最早的诗歌总集，共收录周代诗歌305篇。《诗经》原称《诗》《诗三百》，汉代始称《诗经》。《诗经》的形式多样，包括史诗、讽刺诗、叙事诗、恋歌、战歌、颂歌、节令歌以及劳动歌谣。而且从诗歌的主题思想与内容角度来说，内容丰富，对周代社会生活的各个方面，如劳动、爱情、战争、徭役、压迫、反抗、风俗、婚姻、祭祖、宴会、天象、地貌、动物、植物等各方面都有所反映。因而，《诗经》是周代社会的一面镜子。同时从语言学角度来说，《诗经》的语言是研究公元前11世纪到公元前6世纪中国汉语的最重要资料。

《诗经》是中国韵文的源头，是中国诗史的起点。现存《诗经》是汉朝学者毛亨传下来的，又叫《毛诗》。《诗经》中的诗按所配乐曲的性质，分成风、雅、颂。所谓"风"，包括周南、召南、邶风、卫风、王风、齐风、魏风、唐风、秦风、陈风、桧风、曹风、豳

线装古籍《诗经》

风等，称"十五国风"，是黄河流域的民歌，共160篇；所谓"雅"，则包括小雅、大雅，共105篇，基本上是贵族的音乐作品；所谓"颂"，包括周颂、鲁颂和商颂，共40篇，是宫廷用于祭祀的歌词。

经典短篇文学欣赏

《诗经·国风·周南·关雎》

关关雎鸠，在河之洲。窈窕淑女，君子好逑。

参差荇菜，左右流之。窈窕淑女，寤寐求之。

求之不得，寤寐思服。悠哉悠哉，辗转反侧。

参差荇菜，左右采之。窈窕淑女，琴瑟友之。

参差荇菜，左右芼之。窈窕淑女，钟鼓乐之。

◆《尚书》

《尚书》原称《书经》，可单称《书》，是我国最古老的历史文献，保存了殷周时代的历史文件，属于"四书五经"中的"五经"。古人"尚"与"上"通用，"书"就是史。上古时，史为记事之官，书为史官所记之史，由于这部书所记载的是上古的史事，所以叫做《尚书》。《尚书》也就是上古史的意思。我国古代是"左史记言，右史记事。"左史记言，这个言就是指的《尚书》，右史记事，即为《春秋》。

《尚书》定本编成以后不久，秦始皇统一中国，始皇晚年下令焚书，先秦文字所写的《尚书》原本差不多全部被销毁。汉文帝时，寻求专门研究《尚书》的人，最后唯得在民间传授《尚书》的大师伏生。汉武帝时，曲阜孔壁中又发现《古文尚书》。但伏生所传的今文《尚书》亡于晋朝，孔安国的古文《尚书》亡于唐朝，只有刘宋时期出现的伪《孔传古文尚书》保留到今天。

《尚书》，先秦称《书》，汉始称《尚书》《书经》，分典、谟、训、诰、誓、命六种文体。因用汉代通行的隶书写定，故称《今文尚书》。《尚书》是第一部用文字记载的中国上古史，分为虞、夏、商、周四书，记载了共和元年即公元前841年至公元前682年的历史。《尚书》多为古代官方文告，反映了我国氏族社会末期到西周初期的政治、哲学、宗教、思想、法律、军事、历法等。《尚书》风格简朴，比喻说理，生动形象，名篇有《盘庚》《金縢》《顾命》《无逸》。《尚书》是五经中学术价值最高、最为艰深难读的文学著作。

◆《礼记》

《礼记》是战国至秦汉年间儒家学者解释说明经书《仪礼》的文章选集，内容主要是记载和论述先秦的礼制、礼意，解释《仪礼》，记录孔子和弟子等人间的问答，记述修身作人的准则。《礼记》是中国古代一部研究古代社会情况、典章制度和儒家思想的重要著作，儒家经典之一。《礼记》与《仪礼》《周礼》合称"三礼"，对中国文化产生过深远影响。《礼记》内容包括社会、政治、伦理、哲学、宗教等方面，名篇有《大学》《中庸》《礼运》等。

西汉宣帝在位时，戴德、戴圣各辑录一本，分别被后人称为《大戴礼记》《小戴礼记》，后者简称《礼记》。《大戴礼记》现存最早的注本是北周卢辩注。《小戴礼记》的主要注本有东汉郑玄的

《礼记》

《礼记注》，唐孔颖达的《礼记正义》。《大戴礼记》《小戴礼记》各有侧重和取舍，各有特色。东汉末年，由于著名学者郑玄为《小戴礼记》作了出色的注解，这个本子

便盛行不衰，逐渐成为经典，唐代列为"九经"之一，宋代列入"十三经"，成为士人必读之书。

◆ 《易经》

《易经》又称为《周易》，是我国一部最古老而深邃的经典，是华夏五千年智慧与文化的结晶，被誉为"群经之首，大道之源"。历史上的《易经》，据说有三种，即所谓的"三易"：一是《连山》，即产生于神农时代的《连山易》，是首先从"艮卦"开始，象征"山之出云，连绵不绝"。二是《归藏》，即产生于黄帝时代的《归藏易》，是从"坤卦"开始，象征"万物莫不归藏于其中"，表示万物皆生于地，终又归藏于地，一切以大地为主。三是《周易》，即产生于殷商末年的《周易》，是从"乾、坤"两卦开始，表示天地之间，以及"天人之际"的学问不同。如今，《连山易》《归藏易》已经失传，只有《周易》一种。

《易经》的成书时代有多种说法：一是成书于春秋时期。郭沫若认

大篆《易经》

为天地对立观念，在中国思想史上出现很晚；周金文中无八卦的痕迹，甚至无"地"字；乾坤等字古书中很晚才出现。足见《易经》不能早于春秋时期。二是成书于西周初年。张岱年根据卦爻辞中的故事，如"丧牛于易""丧羊于易""高宗讨鬼方"和"帝乙归妹"等，推论《易经》成书于成王时代。三是成书于殷周之际。金静芳认为，《易经》是殷周之际的作品。

《易经》包括《经》和《传》两部分。其中《经》分为《上经》《下经》。《上经》三十卦，《下经》三十四卦，一共六十四卦。六十四卦是由乾、坎、艮、震、巽、离、坤、兑八卦重叠演变而来的。每一卦由挂画、标题、卦辞、爻辞组成。《传》分为《彖》《象》《文言》《系辞》《说挂》《杂挂》和《序挂》。本质上讲，《易经》是一本关于"卜筮"之书。"卜筮"就是对未来事态的发展进行预测，而《易经》便是总结这些预测规律的书。"天人合一"是《易经》哲学思想体系中最重要的一个概念，也是我国传统文化中的一个重要概念。《易经》的最高理想，就是实现"天人合一"。《易经》的总体哲学思想是"阴阳"，即"一阴一阳之谓道。"在古代，《易经》是帝王之学，是政治家、军事家的必修之术。

 经典短篇文学欣赏

《诗经·小雅·采薇》

采薇采薇，薇亦作止。曰归曰归，岁亦莫止。
靡室靡家，猃狁之故。不遑启居，猃狁之故。
采薇采薇，薇亦柔止。曰归曰归，心亦忧止。
忧心烈烈，载饥载渴。我戍未定，靡使归聘。

采薇采薇，薇亦刚止。曰归曰归，岁亦阳止。

王事靡盬，不遑启处。忧心孔疚，我行不来！

彼尔维何？维常之华。彼路斯何？君子之车。

戎车既驾，四牡业业。岂敢定居？一月三捷。

驾彼四牡，四牡骙骙。君子所依，小人所腓。

四牡翼翼，象弭鱼服。岂不日戒？玁狁孔棘！

昔我往矣，杨柳依依。今我来思，雨雪霏霏。

◆《乐经》

《乐经》是《六经》之一。关于《乐经》的流传，有多种说法。一是认为《乐经》已亡于秦火；一是认为《周礼·春官宗伯》之《大司乐章》为《乐经》；一是认为本来就没有《乐经》这部经。第一种说法即《乐经》已亡于秦火，较为可信，采纳的人也最多。

◆《春秋》

《春秋》是我国现存的第一部编年体史书。《春秋》是鲁国史书的专名。春秋战国时代，各国史书有专名的，如晋国史书叫《乘》，楚国史书叫《梼杌》。由于此书记事简单，因而王安石曾说《春秋》是"断烂朝报"。为了弥补这一缺点，后来出现解释它的"春秋三传"，即《左传》《公羊传》和《谷梁传》。《春秋》对我国古代史学、经学、思想和文学方面都有深远的影响。

《春秋》记事起于鲁隐公元年（公元前722年），下至哀公十四年（公元前481年），以鲁国年号纪年，记事以鲁国为主，所记事件包括祭典、盟会、国君嗣立、丧葬、各国间交往、战争等内容。《春秋》有总结历史经验、为执政者提供借鉴的目的，强调天下一统、社会稳定、定名分和周天子的正统地位，反对诸侯僭礼越位与兼并战争。《春秋》语言简炼含蓄，准确谨严，选词炼句，十分仔细，被后世尊为具有"微言大义"的"春秋笔法"。

楚辞体

楚辞体是战国中晚期产生于南方长江流域楚地，由楚国的诗人吸收南方民歌的精华，融合上古神话传说，创造出的一种新体诗。楚辞体打破了《诗经》四字一句的死板格式，是对中国古代诗歌发展的一次大的解放，也开启了我国史诗上的第二个春天。《楚辞》采取三言至八言参差不齐的句式，篇幅和容量可根据需要而任意扩充。形式上的活泼多样使楚辞更适宜于抒写复杂的社会生活和表达丰富的思想感情。

楚辞体的特点是结构宏伟、想象丰富、句式灵活，以屈原、宋玉等为代表作家，代表作品包括屈原的《离骚》《九歌》《九章》等。这类作品，富于抒情成分和浪漫气息；篇幅、字句较长，形式也较自由，并多用"兮"字以助语势。以其运用楚地的文学样式、方言声

《离骚》辞意

韵，叙写楚地风土物产等，具有浓厚的地方色彩，后世称此种文体为"楚辞体"，又名"骚体"。

屈原（公元前340—前278年），姓芈，氏屈，名平，字原，又名正则、字灵均。今湖北宜昌秭归人，楚武王熊通之子屈瑕的后代。主张联齐抗秦，提倡"美政"。屈原早年受楚怀王信任，参

与法律的制定，主张举贤任能，改革政治，联齐抗秦。在屈原努力下，楚国国力有所增强。但由于性格耿直，屈原逐渐被楚怀王疏远。公元前305年，屈原反对楚怀王与秦国订立黄棘之盟，被楚怀王逐出郢都，流落到汉北。流放期间，屈原心中郁闷，开始文学创作。公元前278年，秦国大将白起攻破郢都，屈原在绝望和悲愤中投汨罗江而死。

屈原是中国最伟大的爱国主义

屈 原

民国线装《楚辞》

诗人之一，创立了"楚辞"，开创了"香草美人"的传统。代表作有《离骚》《九章》《九歌》《天问》等，《离骚》是我国最长的抒情诗，《九歌》含有《云中君》《湘君》《湘夫人》《山鬼》《国殇》《礼魂》等名篇，《九章》含有《惜诵》《涉江》《哀郢》《抽思》《怀沙》《思美人》《惜往日》《橘颂》《悲回风》等名篇。

《楚辞》是我国第一部浪漫主义诗歌总集。西汉末年，刘向搜集屈原、宋玉等人的作品，辑录成《离骚》。由于该书诗歌的形式是在楚国民歌的基础上加工形成的，篇中又大量引用楚地的风土物产和方言词汇，所以叫做"楚辞"。《楚辞》主要是屈原的作品（另外含有宋玉的作品），其代表作是《离骚》，后人因此又称"楚辞"为"骚体"。《楚辞》对后世文学影响深远，开启汉赋体，而且影响历代散文创作，是我国浪漫主义诗歌创作的源头。

第二章

天下一统后的秦汉文学

　　秦汉是中国文学的形成期。秦代文学稍有成就的仅李斯一人，而汉代是我国文学的萌动期，辞赋是汉代文学的代表，另外政论散文、史传文学取得了突出成就，诗歌在文学史上亦有重要地位，尤其是汉乐府民歌。汉代文学的代表人物主要有李斯、贾谊、刘安、王充、枚乘、汉赋四大家（司马相如、扬雄、班固、张衡），作品主要有《史记》《淮南子》《汉书》、汉乐府民歌和《古诗十九首》。其中汉赋分为骚体赋（指体制上模拟楚辞而以赋名篇的作品，以"兮"字句为主）、散体赋（也叫大赋，是汉赋的主要代表，名作有《七发》《天子游猎赋》）。

　　汉代文学家的汉赋名作有贾谊的《吊屈原赋》，司马相如的《子虚赋》《上林赋》，张衡的《归田赋》《二京赋》，枚乘的《七发》，扬雄的《甘泉赋》，班固的《两都赋》。诗歌方面则有刘邦的《大风歌》、项羽的《垓下歌》、刘彻的《秋风辞》以及司马相如的《郊祀歌》、韦孟的《讽谏诗》、班固的《咏史》、张衡的《同声歌》及《古诗十九首》中的《西北有高楼》《生年不满百》《涉江采芙蓉》《行行重行行》与《迢迢牵牛星》。本章即以秦汉文学为中心来说一说这一历史时期的中国文学概况。

秦汉历史散文

总的来说，汉代文学继承了《诗经》《楚辞》和先秦散文的传统，开拓了辞赋、史传、乐府诗等新的文学领域。作为两汉的时代文学，辞赋在汉代非常流行，一般文人多致力于这种文体的写作，出现了一大群辞赋家，除"马扬班张"四大家外，还有枚乘、王褒、刘向、傅毅、崔骃、马融、蔡邕等。汉乐府诗在汉代文学中也占有一席之地，其精华部分为各地民歌，主要分布在今河南、河北、山东、陕西、江苏、湖北、湖南等地。汉代收集乐府歌谣遍及黄河、长江，以黄河流域诗歌为主。当时中国文学的中心位于北方黄河流域，以长安、洛阳为核心地区。汉代政论散文相当发达，其代表作家贾谊、晁错各有建树，他们的作品"皆为西汉鸿文"。

汉代文学虽以辞赋著称，但其最高成就却是司马迁的历史散文巨著《史记》。作为一部中华民族百科全书式的通史，《史记》在整个古代文学史上都是杰出的散文杰作。班固的《汉书》是继《史记》之后的历史散文著作，开启了我国断代史的先河。下面我们就来重点介绍汉代的历史散文巨著《史记》《汉书》与《淮南子》，及其作者。

◆司马迁与《史记》

司马迁（公元前145—前87年），字子长，西汉伟大的史学家、思想家、文学家，陕西韩城人。司马迁所著《史记》是中国第一部纪传体通史，被鲁迅称为"史家之绝唱，无韵之离骚"。早年司

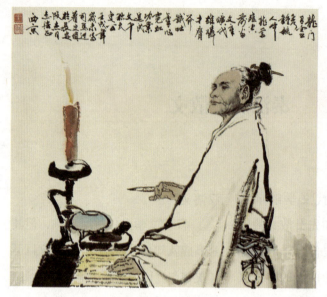

司马迁发愤写《史记》

《史记》是西汉时期的史学名著，"二十四史"之首，记载了从传说中的黄帝开始一直到汉武帝元年（公元前122年）三千年左右的历史，是中国历史上第一部纪传体通史，与《汉书》《后汉书》《三国志》合称"前四史"。《史记》全书包括十二本纪、三十世家、七十列传、十表、八书，共一百三十篇。最初没有固定书名，或称"太史公书""太史公记""太史公"。"史记"本是古代史书的通称，从三国开始，"史记"逐渐成为"太史公书"的专称。《史记》首创的纪传体编史方法为历代"正史"传承。历史学家梁启超认为《史记》有十大名篇，即"大江东去、楚王流芳"的《项羽本纪》、"礼贤下士、威服九州"的《信陵君列传》、"文武

马迁过着贫苦的生活，汉武帝元朔二年，司马迁随家迁于京城，从孔安国学《尚书》，从董仲舒学《春秋》。随后继承父业为太史令。公元前104年，司马迁在主持历法修改工作时，正式动笔写《太史公书》。公元前99年，因"李陵事件"，为投降匈奴的李陵求情，因司马迁直言触怒汉武帝，遭受宫刑。出狱后任中书令，继续发愤著书，于公元前91年完成《史记》。公元前90年，司马迁逝世，终年56岁。

《史记》

双雄、英风伟概"的《廉颇蔺相茹列传》、"功成不居、不屈权贵"的《鲁仲连邹阳列传》、"旷世奇才、悲凉收场"的《淮阴侯列传》、"官场显形、栩栩如生"的《魏其武安侯列传》、"戎马一生、终难封侯"的《李将军列传》、"汉匈和亲、文化交融"的《匈奴列传》、"商道货殖、安邦定国"的《货殖列传》、"史公记史、千古传颂"的《太史公自序》。

◆**班固与《汉书》**

班固（公元前32—前92年），东汉史学家班彪之子，字孟坚，陕西咸阳人，东汉史学家、文学家。九岁能诵读诗赋，13岁得到学者王充的赏识，公元前47年入洛阳太学。其父班彪死后，自太学返回乡里，开始在班彪续补《史记》之作《后传》的基础上开始编写《汉书》，至汉章帝建初年间完成。明帝时，班固任兰台令史，与陈宗、尹敏、孟异共同撰成《世祖本纪》。章帝时，班固是守卫玄武门的下级官吏。由于章帝赏识班固的才能，多次召他入宫廷侍读。建初四年，章帝效法西汉宣帝石渠阁故事，在白虎观召集当代名儒讨论五经同异，并亲自裁决。其目的是促进儒家思想与谶纬神学结合，加强

班固画像

儒家思想的统治地位。在这次会议上，班固奉命把讨论结果整理成《白虎通德论》，又称《白虎通义》。汉和帝永元元年（公元前89年），大将军窦宪远征匈奴，班固被任为中护军随行。窦宪大败北单于，登上燕然山（今蒙古境内的杭爱山），命班固撰写了著名的燕然山铭文，刻石记功而还。永元四年，窦宪自杀，班固入狱，同年死于狱中。《汉书》开创了断代史体例，为后世"正史"之楷模。班固还擅长作赋，著有《二都赋》《幽通赋》。

《汉书》的体例与《史记》相比，发生了变化。《史记》是一部通史，《汉书》则是一部断代史。《汉书》把《史记》的"本纪"省称"纪"，

《淮南子》

"列传"省称"传"，"书"改曰"志"，取消"世家"，勋臣世家一律编入传。这些被后来的史书沿袭下来。《汉书》括本纪十二篇，表八篇，志十篇，列传七十篇，共一百篇，记事始于汉高帝刘邦元年，终于王莽地皇四年。从思想内容来看，《汉书》不如《史记》。司马迁不完全以孔子思想作为判断是非的标准，而班固的见识却不及司马迁。从司马迁到班固的这一变化，反映了东汉时期儒家思想作为封建正统思想，已在史学领域立稳了脚根。《汉书》比较难读。

◆刘安与《淮南子》

《淮南子》，又名《淮南鸿烈》，西汉初年由淮南王刘安及门客李尚、苏飞、伍被等共同编著，有内篇、外篇，内篇论道，外篇杂说。以道家思想为主，糅合了儒、法、阴阳等家，吸收诸子百家学说，融会贯通而成，是战国至汉初黄老之学的代表作。《淮南子》保存了一部分神话材料，如"女娲补天""后羿射日""共工怒触不周

山"等。《淮南鸿烈》编撰的目的是要总结古今治乱兴衰的经验教训，探寻天道、人事的规律，以备帝王之道。《淮南子》是汉代学者对古代文化进行的一次大规模的汇集和综合。

刘安（公元前179—前121年），是汉高祖刘邦之孙厉王刘长之子。淮南王刘安是当时皇室贵族中学术修养深厚的人。而且在政治上，刘安有心在天下发生变乱时取得政治主动，因而积极制作战争装备，集聚金钱，贿赂地方实力派，日夜研究军事地图，暗中进行作战部署。最终刘安发起叛乱被平定，刘安自杀，淮南国被废除，汉武帝

在这里设立九江郡。

建元六年（公元前135年）太皇太后病危，死前天上出现彗星。刘安认为这种天象预兆着"兵当大起"，天下将要大乱。于是准备武装起事。不久窦氏驾崩，刘彻主持大政。元光元年（公元前134年），刘彻召见董仲舒。董氏提出"天人三策"，汉武帝决心推行全面改革。首要方针是改革国家意识形态，即"罢黜百家，首尊儒术"，重点为纵横家与黄老之道。元狩元年（公元前122年）刘安积蓄已久的谋反被揭露而自杀身亡。汉武帝取得了最终胜利。但《淮南子》却作为一部优秀著作而名垂青史。

汉 赋

汉赋是在汉代涌现的有韵散文，是汉代最流行的文体，特点是散韵结合，专事铺叙，内容上侧重"体物写志"。汉赋的内容分为五类：一是渲染宫殿城市；二是描写帝王游猎；三是叙述旅行经

《神女赋》诗意图

历；四是抒发不遇之情；五是杂谈禽兽草木。汉赋在结构上有三部分，即序、本文、结尾（被称作"乱""讯"）。汉赋写法上大肆铺陈，为汉帝国的强大或统治者的文治武功高唱赞歌，只在结尾处微露讽谏之意。

汉赋源于荀子的《赋》，受到楚辞的影响。赋作为一种文体，在战国后期已产生。最早写作赋体作品并以赋名篇的是荀子。据《汉书·艺文志》载，荀子有赋《礼》《知》《云》《蚕》《箴》等。楚国宋玉也有赋体作品，如《风赋》《高唐赋》《神女赋》。赋体的主要特点是铺陈写物，"不歌而诵"，接近于散文，吸收了楚辞的华丽辞藻、夸张手法。

汉赋的主要代表作家及作品有：司马相如（著有《子虚赋》《上林赋》《大人赋》《哀二世赋》《长门赋》《美人赋》）、枚乘（著有《七发》《柳赋》《梁王菟园赋》）、扬雄（著有《河东赋》《校猎赋》《长杨赋》）、班婕妤（著有《自悼赋》）、刘向（著有《九叹》）、刘歆（著有《遂初赋》）、班彪（著有《北征赋》）。

汉赋分为大赋和小赋。大赋又叫散体大赋，规模巨大，结构恢宏，气势磅礴，语汇华丽。西汉的贾谊、枚乘、司马相如、扬雄，东汉的班固、张衡，都是大赋行家。小赋篇幅较小、文采清丽、讥讽时事、抒情咏物，赵壹、蔡邕、祢衡是小赋高手。汉赋可分为三个阶段。汉初的赋继承楚辞，主要是"骚体赋"，后演变为散体大赋（这是汉赋的主体），东汉中叶以后，抒情言志的小赋兴起。

在第一时期"骚体赋"时代，封建统治者在思想文化上禁锢不严，儒家思想尚未占据统治地位，文化思想活跃。这时的辞赋多是抒发作者的政治见解和身世感慨。代表作家是贾谊、淮南小山、枚乘等人。其中贾谊有《吊屈原赋》《鹏鸟赋》，淮南小山有《招隐士》，枚乘有《七发》。在第二时期"散体大赋"时代，即从武帝至宣帝的90年间，是汉赋发展的鼎盛期。大部分是描写汉帝国威震四邦的国势，新兴都邑的繁荣，宫室苑囿的富丽以及皇室田猎、歌舞时的壮丽场面等，是一种宫廷文学。名家有司马相如、虞丘寿王、东方朔、枚皋、王褒、刘向等。司马相如是汉代大赋的奠基者和成就最高的代表作家，《子虚》《上林》两赋是他的代表作。枚皋有《七谏》《答客难》《非有先生论》，王褒有《洞箫赋》《九怀》。扬雄有《甘泉》《河东》《羽猎》《长杨》《解嘲》《逐贫赋》和《酒赋》。班固有《两都赋》。在第三时期"小赋"时代，即东汉中叶至

《吊屈原赋》

东汉末年，多反映社会黑暗现实，讥讽时事，抒情咏物。忧国忧民的情绪成为基调，始于张衡的《二京赋》和《归田赋》。继张衡而起的赵壹的《刺世嫉邪赋》、蔡邕的《述行赋》、祢衡的《鹦鹉赋》。

◆ 司马相如的《子虚赋》

司马相如（公元前179—前117年），原名司马长卿，因仰慕战国时代的名相蔺相如改名，四川成都人，汉代文学家。司马相如善鼓琴，其所用琴名为"绿绮"，是传说中最著名的古琴之一。司马相如少时好读书、击剑，被汉景帝封为"武骑常侍"，后借病辞官，投奔

司马相如

临邛县令王吉。临邛县有一富豪卓王孙，其女卓文君，容貌秀丽，很有文才，不幸成望门新寡。司马相如趁做客卓家的机会，借琴表达自己对卓文君的爱慕之情，弹琴唱道："凤兮凤兮归故乡，游邀四海求其凰，有一艳女在此堂，室迩人遐毒我肠，何由交接为鸳鸯。"使得在帘后倾听的卓文君怦然心动，一见倾心。当夜，卓文君与等在门外的司马相如会合私奔。卓文君与司马相如回成都后，面对家徒四壁的境地，大大方方地在临邛老家开酒肆，自己当垆卖酒，终于使得要面子的父亲承认了他们的爱情。后人根据二人的爱情，谱得琴曲《凤求凰》。唐代诗人张祜还写有"凤兮凤兮非无凰，山重水阔不可量。梧桐结阴在朝阳，濯羽弱水鸣高翔"的《司马相如琴歌》一首。

《子虚赋》是西汉辞赋家司马相如的汉赋作品，完成于汉景帝期间，因文辞华丽，结构严谨，备受汉武帝称道。《子虚赋》的主要情节由两个虚拟人物，即楚国的"子虚"先生和齐国的"乌有"先生的对话构成，两人各自夸耀自己国君出猎的情景。成语"子虚乌有"即出自于这个作品。《子虚赋》的续作为《上林赋》。此赋总的来看都是张扬本国风采、帝王气象。

经典短篇文学欣赏

琴歌

司马相如

凤兮凤兮归故乡，遨游四海求其凰。

时未遇兮无所将，何悟今兮升斯堂！

有艳淑女在闺房，室迩人遐毒我肠。

何缘交颈为鸳鸯，胡颉颃兮共翱翔！

皇兮皇兮从我栖，得托孳尾永为妃。

交情通意心和谐，中夜相从知者谁？

◆ **张衡与《二京赋》**

张衡（公元78—139年），东汉建初三年生，永和四年卒。字平子，河南南阳石桥镇人，我国东汉时期伟大的天文学家、数学家、发明家、地理学家、制图学家、诗人，为我国的天文学、机械技术、地震学的发展作出了不可磨灭的贡献；在数学、地理、绘画和文学等方面，表

张衡雕塑

现出了非凡的才能和广博的学识。张衡的祖父张堪是地方官吏，曾任蜀郡太守和渔阳太守。张衡幼年时候，家境衰落。贫困的生活使他接触到社会下层和生产、生活实际，从而给他后来的科学事业带来了积极影响。张衡是东汉浑天说的代表人物之一，指出月球本身并不发光，月光其实是日光的反射，正确解释了月食的成因，认识到宇宙的无限性和行星运动的快慢与距离地球远近的关系。

张衡是东汉时代的大画家。唐代张彦远在《历代名画记》中记载："张衡作《地形图》，至唐犹存。"当时还流传张衡"用脚画神兽"的故事，反映张衡有很高的画技。张衡当过太史令，对史学也有研究。曾对《史记》《汉书》提出过批评，并上书朝廷，请求修订；曾上表请求专门从事档案整理工作，以补缀汉朝的史书。张衡还研究文字训诂，著有《周官训诂》。张衡又是个文学家，他的《二京赋》花了10年的创作功夫。这篇赋不但文辞优美，脍炙人口，而且其中讽刺批评了当时统治集团的奢侈生活。张衡在任河间相时创作的《四愁诗》是诗歌名篇。他的《思玄赋》描述自己升上天空，遨游于众星之间，是篇科学幻想诗。另外还有《温泉赋》《归田赋》。

张衡性格从容淡静，不好交接俗人，也不追求名利。大将军邓骘是当时炙手可热的权势人物，多次召他，他都不去。后来当了官，因这种性格，使他很长时间不得升迁。他曾著写《应闲》一文以表明自己的志向。文中说："君子不患位之不尊，而患德之不崇；不耻禄之不伙，而耻知之不博。"表明了他不慕势利而追求德智的高尚情操。

张衡的政治抱负是佐国理民，立德立功。张衡所处的时代政治腐败，宦官和外戚的权力越来越大，地方豪强猖獗，他们一起对人民进行剥削、压榨。对此，张衡曾向顺帝上书，讽示近世宦官为祸，要求皇帝"恩从上下，事依礼制"。他在任河间相时积极进行抑制豪强的斗争。由于黑暗势力强大，张衡晚年有消极避世的思想，因而创作了

《归田赋》，诗中指摘"天道之微昧"，表露出对统治者的失望，讽刺热中利禄的人，说他们是"贪饵吞钩"。

张衡的《二京赋》在结构上模仿《两都赋》，由《西京赋》《东京赋》构成。《西京赋》描写长安的奢华无度，《东京赋》描写洛阳的俭约之德、礼仪之盛。《西京赋》假托凭虚公子对长安繁盛富丽的称颂，展现出繁荣富贵、穷奢极侈的京都景象。《东京赋》表现安处先生对西京奢靡生活的否定。在对东都宫殿建设的描绘中，以及对朝会、郊祀、祭庙、亲农、大射、田猎等盛典礼会的陈述间，使人感受到东汉君主崇尚懿德，俭而不陋的礼治成就。《二京赋》的精彩选文如下：

正紫宫于未央，表峣阙于闶阆。疏龙首以抗殿，状巍峨以岌嶪。亘雄虹之长梁，结棼橑以相接。蒂倒茄于藻井，披红葩之狎猎。饰华榱与璧珰，流景曜之韡晔。雕楹玉磶，绣栭云楣。三阶重轩，镂槛文（媲换木旁）。右平左

域，青琐丹墀。刊层平堂，设切厓隒。坻崿鳞眴，栈齴巉嵬。襄岸夷涂，修路陵险。重门袭固，奸宄是防。仰福帝居，阳曜阴藏。洪钟万钧，猛虡趪趪。负笋业而余怒，乃奋翅而腾骧。

后宫则昭阳飞翔，增成合欢，兰林披香，凤凰鸳鸾。群窈窕之华丽，嗟内顾之所观。故其馆室次舍，采饰纤缛。襄以藻绣，文以朱绿，翡翠火齐，络以美玉。流悬黎之夜光，缀随珠以为烛。金釭玉阶，彤庭辉辉。珊瑚林碧，瑚珉磷彬。珍物罗生，焕若昆仑。虽厥裁之不广，侈靡逾乎至尊。于是钩陈之外，阁道穹隆，属长乐与明光，径北通乎桂宫。命般尔之巧匠，尽变态乎其中。后宫不移，乐不徙悬，门卫供帐，官以物辨。恣意所幸，下辇成燕。穷年忘归，犹弗能遍。瑰异日新，殚所未见。

◆ 扬雄与《子虚赋》

扬雄（公元前53—公元18年），字子云，四川成都郫县友爱镇人，西汉学者、辞赋家、语言学

扬雄墓

家。扬雄少时好学，博览多识，酷好辞赋。但口吃，不善言谈。40岁后，大司马王音召为门下史。后经杨庄引荐，被喜爱辞赋的成帝召入宫廷。王莽称帝后，扬雄校书于天禄阁。后受他人牵累，坠阁自杀未死。《三字经》把他列为"五子"之一，即"五子者，有荀扬，文中子，及老庄"。扬雄早年崇拜司马相如，模仿司马相如的《子虚赋》《上林赋》，作《甘泉赋》《羽猎赋》《长杨赋》，为汉王朝粉饰太平、歌功颂德，后世有"扬马"之

称。扬雄在散文方面也是大师，模拟《易经》作《太玄》，模拟《论语》作《法言》。在《法言》中，主张文学应当宗经、征圣，以儒家著作为典范，对刘勰的《文心雕龙》颇有影响。还著有语言学著作《方言》，是研究西汉语言的重要资料。扬雄在政论文方面也有一定的成就。如《谏不受单于朝书》便笔力劲练，语言朴实，气势流畅，说理透辟。

扬雄著的《甘泉》《羽猎》诸赋，内容为铺写天子祭祀之隆、

苑囿之大、田猎之盛，结尾兼寓讽谏之意。扬雄赋写得比较有特点的是自述情怀的《解嘲》《逐贫赋》和《酒箴》。《解嘲》写不愿趋炎附势去作官，而自甘淡泊写《太玄》，揭露了当时朝廷擅权、倾轧的黑暗局面；《逐贫赋》写惆怅失志，质问贫穷何以老是跟着他，发泄了在贫困生活中的牢骚；《酒箴》是一篇咏物赋，说水瓶朴质有用，反易招损害；酒壶昏昏沉沉，倒常为国器。另外还仿效楚辞，写有《反离骚》《广骚》和《畔牢愁》。其中《反离骚》为凭吊屈原而作，反映了作者明哲保身的思想。扬雄晚年对赋有了新的认识，认为作赋乃是"童子雕虫篆刻""壮夫不为"。下面节选扬雄的赋作以供阅读欣赏：

惟汉十世，将郊上玄，定泰畤，雍神休，尊明号，同符三皇，录功五帝，恤胤锡羡，拓迹开统。于是乃命群僚，历吉日，协灵辰，星陈而天行。诏招摇与太阴兮，伏钩陈使当兵。属堪舆以壁垒兮，捎夔魖而抶獝狂。八神奔而警跸兮，振殷辚而军装。蚩尤之伦带干将而秉玉戚兮，飞蒙茸而走陆梁。齐总总以撙撙，其相胶轕兮，猋骇云迅，奋以方攘。骈罗列布，鳞以杂沓兮，柴虒参差，鱼颔而鸟。翕赫智霍，雾集而蒙合兮，半散昭烂，粲以成章。

于是大厦云谲波诡，摧崔而成观。仰挢首以高视兮，目冥眴而亡见。正浏滥以弘惝兮，指东西之漫漫。徒徊徊以徨徨兮，魂眇眇而昏乱。据轪轩而周流兮，忽块圠而亡垠。翠玉树之青葱兮，璧马犀之瞵。金人仡仡其承钟虡兮，嵌岩岩其龙鳞。扬光曜之燎爥兮，垂景炎之炘炘。配帝居之县圃兮，象泰壹之威神。洪台崛其独出兮，北极之嶟嶟。列宿迺施于上荣兮，日月才经于桭桭。雷郁律于岩窔兮，电倏忽于墙藩。鬼魅不能自逮兮，半长途而下颠。历倒景而绝飞梁兮，浮蠛蠓而撇天。

汉代乐府诗歌

乐府是自秦代以来设立的朝廷音乐机构，汉武帝时得到扩建，从民间搜集大量诗歌作品，后人称之为"汉乐府"。汉乐府就是指汉时乐府官署采制的诗歌。汉乐府的诗歌一部分是供祭祀祖先、神明使用的效庙歌辞；一部分是采集民间流传的俗乐（世称乐府民歌）。汉乐府的设置不晚于汉惠帝二年（公元前193年），但搜集民歌俗曲则开始于汉武帝时。宋代郭茂倩编有《乐府诗集》100卷，分乐府诗为郊庙歌辞、燕射歌辞、鼓吹歌辞、横吹歌辞、相和歌辞、清商曲辞、舞曲歌辞、琴曲歌辞、杂曲歌辞、近氏曲辞、杂歌谣辞、新乐府辞12类。

汉乐府民歌多为东汉作品，反映当时的社会现实与人民生活，表

《陌上桑》图

现爱恨情感，开创诗歌现实主义的新风。汉乐府民歌中，女性题材的作品占重要位置，故事情节完整，是中国诗史五言诗体发展的重要阶段。《陌上桑》《孔雀东南飞》是汉乐府民歌，后者是我国古代最长的叙事诗，《孔雀东南飞》与《木兰诗》合称"乐府双璧"。汉乐府民歌最大的艺术特色是叙事性，标志着叙事诗的成熟。汉乐府民歌的语言一般都是口语化的，同时饱含感情和人民的爱憎，叙事与抒情相结合，具有强烈的感染力。在形式上，汉乐府民歌没有固定的章法、句法，长短随意，整散不拘，有助于复杂的思想内容的表达。汉乐府民歌具有浓厚的生活气息，在内容上描写了社会下层民众日常生活的艰难与痛苦，对苦难生活的描绘，思念的痛楚，爱情的体味。

经典短篇文学欣赏

《君生我未生，我生君已老》

君生我未生，我生君已老；君恨我生迟，我恨君生早。

君生我未生，我生君已老；恨不生同时，日日与君好。

我生君未生，君生我已老；我离君天涯，君隔我海角。

我生君未生，君生我已老；化蝶去寻花，夜夜栖芳草。

◆《孔雀东南飞》

　　《孔雀东南飞》是我国文学史上第一部长篇叙事诗，也是我国古代史上最长的一部叙事诗。《孔雀东南飞》与北朝的《木兰诗》，并称"乐府双璧"。后人又把《孔雀东南飞》《木兰诗》与唐代韦庄的《秦妇吟》，并称为"乐府三绝"。《孔雀东南飞》取材于东汉献帝年间发生在庐江郡（今安徽境内）的一桩婚姻悲剧。《孔雀东南飞》形象地用刘兰芝、焦仲卿两人

《孔雀东南飞》图一

殉情而死的家庭悲剧，深刻揭露了封建礼教的吃人本质，热情歌颂了刘兰芝、焦仲卿忠于爱情、反抗压迫的叛逆精神，寄托了人民群众对爱情、婚姻自由的热烈向往。《孔雀东南飞》是诗苑的奇葩，历史的镜子。《孔雀东南飞》的精彩选文如下：

孔雀东南飞，五里一徘徊，十三能织素，十四学裁衣，十五弹箜篌，十六诵诗书，十七为君妇，心中常苦悲，君既为府吏，守节情不移，贱妾留空房，相见常日稀，鸡鸣入机织，夜夜不得息，三日断

五匹，大人故嫌迟，非为织作迟，君家妇难为，妾不堪驱使，徒留无所施，便可白公姥，及时相遣归。

新妇谓府吏，勿复重纷纭，往昔初阳岁，谢家来贵门，奉事循公姥，进止敢自专，昼夜勤作息，伶俜萦苦辛，谓言无罪过，供养卒大恩，仍更被驱遣，何言复来还，妾有绣腰襦，葳蕤自生光，红罗复斗帐，四角垂香囊，箱帘六七十，绿碧青丝绳，物物各具异，种种在其中，人贱物亦鄙，不足迎后人，留待作遣施，于今无会因，时时为安慰，久久莫相忘。

鸡鸣外欲曙，新妇起严妆，著我绣夹裙，事事四五通，足下蹑丝履，头上玳瑁光，腰若流纨素，耳著明月珰，指如削葱根，口如含珠丹，纤纤作细步，精妙世无双，却与小姑别，泪落连珠子，新妇初来时，小姑始扶床，今日被驱遣，小姑如我长，勤心养公姥，好自相扶将，初七及下九，嬉戏莫相忘。

其日牛马嘶，新妇入青庐，奄奄黄昏后，寂寂人定初，我命绝今

《孔雀东南飞》图二

日，魂去尸长留，揽裙脱丝履，举身赴清池，府吏闻此事，心知长别离，徘徊庭树下，自挂东南枝。

两家求合葬，合葬华山傍，东西植松柏，左右种梧桐，枝枝相覆盖，叶叶相交通，中有双飞鸟，自名为鸳鸯，仰头相向鸣，夜夜达五更，行人驻足听，寡妇起彷徨，多谢后世人，戒之慎勿忘。

◆《古诗十九首》

《古诗十九首》最早见于《文选》，为南朝梁时文学家萧统从《古诗》中选录十九首编入。《古诗十九首》是乐府古诗文人化的标志。过去诸如帝王、诸侯的宗庙祭祀、文治武功、畋猎游乐、都城官室等，一度霸踞文学的题材领域，现让位于与诗人的现实生活、精神生活相关的诸如爱情、街衢、田畴、物候、节气等题材。《古诗十九首》在五言诗的发展上有重要地位，是"五言之冠冕""千古五言之祖"。《古诗十九首》主要是抒情短诗，继承了《诗经》现实主义传统，吸取了汉乐府民歌的营养，侧重抒情。

《古诗十九首》以句首标题，依次为《行行重行行》《青青河畔草》《青青陵上柏》《今日良宴会》《西北有高楼》《涉江采芙蓉》《明月皎夜光》《冉冉孤生竹》《庭中有奇树》《迢迢牵牛星》《回车驾言迈》《东城高且长》《驱车上东门》《去者日以疏》《生年不满百》《凛凛岁云暮》《孟冬寒气至》《客从远方来》《明月何皎皎》等。

《古诗十九首》之《涉
江采芙蓉》诗意图

例如：

《迢迢牵牛星》

迢迢牵牛星，皎皎河汉女。

纤纤擢素手，札札弄机杼。

终日不成章，泣涕零如雨。

河汉清且浅，相去复几许？

盈盈一水间，脉脉不得语。

建安文学

建安是东汉末年汉献帝的年号，时间跨度是公元196—220年。这时政治大权操纵在曹操手里，文学领袖都是曹家人物，"建安七子"大都死于建安年间。建安时期的作家有"三曹""七子"和女诗人蔡琰。"三曹"指曹操、曹丕、曹植；"七子"指孔融、陈琳、王粲、徐干、阮瑀、应场、刘桢。建安文学的开创者是杰出的政治家、军事家和诗人曹操，代表作有《薤露行》《蒿里行》《苦寒行》《短歌行》《观沧海》《龟虽寿》等。曹操最著名的即是四言诗；曹丕的作品有《燕歌行》，而其《典论·论文》是现存最早的文学专论；曹植的代表作有《白马篇》《赠徐干》《七哀》《野田黄雀行》《泰山梁甫吟》《美女篇》。"建安七子"的诗歌创作中反映社会动乱和人民苦难，代表作有王粲的《七哀诗》、陈琳的《饮马长城窟行》、阮瑀的

《观沧海》诗意图

《驾出北郭门行》、刘桢的《赠从弟》。蔡琰的作品则有五言《悲愤诗》、骚体《悲愤诗》和《胡笳十八拍》。建安文学主要的代表人物为"三曹"。

（1）曹　操

曹操，安徽亳州人，不但是中国历史上杰出的政治家、军事家，还是杰出的文学家，著有《孙子略解》《兵书接要》等军事著作，以及《蒿里行》《观沧海》《薤露行》《短歌行》《苦寒行》《碣石篇》《龟虽寿》等不朽诗篇。曹操开启了建安文学的新风，尤擅写五

《洛神赋》图

言体、四言体。四言诗方面，曹操继承了《国风》《小雅》的传统，反映现实，抒发情感，如《短歌行》《步出夏门行》均是四言诗佳作。曹操的诗歌受乐府影响，现存的全是乐府歌辞，继承了"感于哀乐，缘事而发"的精神。如《薤露行》《蒿里行》以悯时悼乱为主要内容；《步出东门行》以抒述一统天下的抱负为主要内容。曹操的诗，文辞简朴，直抒襟怀，慷慨悲凉。

（2）曹　植

曹植，安徽亳州人。自幼颖慧，出言为论、下笔成章，深得曹操宠信。然而曹植行为放任，屡犯法禁，引起曹操的震怒。公元232年12月27日曹植逝世，后人称为"陈王""陈思王"。曹植还是中国佛教梵呗音乐的创始人。诗歌是曹植文学活动的主要领域。其前期诗歌分为两类：一类表现贵公子的优游生活，一类反映"生乎乱、长乎军"的时代感受。后期诗歌主要抒发在压制之下，时而愤慨时而

哀怨的心情，表现希冀用世立功的愿望。曹植在诗歌艺术上有很多创新发展，特别是在五言诗的创作上贡献尤大。汉乐府古辞多以叙事为主，至《古诗十九首》，抒情成分才在作品中占重要地位。曹植发展了这种趋向，把抒情和叙事有机结合起来，使五言诗能表达曲折的心理感受，大大丰富了五言诗的艺术功能。曹植的代表作有《怨歌行》《灵芝篇》《名都篇》《美女篇》《白马篇》《仙人篇》《飞龙篇》《远游篇》《艳歌行》《长歌行》《陌上桑》《闺情诗》《赠王粲诗》《弃妇诗》《怨诗行》《喜雨诗》《芙蓉池诗》《寡妇诗》《洛神赋》等。

（3）曹 丕

曹丕字子桓，三国时期著名政治家、文学家，魏朝开国皇帝，谥文皇帝（魏文帝），葬于首阳陵，安徽亳州人。魏武帝曹操与武宣卞皇后的长子。延康元年（公元220年），魏武帝曹操去世，曹丕继位为魏王、丞相、冀州牧，积极

调节曹氏与士族之间的矛盾，确立九品中正制，为称帝奠定基础。当年十月，逼迫汉献帝禅位，登基为大魏皇帝，改元黄初，改雒阳为"洛阳"。曹丕爱好文学，其《燕歌行》是中国现存较早的文人七言诗，所著《典论·论文》，在中国文学史上占有重要地位。其代表作有《沧海赋》《济川赋》《登台赋》《感物赋》《感离赋》《永思篇》《寡妇赋》《出妇赋》《愁霖

曹 丕

赋》《与吴质书》《燕歌行》《秋胡行》《饮马长城窟行》《诫子》《奸谗》《剑铭》《东阁诗》等。

经典短篇文学欣赏

浮萍篇

曹植

浮萍寄清水，随风东西流。结发辞严亲，来为君子仇。恪勤在朝夕，无端获罪尤。在昔蒙恩惠，和乐如瑟琴。何意今摧颓，旷若商与参。茱萸自有芳，不若桂与兰。新人虽可爱，无若故所欢。行云有返期，君恩傥中还。慊慊仰天叹，愁心将何愬。日月不恒处，人生忽若寓。悲风来入怀，泪下如垂露。发箧造裳衣，裁缝纨与素。

野田黄雀行

曹植

置酒高殿上，亲友从我游。中厨办丰膳，烹羊宰肥牛。秦筝何慷慨，齐瑟和且柔。阳阿奏奇舞，京洛出名讴。乐饮过三爵，缓带倾庶羞。主称千金寿，宾奉万年酬。久要不可忘，薄终义所尤。

谦谦君子德，磬折欲何求。惊风飘白日，光景驰西流。盛时不可再，百年忽我遒。生存华屋处，零落归山丘。先民谁不死，知命复何忧。

高树多悲风，海水扬其波。利剑不在掌，结友何须多。不见篱间雀，见鹞自投罗。罗家得雀喜，少年见雀悲。拔剑捎罗网，黄雀得飞飞。飞飞摩苍天，来下谢少年。

第三章

魏晋南北朝文学

　　魏晋南北朝文学是从汉末建安年间开始的。从公元196年到公元589年，魏晋南北朝文学共经历了393年。建安文学包括建安年间和魏朝前期的文学，以曹氏父子为中心，包括王粲、刘桢等人。这些文学家是在动乱中成长的，既有政治理想、政治抱负又有务实的精神，不再拘于儒学，表现出鲜明的个性，形成文学史上的"建安风骨"。

　　西晋末年产生玄言诗，东晋玄佛合流，以至玄言诗占据东晋诗坛达百年。南朝宋初由玄言诗转向山水诗，谢灵运是第一个写作山水诗的人，是中国诗史的大进步。晋宋之际出现的伟大诗人陶渊明，开创了田园诗，在整个魏晋南北朝时期文学中取得了最高的成就。总的说来，南北朝的文学风格大为不同，一般来说"南方清绮，北方质朴"。魏晋南北朝文学的魅力在于：文学创作趋于个性化；玄学和佛教为文学创作带来新的因素；语言形式美在文学上得到很好的发展；诗化的散文即骈文兴盛，成为这时期重要的文学现象，骈文、骈赋在梁陈时期进入高峰。另外，小说在魏晋南北朝时期已初具规模，出现了志怪小说、志人小说，为中国小说奠定了基础。魏晋南北朝文学为唐诗、唐代文学的全面繁荣奠定了基础。

魏晋文学

◆ **正始文学**

正始是魏废帝曹芳的年号（公元240—249年），习惯上所说的"正始文学"，还包括正始后期直到西晋立国（公元265年）这一时期的文学。正始时期，玄学盛行。玄学中包涵着一种穷究事理的精神，破除了拘执、迷信的思想。同时，庄子所强调的精神自由，也为玄学家所重视，主张"约名教而任自然"，即崇奉发自内心的真诚的道德，而反对人为的外在的行为准则；也有主张名教与自然相统一，即要求个性自由不超越和破坏社会规范。然而这时的政治现实却极其严酷。司马懿用政变手段诛杀曹爽，其子司马师、司马昭相续执政

十多年。他们大量杀戮异己分子，造成恐怖的政治气氛。"天下名士，少有全者"，许多文人死在权力斗争中。另外，司马氏集团为夺取政权制造舆论，而提倡儒家礼法，从而造成严重的社会道德败坏。面对恐怖和虚伪的现实，给知识阶层的精神带来了极大的痛苦。

在这样的背景下，文学发生重大变化。建安文学的基调是对于建立不朽功业的渴望和自信。然而由于文人面对严酷的现实，正始文学中则表现出浓郁的"忧生之嗟"，抒发了个人在外部力量强大压迫下的悲哀。也就是说，此时此刻，建安文学中那种高扬奋发、积极进取的精神，在正始文学中已基

本消失。另一方面，由于环境危机四伏，动辄得咎，也由于哲学思考的盛行，所以正始文人很少直接针对政治现状发表意见，而是避开现实，以哲学的眼光来观察事物，讨论问题；他们把从现实生活中所得到的感受，推广为对整个人类社会生活和历史的思考。从而使得正始文学呈现出浓厚的哲理色彩。正始文学的代表人物有所谓的"正始名士"和"竹林名士"。前者代表人物有何晏、王弼、夏侯玄，主要成就在哲学方面。后者又称"竹林七贤"，指阮籍、嵇康、阮咸、山涛、向秀、王戎、刘伶七人。正始

文学最基本的特点：深刻的理性思考和尖锐的人生悲哀感叹。

◆魏晋"竹林七贤"

　　"竹林七贤"是魏晋时期七位名士的合称，较"建安七子"晚。这七位分别是嵇康、阮籍、山涛、向秀、刘伶、王戎、阮咸。七人常聚在当时的山阳县（今河南辉县）竹林之下，肆意酣畅，清静无为，在竹林喝酒纵歌，故世称"竹林七贤"。他们大都"弃经典而尚老庄，蔑礼法而崇放达"，从虚无缥缈的神仙境界中去寻找精神寄托，用清谈、饮酒、佯狂等形式来排遣

竹林七贤图

苦闷的心情，"竹林七贤"成为这个时期文人的代表。政治上，嵇康、阮籍、刘伶对司马氏集团持不合作态度，嵇康因此被杀。山涛、王戎则先后投靠司马氏。文章创作上，阮籍有《咏怀》诗82首，曲折揭露统治集团的罪恶，表现在政治恐怖下的苦闷情绪。嵇康的《与山巨源绝交书》，以老庄崇尚自然的论点，表明不与司马氏合作的政治态度。另外还有阮籍的《大人先生传》，刘伶的《酒德颂》，向秀的《思旧赋》等。竹林七贤的不合作态度为司马朝廷所不容，最后分崩离析，各散西东。下面我们就来一一介绍"竹林七贤"的各个人物。

（1）嵇 康

嵇康（公元223—263年），三国时曹魏文学家，"竹林七贤"之一，字叔夜，安徽濉溪临涣镇人。早年丧父，家境贫困，励志勤学，文学、玄学、音乐等无不博通。娶曹操曾孙女长乐亭主为妻，曾任中散大夫，史称"嵇中散"。司马昭曾想拉拢嵇康，但嵇康倾向皇室一边，对于司马氏采取不合作态度，因此颇招忌恨。嵇康的友人吕安被其兄诬以不孝，嵇康出面为吕安辩护，钟会即劝司马昭乘机除掉吕、嵇。其罪证之一便是《与山巨源绝交书》。当时太学生三千人请求赦免嵇康，司马昭不许。嵇康从容赴死，死前奏《广陵散》一曲。嵇康主张"非汤武而薄周礼，越名教而任自然"，个性凌厉傲岸，旷逸不羁。嵇康崇尚自然、养生之道，著有《养生论》《声无哀乐论》《难自然好学论》《太师箴》《明胆论》《释私论》《养生论》。

（2）阮 籍

阮籍（公元210—263年），三国时期曹魏末年诗人，字嗣宗，"竹林七贤"之一，河南开封人，曾任步兵校尉，世称阮步兵。崇奉老庄之学，政治上采取慎避祸的态度。阮籍是"正始之音"的代表，以《咏怀》八十二首著名世间。在哲学上，阮籍认为"天地生于自然，万物生于天地"；又说"道者，法自然而为化；侯王能守之，万物将自化。《易》谓之太极，

《春秋》谓之元,《老子》谓之道。"主张把"自然"和封建等级

阮籍抚琴图

制度相结合,做到"在上而不凌乎下,处卑而不犯乎贵"。

在创作上,阮籍透过比兴、象征、寄托等手法,借古讽今、寄寓情怀,形成了一种"悲愤哀怨,隐晦曲折"的诗风。阮籍还长于散文、辞赋,代表作有《大人先生传》《清思赋》《首阳山赋》《鸠赋》《猕猴赋》《达庄论》《通老

论》。音乐史上有"嵇琴阮啸"的说法,但在思想和人格上,嵇康要比阮籍更高出一筹。

(3)山 涛

山涛(公元205—283年),字巨源,"竹林七贤"之一,河南武陟人。早孤,家贫,好老庄学说,与嵇康、阮籍等交游。年四十,始为郡主簿。后山涛见司马懿与曹爽争权,乃隐身不问事务。司马师执政后,欲倾心依附,被举秀才,累迁尚书吏部郎。司马昭以钟会作乱于蜀,将西征,任山涛为行军司马。山涛主张以司马炎为太子。炎称帝时,任山涛为大鸿胪,加奉车都尉,迁吏部尚书、太子少傅、左仆射等。每选用官吏,皆先秉承晋武帝之意,且亲作评论,时称《山公启事》。山涛为人磊落大度,生活节俭。

(4)向 秀

向秀（公元227-272年），字子期，河南武陟人，"竹林七贤"之一。官至黄门侍郎、散骑常侍。主张"名教"与"自然"统一，合儒道为一；认为万物自生自化，各任其性，即是"逍遥"，但"君臣上下"亦皆出于"天理自然"，故不能因要求"逍遥"而违反"名教"。其哀悼嵇康、吕安的《思旧赋》，情辞沉痛，流传后世。

（5）刘伶

刘伶，字伯伦，安徽淮北人，"竹林七贤"之一，擅长喝酒和品酒。魏末，曾为建威参军。晋武帝泰始初，召对策问，强调无为而治，遂被黜免。反对司马氏的黑暗统治和虚伪礼教。为避免政治迫害，遂嗜酒佯狂，任性放浪。一次有客来访，他不穿衣服。客责问他，他说："我以天地为宅舍，以屋室为衣裤，你们为何入我裤中？"唯著《酒德颂》，此文如下：

有大人先生者，以天地为一朝，万朝为须臾，日月为扃牖，八荒为庭衢。行无辙迹，居无室庐，暮天席地，纵意所如。止则操卮执

向秀画像

觚，动则挈榼提壶，唯酒是务，焉知其余？

有贵介公子，缙绅处士，闻吾风声，议其所以。乃奋袂攘襟，怒目切齿，陈说礼法，是非锋起。先生于是方捧罂承槽，衔杯漱醪。奋髯箕踞，枕麴借糟，无思无虑，

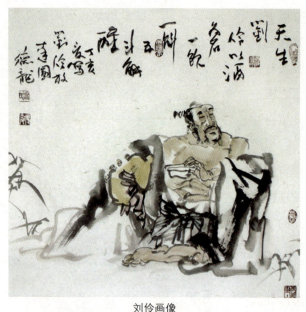

刘伶画像

其乐陶陶。兀然而醉，豁尔而醒。静听不闻雷霆之声，熟视不睹泰山之形，不觉寒暑之切肌，利欲之感情。俯观万物，扰扰焉如江汉三载浮萍；二豪侍侧焉，如螺蠃之与螟蛉。

（6）阮　咸

阮咸，河南陈留人，字仲容，"竹林七贤"之一。阮籍之侄，与籍并称为"大小阮"。曾任散骑侍郎。为人旷放，不拘礼法，善弹直颈琵琶（所以直颈琵琶后改称阮咸，简称阮）。阮咸不仅擅长演奏，也精于作曲，唐代流行的琴曲《三峡流泉》据说就是他所作，诗人李季兰曾作诗颂道："忆昔阮公为此曲，能使仲容听不足"。

（7）王　戎

王戎（公元234—305年），字濬冲，山东临沂人，西晋大臣，"竹林七贤"之一。善清谈，与阮籍、嵇康等为竹林之游。阮籍曾说王戎是"七贤"中最庸俗的一位。晋武帝时，历任吏部黄门郎、散骑常侍、河东太守、荆州刺史、光禄勋、吏部尚书等职。惠帝时，官至司徒。王戎热衷名利，性极贪吝，田园遍及诸州，聚敛无已，昼夜算计，因此被世人讥讽。

◆左思与《三都赋》

左思（公元250—305年），字太冲，西晋文学家，山东淄博人。

其父左熹，曾任西晋武帝朝殿中侍御史、太原相、弋阳太守等。左思自幼其貌不扬，却才华出众。晋武帝时，因妹左棻被选入宫，举家迁居洛阳，任秘书郎。晋惠帝时，依附权贵贾谧，为文人集团"二十四友"的重要成员。永康元年因贾谧被诛，退居宜春里，专心著述。太安二年（公元303年）病逝。左思视荣辱如浮云，名利为粪土，把精力都用在精研书法和文学创作上，写出了许多流传至今的名篇佳作。其中，《三都赋》问世后，风行

左思画像

洛阳，豪贵之家争相传抄，"洛阳纸贵"便成著名典故。左思以《三都赋》名震京都，但奠定其文学地位的却是《咏史》诗八首。

左思是太康年间成就最高的作家，著名作品有《三都赋》《咏史》，主旨是表达自己建功立业的宏伟抱负，猛烈抨击不合理的门阀制度，借史事来展示自己的才华，表现自己"功成不受爵，长揖归田庐"的情操。继承了建安风骨，辞采壮丽，情调高亢，充满着一股英豪之气。其他著名作品还有《娇女诗》《杂诗》《悼离赠妹诗》。

经典短篇文学欣赏

悼离赠妹诗

左思

穆穆令妹，有德有言。才丽汉班，明朗楚樊。默识若记，下笔成篇。行显中闺，名播八蕃。

以兰之芳，以膏之明。永去骨肉，内充紫庭。至情至念，惟父惟兄。悲其生离，泣下交颈。

桓山之鸟，四子同巢。将飞将散，悲鸣切切。惟彼禽鸟，犹有号唶。况我同生，载忧载劳。

将离将别，置酒中袖口。衔杯不饮，涕洟纵横。会日何短，隔日何长。仰瞻曜灵，爱此寸光。

何以为赠，勉以列图。何以为诚，申以诗书。去去在近，上下歔欷。含辞满胸，郁愤不舒。

燕燕之诗，伫立以泣。送尔涉涂，涕泗交集。云往雨绝，瞻望弗及。延伫中衢，惆忆呜唈。

既乖既离，驰情仿髴。何寝不梦，何行不想。静言永念，形留神往。忧思成疢，结在精爽。

其思伊何，发言流泪。其疢伊何，寤寐惊悸。咏尔文辞，玩尔手笔。执书当面，聊以永日。

◆东晋诗人陶渊明

陶渊明（公元365—427年），字元亮，号五柳先生，谥号靖节先生，江西九江人，东晋末期南朝宋初诗人、文学家、辞赋家、散文家。田园生活是陶渊明诗歌的主要题材，后人称他为"田园诗人"。陶渊明的诗歌分为三类：饮酒诗

《桃花源记》诗意图

（他是中国文学史上第一个大量写饮酒诗的诗人，如《饮酒》《述酒》）、咏怀诗（如《杂诗》《读山海经》）、田园诗（数量最多，成就最高，这类诗充分表现了诗人鄙夷功名利禄的高远志趣和守志不阿的高尚节操）。陶渊明的作品有《饮酒》《归园田居》《桃花源记》《五柳先生传》《归去来兮辞》《与子俨等疏》《桃花源诗》等，辞赋有《闲情赋》《感士不遇赋》，韵文有《扇上画赞》《读史述》《祭程氏妹文》《祭从弟敬远文》《自祭文》；散文有《晋故征西大将军长史孟府君传》，又称《孟嘉别传》。陶渊明的诗文辞赋多描绘自然景色及其在农村生活的情景，寄寓对官场与世俗社会的厌倦，表露出洁身自好，不愿屈身逢迎的志趣，宣扬"人生无常""乐安天命"。

经典短篇文学欣赏

归去来兮辞

陶渊明

余家贫，耕植不足以自给。幼稚盈室，瓶无储粟，生生所资，未见其术。亲故多劝余为长吏，脱然有怀，求之靡途。会有四方之事，诸侯以惠爱为德，家叔以余贫苦，遂见用为小邑。于时风波未静，心惮远役，彭泽去家百里，公田之利，足以为酒，故便求之。及少日，眷然有归欤之情。何则？质性自然，非矫励所得。饥冻虽切，违己交病。尝从人事，皆口腹自役。于是怅然慷慨，深愧平生之志。犹望一稔，当敛裳宵逝。寻程氏妹丧于武昌，情在骏奔，自免去职。仲秋至冬，在官八十余日。因事顺心，命篇曰《归去来兮》。乙巳岁十一月也。

《归去来兮辞》诗意图

归去来兮，田园将芜胡不归？既自以心为形役，奚惆怅而独悲！悟已往之不谏，知来者之可追；实迷途其未远，觉今是而昨非。舟遥遥以轻飏，风飘飘而吹衣。问征夫以前路，恨晨光之熹微。乃瞻衡宇，载欣载奔。僮仆欢迎，稚子候门。三径就荒，松菊犹存。携幼入室，有酒盈樽。引壶觞以自酌，眄庭柯以怡颜。倚南窗以寄傲，审容膝之易安。园日涉以成趣，门虽设而常关。策扶老以流憩，时矫首而遐观。云无心以出岫，鸟倦飞而知还。景翳翳以将入，抚孤松而盘桓。

归去来兮，请息交以绝游。世与我而相违，复驾言兮焉求？悦亲戚之情话，乐琴书以消忧。农人告余以春及，将有事于西畴。或命巾车，或棹孤舟。既窈窕以寻壑，亦崎岖而经丘。木欣欣以向荣，泉涓涓而始流。善万物之得时，感吾生之行休。已矣乎！寓形宇内复几时，曷不委心任去留？胡为乎遑遑欲何之？富贵非吾愿，帝乡不可期。怀良辰以孤往，或植杖而耘耔。登东皋以舒啸，临清流而赋诗。聊乘化以归尽，乐夫天命复奚疑！

◆山水诗鼻祖——谢灵运

谢灵运（公元385—433年），东晋诗人、历史学家、佛学家，中国山水诗开创者，被称为"山水诗鼻祖"，是南北朝时代与陆机齐名的诗人，河南太康人。因从小寄养在钱塘杜家，故乳名为客儿，世称谢客。又因他是东晋名将谢玄之孙，袭封康乐公，又性情狂傲，与朝廷发生矛盾，后被降至康乐侯，故又称"谢康乐"，死后葬于江西万载县。主要成就在于山水诗，此后山水诗成为中国文学史上的一大流派。

谢灵运也是中国史册上的第一位大旅行家。其诗充满道法自然的精神，贯穿着一种清新、自然、恬静的韵味，李白、王维、孟浩

然、韦应物都曾取法谢灵运。除诗文创作外，谢灵运还兼通史学，精通佛教、老庄哲学及书法、绘画。宋文帝刘义隆曾称赏他的诗和字为"二宝"。与庐山东林寺的名僧慧远有深交，写有《庐山慧远法师诔》。谢灵运的著名作品有《山居赋》《岭表赋》《江妃赋》《金刚般若经》《大般涅经》《辩宗论》《晋书》。

谢灵运塑像

 经典短篇文学欣赏

相逢行

谢灵运

行行即长道，道长息班草。邂逅赏心人，与我倾怀抱。夷世信难值，忧来伤人，平生不可保。

阳华与春渥，阴柯长秋槁。心慨荣去速，情苦忧来早。日华难久居，忧来伤人，谆谆亦至老。

亲党近恤庇，昵君不常好。九族悲素霓，三良怨黄鸟。迩朱白即颊，忧来伤人，近缟洁必造。

水流理就湿，火炎同归燥。赏契少能谐，断金断可宝。千计莫适从，忧来伤人，万端信纷绕。

巢林宜择木，结友使心晓。心晓形迹暑，暑迩谁能了。相逢既若旧，忧来伤人，片言代纟编。

南朝文学

◆ **南朝新体诗**

　　齐梁陈三代是新体诗形成和发展的时期。所谓新体诗，是与古体诗相对而言，其主要特征是讲究声律和对偶。因为这种新体诗最初形成于南朝齐永明年间，故又称"永明体"，其代表诗人是谢朓。永明体的产生，标志着中国古典诗歌的一大进步，为当时的诗坛注入了新的气息，树立了新的美学风范；他们所积累的丰富的艺术经验，也为后来律诗的成熟及唐诗的繁荣奠定了基础。

　　新体诗是由古诗到律诗的过渡形态。宫体也是新体诗的一种，以女子为中心，咏物、艳情为主，诗风轻佻。代表作家是梁简文帝父子，庾肩吾、庾信父子；徐摛、徐陵父子。

　　新体诗的特征：

　　第一，讲求声律，用韵已相当考究，其主要表现为押平声韵者居多，押本韵很严，至于通于通韵，很多已接近唐人。

第二，诗的篇幅已大大缩短，句式渐趋于定型，以五言四句、五言八句为主，也有一些是五言十句的。

第三，讲求写作技巧，讲求骈偶、对仗，律句已大量出现，有些典故很自然地融入诗中。

第四，革除了刘宋时元嘉体诗痴重板滞的风气，追求流转圆美和通俗易懂的诗风。

第五，讲求诗首尾的完整性，讲求构思的巧妙，追求诗的意境，写景抒情有机地融为一体。

新体诗是与古体诗相对而言的，其主要特征是讲究声律和对偶。其代表诗人是谢朓、沈约。永明体的产生，标志着中国古典诗歌的一大进步，为当时的诗坛树立新的美学风范，也为后来律诗的成熟及唐诗的繁荣奠定了基础。"永明体"是由古诗到律诗的过渡形态，纠正了晋宋以来文人诗的语言过于艰涩的弊病，对"近体诗"的形成产生了重大影响。在"永明体"以前，诗坛上流行的是"古体诗"，亦称"古诗""古风"，每篇句数不拘，有四言、五言、六言、七言、杂言诸体，不求对仗，平仄、用韵较自由。唐代以后，形成了律诗和绝句，称为"近体诗"，亦称"今体诗"。这是同"古体诗"相对而言的，句数、字数和平仄、用韵等都有严格的规定。而这"近体诗"的雏形，就是"新体诗"。

◆元嘉诗人鲍照

鲍照（公元415—470年），字明远，南朝宋文学家，山东临沂市郊城人。青少年时代是在江苏镇江一带度过的。宋文帝元嘉十六年（公元439年），鲍照为了谋求官职，去谒见临川王刘义庆，献诗言志，获得赏识，被任为临川国侍郎。元嘉二十一年，刘义庆病逝，他也随之失职，在家闲居。宋孝武帝大明五年（公元461年），做临海王刘子顼的幕僚。孝武帝死后，文帝十一子刘彧杀前废帝刘子业自立，是为明帝。子顼响应晋安王刘子勋反对刘彧的斗争。子勋战败，子顼被赐死，鲍照亦为乱兵所害。鲍照成就最高的是诗歌，最有名的是《拟行路难》18首。其诗歌感情丰沛，形象鲜明，有浓厚的浪漫主义色彩，对李白、高适、岑参等人有一定的影响。与谢灵运、颜延之合称"元嘉三大家"。鲍照的《拟行路难》为七言诗歌开出了新路，丰富了中国古典诗歌的艺术表现力。

鲍照

北朝乐府民歌

北朝乐府民歌产生于长期处于混战状态的北方，又出于各个民族，因此反映现实生活比南朝要远为深广。其中以反映战争、徭役和人民流离失所的诗篇最多；其次是反映北方民族的尚武精神，表现壮烈牺牲，歌颂战斗英雄的，如《木兰诗》；还有少数诗篇写婚姻恋爱和北国风光的，如《敕勒歌》。可见，北朝民歌数量虽然比南朝民歌少，但题材广泛，内容丰富，是南朝民歌所不能比的。北朝民歌语言朴素，感情直率，就是情歌也大都大胆泼辣，这就形成了北朝民歌刚健豪放的风格，与南朝民歌的艳丽柔弱迥然不同。

北魏宫廷和贵族邸宅中所用乐歌，原先有不少是鲜卑族和其他少数民族的歌曲。据《新唐书·乐志》载，北魏音乐中的"北歌"有鲜卑、吐谷浑和部落稽三族的歌谣。《隋书·经籍志》所载《国语真歌》10卷、《国语御歌》11卷，大抵是鲜卑歌。但这些少数民族歌谣由于元宏推行汉化以及民族的融合，后人对歌辞不能理解，就逐渐散失了。

《木兰诗》是一首长篇叙事诗

《木兰诗》图一

歌，代表了北朝乐府民歌杰出的成就。它的产生年代及作者不详，一般认为其产生于北魏，创作于民间。《木兰诗》讲述了一个叫木兰的女孩，女扮男装，代父从军，在战场上建立功勋，回朝后不愿作官，但求回家团聚的故事。诗中热情赞扬了这位奇女子勤劳善良的品质，保家卫国的热情，英勇战斗的精神，以及端庄从容的风姿。

《木兰诗》不仅反映北方游牧民族的尚武风气，也表现了北方人民憎恶长期割据战乱，渴望过和平、安定生活的意愿。也冲击了封建社会重男轻女的偏见，富有浪漫色彩，风格刚健古朴。《木兰诗》很有特点，诗中用拟问作答来刻画心理活动，细致深刻；用铺张排比来描述行为情态，神气跃然；精炼的口语，不仅道出一个女子口吻，也增强了叙事的气氛，更显民歌的本色。直到今天，木兰的故事依然深入人心，广为传颂，舞台银幕上的木兰形象激励着人们的爱国情操。

 经典短篇文学欣赏

木兰诗

唧唧复唧唧，木兰当户织，不闻机杼声，惟闻女叹息。问女何所思，问女何所忆，女亦无所思，女亦无所忆。昨夜见军帖，可汗大点兵。军书十二卷，卷卷有爷名，阿爷无大儿，木兰无长兄，愿为市鞍马，从此替爷征。

东市买骏马，西市买鞍鞯，南市买辔头，北市买长鞭。旦辞爷娘去，暮至黄河边。不闻爷娘唤女声，但闻黄河流水鸣溅溅。但辞黄河去，暮宿黑山头。不闻爷娘唤女声，但闻燕山胡骑鸣啾啾。

万里赴戎机，关山度若飞。朔气传金柝，寒光照铁衣。将军百战死，壮士十年归。归来见天子，天子坐明堂。策勋十二转，赏赐百千

强。可汗问所欲，木兰不用尚书郎。愿驰千里足，送儿还故乡。

　　爷娘闻女来，出郭相扶将。阿姊闻妹来，当户理红妆。小弟闻姊来，磨刀霍霍向猪羊。开我东阁门，坐我西阁床。脱我战时袍，着我

《木兰诗》图二

旧时裳。当窗理云鬓，对镜贴花黄。出门看伙伴，伙伴皆惊惶。同行十二年，不知木兰是女郎！雄兔脚扑朔，雌兔眼迷离。双兔傍地走，安能辨我是雄雌。

第四章

唐代文学

中国古代文学发展到隋唐五代，整个文坛出现了自战国以来前所未有的百花齐放、万紫千红的局面。诗歌的发展达到了黄金时代，唐代遗留下来的诗歌将近五万首，著名诗人约有五六十位，以李白、杜甫的成就最高。散文方面，由于古文运动，创造出许多传记、游记、寓言、杂说等新型短篇散文。小说方面出现富于文采与意象的传奇作品。儒家的仁政思想，对杜甫、白居易等现实主义诗人的创作有明显的影响，并且在李白等浪漫主义诗人的作品里焕发光彩。此外佛教的流传，对诗人王维以及变文和其他讲唱文学也有很大作用。

唐代文学的繁荣，也是文学本身不断发展的结果。从先秦到汉魏六朝，文学在诗歌、散文、小说等方面都积累了丰富的遗产。唐初太宗时的虞世南、高宗时的上官仪，都是专写浮艳的宫廷诗的代表人物。唐代诗风转变的关键在于代表中下层地主阶级利益的新起诗人和宫廷诗人展开了斗争。高宗时，"初唐四杰"崛起，提出轻"绮碎"，重"骨气"的主张，对以上官仪为代表的宫廷诗风，深表不满。他们的诗或表现从军报国的壮志，或揭发贵族生活的荒淫空虚，或抒发自己怀才不遇的悲愤。盛唐时代，唐诗的发展达到顶峰。充满蓬勃向上精神的浪漫主义诗风是诗坛的主流。唐朝文学是我国文学史上一个不可忽略的重要时期，本章主要对唐代文学进行细致地介绍。

初唐文学

◆ **初唐四杰**

"初唐四杰"是初唐四位诗歌文学家王勃、杨炯、卢照邻、骆宾王的合称。《旧唐书》中记载道："杨炯与王勃、卢照邻、骆宾王以文诗齐名，海内称为王杨卢骆，亦号为'四杰'。""四杰"的诗文与魏晋南北朝时代的诗歌风格相比，已经具有浓郁的现实主义特色，比如王勃明确反对当时的"上官体"，得到卢照邻等人的支持。"初唐四杰"的诗歌，从宫廷走向人生，题材较为广泛，风格也较清俊。其中，卢、骆的七言歌趋向辞赋化，王、杨的五言律绝开始规范化，音调铿锵。"四杰"是初唐文坛新旧过渡的人物。下面我们就来一一介绍"初唐四杰"。

（1）王 勃

王勃（公元650—676年），字子安，"初唐四杰"之首，山西河津人，曾任虢州参军。他的诗风格清新，他与卢照邻等人试图改变当时"争构纤维，竞为雕刻"的诗风。27岁时所写的《滕王阁诗序》是词赋中的名篇，《滕王阁诗》则是唐诗中的精品，他的《送杜少府之任蜀州》，更是公认的唐诗极品，其中"海内存知己，天涯若比邻"是唐诗中最能渗透古今的千古名句。王勃的祖父王通是隋末著名学者，号文中子。父亲历任太常博士、雍州司功等职。王勃才华早露，被司刑太常伯刘祥道赞为神童，向朝廷表荐，授朝散郎。两年后因《檄英王鸡》文，被高宗怒逐出府。上元二年（公元675年），王勃南下探父，渡海溺水而死。

（2）杨 炯

杨炯（公元650—693年），唐代诗人，陕西华阴人，以边塞征战诗著名，作品有《从军行》《出塞》《战城南》《紫骝马》等，表现了为国立功的战斗精神，风格豪放。上元三年（公元676年）应制举及第，补校书郎。武后垂拱元年（公元685年），参与徐敬业起兵，为梓州司法参军。天授元年（公元690年），任教于洛阳宫中习艺馆。如意元年（公元692年）秋后迁盈川令，吏治以严酷著称，世称杨盈川。"其词章瑰丽，由于贯穿典籍，不止涉猎浮华"；所作《王勃集序》，对王勃改革当时淫靡文风的创作实践，评价很高，反映了"四杰"改革当时文风的要求。

（3）卢照邻

卢照邻（公元637—689年），唐代诗人，字升之，自号幽忧子，河北涿县人。年少时受小学、经史，博学能文。高宗乾封三年（公元668年），为益州新都（今四川成都）尉。离蜀后，寓居洛阳。曾被横祸下狱，后染风疾，居长安附近太白山，因服丹药中毒，手足残废。再徙居阳翟具茨山下，买园数十亩，凿水环宅，预筑坟墓，偃卧其中。由于政治上的坎坷失意和长期病痛的折磨，投水而死。作品有《病梨树赋》《卢升之集》和《幽

卢照邻行书诗

忧子集》。

（4）骆宾王

骆宾王（公元640—687年），唐代诗人，字观光，浙江义乌人。与富嘉谟，并称"富骆"。在四杰中，尤擅七言歌行，名作《帝京篇》为初唐绝唱。骆宾王写有不少边塞诗，豪情壮志，见闻亲切。骆宾王7岁能诗，有"神童"之称，幼年即写有《咏鹅诗》："鹅，鹅，鹅，曲项向天歌，白毛浮绿水，红掌拨清波。"武则天当政时，骆多次上书讽刺，得罪入狱，后遇赦得释。调露二年（公元680年），出任临海县丞，世称骆临海。嗣圣元年（公元684年），武则天废中宗自立，9月徐敬业（即李敬业）在扬州起兵反对。骆宾王为徐府属，掌管文书机要，起草著名的《讨武氏檄》（即《代李敬业传檄天下文》）。11月徐敬业兵败被杀，骆宾王下落不明。

◆诗圣——初唐陈子昂

陈子昂（公元659—702年），唐代文学家，初唐诗文革新人物之一，字伯玉，四川射洪人。曾任右拾遗，后世称陈拾遗。陈子昂少年时家庭富裕，轻财好施，慷慨任侠。成年后发愤攻读，博览群书，擅长写作，关心国事，要求在政治上有所建树。24岁时举进士，后升右拾遗，直言敢谏。武则天当政，信用酷吏，滥杀无辜。他屡次上书谏净。万岁通天元年（公元696年），契丹李尽忠、孙万荣叛乱，

陈子昂

随建安王武攸宜大军出征。圣历元年（公元698年）其父死，居丧期间，武三思指使射洪县令段简罗织罪名，加以迫害，冤死狱中。

唐代初期诗歌沿袭六朝余习，风格绮靡纤弱，陈子昂力图扭转这种倾向。陈子昂的诗歌质朴、刚健，对整个唐代诗歌产生巨大影响。其诗风骨峥嵘，寓意深远，苍劲有力，有《陈伯玉集》传世。其著名的诗歌名作是《登幽州台歌》："前不见古人，后不见来者。念天地之悠悠，独怆然而涕下！"其他诗歌作品还有《观荆玉篇》《鸳鸯篇》《彩树歌》《春台引》《遂州南江别乡曲故人》《月夜有怀》《白帝城怀古》《岘山怀古》《卧病家园》等。

经典短篇文学欣赏

滕王阁序（节选）

王勃

　　豫章故郡，洪都新府。星分翼轸，地接衡庐。襟三江而带五湖，控蛮荆而引瓯越。物华天宝，龙光射牛斗之墟；人杰地灵，徐孺下陈蕃之榻。雄州雾列，俊采星驰，台隍枕夷夏之交，宾主尽东南之美。都督阎公之雅望，棨戟遥临；宇文新州之懿范，襜帷暂驻。十旬休假，胜友如云；千里逢迎，高朋满座。腾蛟起凤，孟学士之词宗；紫电青霜，王将军之武库。家君作宰，路出名区；童子何知，躬逢胜饯。

　　时维九月，序属三秋。潦水尽而寒潭清，烟光凝而暮山紫。俨骖𬴂于上路，访风景于崇阿。临帝子之长洲，得天人之旧馆。层峦耸翠，上出重霄；飞阁流丹，下临无地。鹤汀凫渚，穷岛屿之萦回；桂殿兰宫，即冈峦之体势。

披绣闼，俯雕甍，山原旷其盈视，川泽纡其骇瞩。闾阎扑地，钟鸣鼎食之家；舸舰弥津，青雀黄龙之舳。云销雨霁，彩彻区明。落霞与孤鹜齐飞，秋水共长天一色。渔舟唱晚，响穷彭蠡之滨；雁阵惊寒，声断衡阳之浦。

遥襟甫畅，逸兴遄飞。爽籁发而清风生，纤歌凝而白云遏。睢园绿竹，气凌彭泽之樽；邺水朱华，光照临川之笔。四美具，二难并。穷睇眄于中天，极娱游于暇日。

天高地迥，觉宇宙之无穷；兴尽悲来，识盈虚之有数。望长安于日下，目吴会于云间。地势极而南溟深，天柱高而北辰远。关山难越，谁悲失路之人？萍水相逢，尽是他乡之客。怀帝阍而不见，奉宣室以何年？

盛唐文学

◆山水田园诗

山水诗源于南朝宋时的谢灵运，田园诗源于晋代的陶渊明。唐代时期，山水田园诗以王维、孟浩然为代表。这类诗以描写自然风光、农村景物以及安逸恬淡的隐居生活见长。特色是诗境隽永优美，风格恬静淡雅，语言清丽洗练，多用白描手法。其中，王维的诗歌描写山川美景，抒发融入自然的喜悦，清新自然；孟浩然的诗描写田园风光，表达对农家生活的热爱，朴质感人。王孟是盛唐时期田园山水诗的代表人物。王维既是诗人又是画家，能将绘画的原理与技巧运用到诗歌创作中。下面我们就来介绍这两位大唐时代的山水田园诗人。

（1）孟浩然

孟浩然（公元689—740年），唐代诗人，名浩，字浩然，世称孟襄阳，湖北襄樊人。与王维合称"王孟"。以写田园山水诗为主。未曾入仕，又称孟山人。他和王维交谊甚笃。传说王维曾私邀入内署，适逢玄宗至，浩然惊避床下。王维不敢隐瞒，据实奏闻，玄宗命

孟浩然寻梅图

出见。浩然自诵其诗，至"不才明主弃"之句，玄宗说："卿不求仕，而朕未尝弃卿，奈何诬我！"于是放归襄阳。开元二十五年，张九龄为荆州长史，招致幕府。开元二十八年，浩然背上长了毒疮，因纵情宴饮而疾发逝世。

孟诗绝大部分为五言短篇，多写山水田园、隐居逸兴、羁旅行役的心情。其诗歌名作有《登江中孤屿》："悠悠清江水，水落沙屿出。回潭石下深，绿筱岸傍密。鲛人潜不见，渔父歌自逸。忆与君别时，泛舟如昨日。夕阳开返照，中坐兴非一。南望鹿门山，归来恨如失。"《秋登兰山寄张五》："北山白云里，隐者自怡悦。相望试登高，心飞逐鸟灭。愁因薄暮起，兴是清秋发。时见归村人，沙行渡头歇。天边树若荠，江畔舟如月。何当载酒来，共醉重阳节。"

（2）王　维

王维（公元701—761年），字摩诘，盛唐著名诗人，官至尚书右丞，山西永济人，崇信佛教，晚年居于蓝田辋川别墅。诗、画成就都很高，善画人物、丛竹、山水，名作有《辋川图》《雪溪图》《济南伏生像》。苏东坡赞他"味摩诘之诗，诗中有画；观摩诘之画，画中有诗。"晚年无心仕途，专诚奉佛，世人称为"诗佛"。王维最能代表其创作特色的是描绘山水田园等自然风景，及歌咏隐居生活的诗篇，继承和发展了谢灵运开创的写作山水诗的传统，使山水田园诗达到高峰。诗歌作品有《鸟鸣涧》《辛夷坞》《送梓州李使君》《送邢桂州》《使至塞上》《从军行》《陇西行》《燕支行》《观猎》《使至塞上》《出塞作》《陇头吟》《老将行》《观猎》《少年行》《不遇咏》《洛阳女儿行》《西施咏》《息夫人》《班婕妤》《送别》《送元二使安西》

王维画像

《九月九日忆山东兄弟》《相思》等。

◆盛唐边塞诗

边塞诗是盛唐诗歌的主要流

派，以描绘边塞风光、反映戍边将士生活为主。汉魏六朝时已有边塞诗，"初唐四杰"和陈子昂进一步将其予以发展。到盛唐，边塞诗则全面成熟。该派诗人以高适、岑参、李颀、王昌龄最知名，另外还有王之涣、王翰、崔颢、刘湾、张谓等诗人。唐代疆域广阔，为了维护各民族的团结安宁，维护国家的和平统一，保护国际通商，盛唐安边战争时有发生。于是以边关战事为中心的边关生活，便成了盛唐诗人关注的重要内容。边塞诗人大都有边塞生活体验，从各方面深入表现边塞生活。他们不仅描绘了壮阔苍凉、绚丽多采的边塞风光，而且抒写了请缨投笔的豪情壮志，以及征人离妇的思想感情。诗作情辞慷慨、气氛浓郁、意境雄浑，杰出作品有高适的《燕歌行》、岑参的《走马川行奉送出师西征》等。下面我们就来介绍盛唐边塞诗的著名代表人物王昌龄、高适、岑参。

（1）王昌龄

王昌龄（公元690—756年），字少伯，盛唐著名边塞诗人，誉为"七绝圣手"，世称王龙标，有"诗家夫子王江宁"之称。陕西西安人，家境贫寒，开元十五年进士及第，授秘书省校书郎，后贬龙标尉。开元二十二年（公元734年），王选博学宏词科，改任汜水县尉，再迁为江宁丞。开元二十八年（公元740年）王昌龄游襄阳，访著名诗人孟浩然。孟浩然患疽病，快痊愈了，两人见面后非常高兴，孟浩然由于吃了海鲜而痈疽复发而死。王昌龄又结识了大诗人李白，当时李白正流放夜郎。王昌龄后至亳州，为刺史闾丘晓所杀。其诗歌名作有《出塞》《从军行》《长信秋词》《西宫春怨》《闺怨》《采莲曲》《芙蓉楼送辛渐》等。

王昌龄的诗可分为边塞、闺情宫怨和送别三类。边塞诗体现了他的爱国主义、英雄主义精神。其著名诗歌如《出塞》："秦时明月汉时关，万里长征人未还。但使龙城飞将在，不教胡马度阴山。"《从军行》："烽火城西百尺楼，黄昏独坐海风秋。更吹羌笛关山月，无那金闺万里愁。"《从军行》：

"青海长云暗雪山，孤城遥望玉门关。黄沙百战穿金甲，不破楼兰终不还。"《闺怨》："闺中少妇不曾愁，春日凝妆上翠楼。忽见陌头杨柳色，悔教夫婿觅封侯。"

（2）高 适

高适（公元700—765年）字达夫、仲武，河北景县人。少孤贫，爱交游，有游侠之风。天宝八年（公元749年），经睢阳太守张九皋推荐，授封丘尉。安史之乱后，曾任淮南节度使、彭州刺史、蜀州刺史、剑南节度使等职，世称"高常侍"，有《高常侍集》传世。高适为唐代著名边塞诗人，与岑参并称"高岑"。其诗歌洋溢着盛唐时期所特有的奋发进取、蓬勃向上的时代精神。"雄浑悲壮"是他的边塞诗的突出特点。具体地说，其诗歌可分为：边塞诗，代表作有《燕歌行》《蓟门行五首》《塞上》《塞下曲》、《蓟中作》《九曲词三首》等；反映民生疾苦的诗，如《自淇涉黄河途中作十三首》《东平路中遇大水》

王昌龄画像

等；讽时伤乱诗，如《古歌行》《行路难二首》《登百丈峰二首》等；咏怀诗，如《别韦参军》《淇上酬薛三据兼寄郭少府微》《效古赠崔二》《封丘作》等。高适的著名诗歌，如《别董大》："千里黄云白日曛，北风吹雁雪纷纷。莫愁前路无知己，天下谁人不识君！"

（3）岑 参

岑参（公元715—770年），唐代诗人，河南新野人。出身于官僚家庭，曾祖父、伯祖父、伯父都官至宰相。父亲两任州刺史，但却早死，家道衰落。他自幼从兄受书，遍读经史。天宝三年（744年）中进士，授兵曹参军。天宝八年，充安西四镇节度使高仙芝幕府书记，赴安西。前后两次在边塞共六年。后罢官，客死成都旅舍。岑参山水诗

《白雪歌送武判官归京》诗意图

风格清丽俊逸，感伤不遇，如《感遇》《精卫》《暮秋山行》《至大梁却寄匡城主人》等。边塞诗的基调，既热情歌颂了唐军的勇武和战功，也委婉揭示了战争的残酷和悲惨，代表作有《白雪歌》《走马行川》《轮台歌》。《白雪歌送武判官归京》是其诗歌杰作："北风卷地白草折，胡天八月即飞雪。忽如一夜春风来，千树万树梨花开。散入珠帘湿罗幕，狐裘不暖锦衾薄；将军角弓不得控，都护铁衣冷难着。瀚海阑干百丈冰，愁云惨淡万里凝。中军置酒饮归客，胡琴琵琶与羌笛。纷纷暮雪下辕门，风掣红旗冻不翻。轮台东门送君去，去时雪满天山路。山回路转不见君，雪上空留马行处。"

◆大唐诗仙——李白

李白（公元701—762年），字太白，盛唐最杰出的诗人，是我国文学史上继屈原之后又一伟大的浪漫主义诗人，有"诗仙"之称。李白经历坎坷，思想复杂，既是天才诗人，又兼有游侠、刺客、隐士、道人、策士等气质。儒家、道家和游侠三种思想，在他身上都有体现。李白作为一个热爱祖国、关怀人民、不忘现实的伟大诗人，十分关心战争，对保卫边疆的将士予以热情的歌颂，创作出《塞下曲》《战城南》《丁都护歌》等诗歌。还写了不少乐府诗，描写劳动者的

艰辛生活，如《长干行》《子夜吴歌》等。李白的剑术在唐朝在裴旻之下，可排第二。与李商隐、李贺三人并称唐代"三李"。

李白的诗具有"笔落惊风雨，诗成泣鬼神"的魅力，也是他的诗歌最鲜明的艺术特色。李白使诗歌的内容和形式达到完美的统一；主观抒情色彩十分浓烈，感情的表达具有一种排山倒海、一泻千里的气势；同时具有极度的夸张、贴切的比喻和惊人的幻想等特色，如其诗歌名句："抽刀断水水更流，举杯消愁愁更愁""白发三千丈，缘愁似个长"等；常将想象、夸张、比喻、拟人等手法综合运用，从而造成神奇异采、瑰丽动人的意境；他的语言正如他的两句诗所说，"清

李白饮酒图

水出芙蓉，天然去雕饰"，明朗、活泼、隽永。代表作有《蜀道难》《行路难》《梦游天姥吟留别》《将进酒》《梁甫吟》《古风》《长干行》《子夜吴歌》《宣州谢朓楼饯别校书叔云》《望庐山瀑布》《望天门山》《早发白帝城》等，为中华诗坛第一人。

经典短篇文学欣赏

宣州谢朓楼饯别校书叔云

李白

弃我去者，昨日之日不可留。乱我心者，今日之日多烦忧！

长风万里送秋雁，对此可以酣高楼。蓬莱文章建安骨，中间小谢又清发。

俱怀逸兴壮思飞，欲上青天览明月。抽刀断水水更流，举杯销愁愁更愁。

人生在世不称意，明朝散发弄扁舟。

◆诗圣——现实主义诗人杜甫

杜甫（公元712—770年），字子美，自号少陵野老，我国唐代伟大的现实主义诗人，与李白并称"大李杜"。杜甫善于运用古典诗歌的许多体制，是新乐府诗体的开路人。他的乐府诗，促成了中唐时期新乐府运动的发展。他的五七古长篇，亦诗亦史，展开铺叙，标志着我国诗歌艺术的高度成就。杜甫在五七律上也表现出显著的创造性，积累了关于声律、对仗、炼字炼句等完整的艺术经验。

"三吏""三别"是杜甫现实主义诗歌的杰作，真实地描写了特定环境下的县吏、关吏、老妇、老翁、新娘、征夫等人的思想、感情、行动、语言，生动反映了那个时期的社会现实和广大劳动人民深重的灾难和痛苦，展示出一幕幕凄惨的人生悲剧。诗歌名作有《遣怀》《昔游》《卜居》《蜀相》《为农》《狂夫》《江村》《野老》《恨别》《独酌》

杜甫画像

《寒食》《琴台》《病柏》《归　　歌》《江南逢李龟年》《登楼》
雁》《春望》《茅屋为秋风所破　　《月夜》等。

经典短篇文学欣赏

饮中八仙歌

杜甫

知章骑马似乘船，眼花落井水底眠。

汝阳三斗始朝天，道逢曲车口流涎，恨不移封向酒泉。

左相日兴费万钱，饮如长鲸吸百川，衔杯乐圣称避贤。

宗之潇洒美少年，举觞白眼望青天，皎如玉树临风前。

苏晋长斋绣佛前，醉中往往爱逃禅。

李白一斗诗百篇，长安市上酒家眠，

天子呼来不上船，自称臣是酒中仙。

张旭三杯草圣传，脱帽露顶王公前，挥毫落纸如云烟。

焦遂五斗方卓然，高谈雄辩惊四筵。

中唐文学

◆**古文运动**

　　古文运动是产生于唐宋时期的文学革新运动，内容主要是复兴儒学，反对骈文，提倡古文。所谓"古文"，是对骈文而言的，主要指先秦和汉朝的散文，特点是质朴自由，以散行单句为主，不受格式拘束。但自南北朝以来，文坛上盛行骈文，流于对偶、声律、典故、词藻等形式，华而不实。唐朝初期，骈文仍占文坛主要地位。唐玄宗天宝年间至中唐前期，萧颖士、李华、元结、独孤及、梁肃、柳冕等人，先后提出"宗经明道"的主张，并用散体作文，成为古文运动的先驱。韩愈、柳宗元进一步提出了一套完整的古文理论，并写出相当数量的优秀古文作品，终于在文坛上形成颇有声势的古文运动，把散文的发展推向新阶段。下面我们就来介绍大唐古文运动的两大代表人物韩愈、柳宗元。

　　（1）韩　愈

　　韩愈（公元768—824年），字退之，唐代文学家、哲学家、思想家，河南孟州人，祖籍河北昌黎，世称韩昌黎。晚年任吏部侍郎，又称韩吏部；谥号"文"，又称韩文公。与柳宗元同为唐代古文运动的倡导者，主张学习先秦两汉的散文语言，破骈为散，为唐宋八大家之首，与柳宗元并称"韩柳"，有"文章巨公""百代文宗"之名。韩愈还是中国"道统"观念的确立者，是尊儒反佛的里程碑式人物。

　　韩愈三岁而孤，受兄嫂抚育。

二十岁赴长安考进士，三试不第。三十六岁后，任监察御史。五十岁后，迁刑部侍郎。因谏迎佛骨，贬潮州刺史。不久回朝，历国子祭酒、兵部侍郎、吏部侍郎、京兆尹等职。与柳宗元、苏轼、苏辙、苏洵、曾巩、欧阳修、王安石合称为唐宋八大家，是唐代著名的散文家和重要诗人。他和柳宗元政见不和，但并未影响共同携手倡导古文运动。他们反对过分追求形式的骈文，提倡散文，强调文章内容的重要性。韩愈在政治上主张天下统一，反对藩镇割据。著有《韩昌黎集》《外集》《师说》等。韩愈对古文创作的要求是"必出入于仁义""文从字顺各识职""唯陈言之务去""文以载道"，名作有《送李愿归盘谷序》《送孟东野序》《杂说》《祭十二郎文》《张中丞传后叙》等。

（2）柳宗元

柳宗元（公元773—819年），字子厚，唐代文学家、哲学家、散文家和思想家，山西永济人。与韩愈共同倡导唐代古文运动，并

韩愈画像

称"韩柳"；刘禹锡与之并称"刘柳"；王维、孟浩然、韦应物与之并称"王孟韦柳"；世称柳河东、柳柳州。柳宗元出身官宦家庭，少有才名，早有大志。贞元九年（公元793年）中进士，十四年登博学鸿词科，授集贤殿正字。积极参与王叔文集团政治革新，迁礼部员外郎。永贞元年（公元805年）九月，革新失败，贬邵州刺史，十一月加贬永州司马，期间写下著名的永州八记。元和十年（公元815年）春回京师，又出为柳州刺史。宪宗元和

柳宗元画像

十四年（公元819年）卒于柳州。柳宗元的诗文作品论说性强，笔锋犀利，讽刺辛辣，富于战斗性。哲学著作有《天说》《天时》《封建论》等，著有《柳河东集》。

◆ **中唐诗歌**

中唐前期诗歌创作处于低潮，后期出现繁荣景象。唐代宗大历年间诗坛出现十位诗人，合称"大历十才子"。中唐前期元结、顾况注重反映现实民生，是杜甫开创的新题乐府到以白居易为首的新乐府运动的过渡性诗人。中唐前期的刘长卿、韦应物以山水诗见称；卢纶、

李益以边塞诗见称。中唐后期的两大诗派是新乐府派、韩孟诗派。中唐新乐府运动，以白居易、元稹为代表，注重从生活源泉中觅取诗材，掀起了一场新乐府运动。韩孟诗派以韩愈、孟郊为代表，标榜"陈言务去"，尚古拙，求奇险，形成奇崛险怪的风格特色。在两大诗派之外，还有刘禹锡、柳宗元、李贺等。下面我们就来介绍韦应物、刘禹锡、孟郊、贾岛等诗人。

（1）韦应物

韦应物（公元737—792年），唐代诗人，陕西西安人。15岁起以三卫郎为玄宗近侍，出入宫闱。早年豪纵不羁，横行乡里。安史之乱起，玄宗奔蜀，流落失职，始立志读书。先后为洛阳丞、京兆府功曹参军、滁州和江州刺史、苏州刺史。世称韦江州、韦左司、韦苏州，是山水田园诗派诗人，其山水诗景致优美，清新自然；其田园诗实为反映民间疾苦的政治诗，代表作有《观田家》。其《滁州西涧》诗歌中的"春潮带雨晚来急，野渡

无人舟自横"，写景如画，为后世称许。有《韦江州集》《韦苏州诗集》，诗风恬淡高远，善写景，善描写隐逸生活。

（2）刘禹锡

刘禹锡（公元772—842年），字梦得，晚年自号"庐山人"，唐代中期诗人、文学家、哲学家、政治家，有"诗豪"之称，世称"刘宾客"，洛阳人。刘禹锡曾任监察御史，是王叔文政治改革集团的一员，政治上主张革新。后来永贞革新失败，被贬为朗州司马。他没有自甘沉沦，而是以积极乐观的精神进行创作，积极向民歌学习，创作了《采菱行》等民歌体诗歌，风格上汲取巴蜀民歌含蓄宛转、朴素优美的特色，清新自然，充满生活情趣。在洛阳时，与白居易共创《忆江南》词牌。一度奉诏还京后，又因诗句"玄都观里桃千树，尽是刘郎去后栽"而触怒新贵，被贬为连州刺史，后为江州刺史，创作了大量《竹枝词》。在苏州担任过刺史的韦应物、白居易和刘禹锡，合称为"三杰"，建立了三贤堂，唐文宗赐给他紫金鱼

《滁州西涧》诗意图

袋。刘禹锡的名诗如《西塞山怀古》："王濬楼船下益州，金陵王气黯然收。千寻铁锁沉江底，一片降幡出石头。人世几回伤往事，山形依旧枕寒流。今逢四海为家日，故垒萧萧芦荻秋。"，还有著名作品《陋室铭》："山不在高，有仙则名；水不在深，有龙则灵。斯是陋室，惟吾德馨。苔痕上阶绿，草色入帘青。谈笑有鸿儒，往来无白丁。可以调素琴，阅金经。无丝竹之乱耳，无案牍之劳形。南阳诸葛庐，西蜀子云亭。孔子云："何陋之有？"

《陋室铭》图

（3）孟　郊

孟郊（公元751—814年），字东野，浙江德清人，代表作有《游子吟》。孟郊早年生活贫困，曾周游湖北、湖南、广西等地，屡试不第，46岁始登进士第，曾作诗《登科后》："昔日龌龊不足夸，今朝放荡思无涯；春风得意马蹄疾，一日看尽长安花。"。在任不事曹务，常以作诗为乐，于河南灵宝暴病去世。孟诗"清奇僻苦主"，宋诗人梅尧臣、谢翱，清诗人胡天游、江湜、许承尧等都受到他的影响。苏轼称之"郊寒岛瘦"，后来便以孟郊、贾岛并称为苦吟诗人代

表，元好问甚至嘲笑孟郊是"诗囚"。孟郊的诗作有《征妇怨》《感怀》《杀气不在边》《伤春》《织妇辞》《寒地百姓吟》《游子吟》《结爱》《杏殇》《寒溪》《落第》《伤时》《择友》《秋怀》《叹命》《老恨》等。孟诗长于白描，不用词藻典故，语言明白淡素而又精思苦炼。在杜甫之后，孟郊又一次用诗歌深入揭露了社会中贫富不均、苦乐悬殊的矛盾。孟郊的名诗有：《游子吟》："慈母手中线，游子身上衣。临行密密缝，意恐迟迟归。谁言寸草心，报得三春晖。"《结爱》："心心复

心心，结爱务在深。一度欲离别，千回结衣襟。结妾独守志，结君早归意。始知结衣裳，不如结心肠。坐结行亦结，结尽百年月。"《列女操》："梧桐相待老，鸳鸯会双死。贞妇贵殉夫，舍生亦如此。波澜誓不起，妾心井中水。"

（4）贾　岛

"韩孟诗派"是中唐时期与新乐府运动同时崛起的诗派，代表人物是韩愈、孟郊、贾岛、卢仝、马异、刘叉等人。这个诗派创作的特点是通过抒写个人的不幸遭遇来揭示社会的弊病，主张"不平则鸣"，苦吟以抒愤。其诗风尚奇求险，如韩愈奇而雄，孟郊奇而古，贾岛奇而清，卢仝奇而怪。贾岛（公元779—843年），唐代诗人，字浪仙，北京人。曾出家做过和尚，法名无本，后来还俗。他写诗十分讲究遣词造句。唐开成五年（公元840年），贾岛61岁时来普州（今四川安岳县），任司仓参军。写出《夏夜登南楼》诗："水岸寒楼带月跻，夏林初见岳阳溪。一点新萤报秋信，不知何处是菩提。"此外还有《寄武功姚主簿》《送裴

孟郊画像

校书》《送僧》《原上草》《咏怀》等诗篇。唐会昌三年（公元843年），为普州司户参军，未受命而卒，终年64岁。遗体安葬在安岳县城南安全山麓。

贾岛是个半俗半僧的诗人，文场失意后，便去当和尚，法号无本。无本，即无根无蒂、空虚寂灭之谓。在韩愈的劝说下，还俗应举，中了进士。但入俗难弃禅心，即"发狂吟如哭，愁来坐似禅。"贾岛因带着一肚皮牢骚出家，所以虽身在佛门，却未能忘却尘世的烦恼。他是苦吟诗人，行坐寝食，都不忘作诗，常走火入魔，为诗艺洒

尽心血，如其"二句三年得，一吟双泪流"，锤炼出许多诗歌精品。因孟郊与贾岛平时做诗总爱搜肠刮肚、苦思冥想地遣词造句，堪称中国诗史中的"苦吟诗人"。

晚唐文学

晚唐是唐诗的夕阳返照时期，诗坛的整体状况是感伤气息浓重，雕琢风气盛行。晚唐前期负盛名的诗人是被称为"小李杜"的李商隐和杜牧，也是晚唐最有成就的诗人。晚唐后期出现了以皮日休、聂夷中、杜荀鹤为代表的一批诗人，他们的诗歌注意发扬中唐新乐府派的创作精神，注重反映社会民生。接下来我们就来介绍晚唐时期的著名诗人杜牧、李商隐。

◆ 新乐府运动

新乐府运动，是由唐代诗人白居易、元稹等所倡导的一场诗歌革新运动。"新乐府"一名，是白居易相对汉乐府而提出的，其含义就是以自创的新的乐府题目咏写时事，故又名"新乐府运动"。这类诗的特点是：自创新题，咏写时事，体现汉乐府的现实主义精神。除白居易而外，元稹、李绅、张籍、王建也是这一运动中的重要作家。

新乐府运动是于唐朝元和年间（公元806—820年）发生的用通俗化的乐府体写时事和社会生活的诗歌运动，主要有白居易、元稹、李绅、张籍和王建等人。新乐府的特点有三：一是用新题。建安以来的诗人写时事，多因袭古题。白居易以新题写时事，故名"新题乐府"。二是写时事。建安后的诗人，多无关时事。既用新题又写时事，始于杜甫。白居易继其传统，以新乐府专门美刺现实。三是不以入乐与否为衡量标准。新乐府诗在内容上直接继承了汉乐府的现实主义精神，是真正的乐府。"元白"时期，明确提出"文章合为时而著，歌诗合为事而作"的一整套理论，写作了大量新乐府诗歌，给当时以极大影响。新乐府运动在贞元、元和年间与韩柳古文运动相继雄起于大唐文坛。下面我们就来介绍新乐府运动的领袖——白居易。

（1）白居易

白居易（公元772—846年），字乐天，号香山居士，陕西渭南人，诗人、文学家，有"诗魔"和"诗王"之称，他的诗在日本、朝鲜有广泛影响，是"新乐府运动"

的领袖。晚年官至太子少傅，谥号"文"，故世称白傅、白文公。在文学上，白居易积极倡导新乐府运动，主张"文章合为时而著，歌诗合为事而作"，写下不少感叹时世、反映人民疾苦的诗篇。元和时曾任翰林学士、左赞善大夫，因得

《琵琶行》图

罪权贵，贬为江州司马。白居易早年热心济世，强调诗歌的政治功能，所作《新乐府》《秦中吟》共六十首，做到了"唯歌生民病"，与杜甫的"三吏""三别"同为著名的诗史。中年在官场中受了挫折，"宦途自此心长别，世事从今

带你走近文学

口不开"，但为百姓做过许多好事。晚年寄情山水、好佛。白居易以讽喻诗为最有名，语言通俗易懂，被称为"老妪能解"。长篇叙事诗《长恨歌》《琵琶行》代表他艺术上的最高成就。其词作《花非花》，颇具朦胧之美。

经典短篇文学欣赏

花非花
白居易

花非花雾非雾。夜半来天明去。
来如春梦几多时？去似朝云无觅处。

长相思
白居易

汴水流，泗水流。流到瓜洲古渡头，吴山点点愁。
思悠悠，恨悠悠。恨到归时方始休，月明人倚楼。

（2）杜　牧
杜牧（公元803－852年），字牧之，号樊川居士，陕西西安人，晚唐杰出诗人，以七言绝句著称。其《阿房宫赋》为后世传诵，写下不少军事论文，曾注释《孙子》。杜牧人称"小杜"，与李商隐并称"小李杜"。晚年居长安南樊川别墅，世称"杜樊川"。杜牧的文学创作有多方面的成就，主张凡为文以意为主，以气为辅，以辞采章句为之兵卫。他的古体诗受杜甫、韩愈的影响，题材广阔，笔力峭健；他的近体诗则以文词清丽、

《泊秦淮》

情韵跌宕见长。其著名诗歌有《汴河阻冻》："千里长河初冻时，玉珂瑶佩响参差。浮生恰似冰底水，日夜东流人不知。"《金谷园》："繁华事散逐香尘，流水无情草自春。日暮东风怨啼鸟，落花犹似坠楼人。"《赠别》："多情却似总无情，唯觉樽前笑不成。蜡烛有心还惜别，替人垂泪到天明。"《赤壁》："折戟沉沙铁未销，自将磨洗认前朝。东风不与周郎便，铜雀春深锁二乔。"《泊秦淮》："烟笼寒水月笼沙，夜泊秦淮近酒家。商女不知亡国恨，隔江犹唱《后庭花》。"《寄扬州韩绰判官》："青山隐隐水迢迢，秋尽江南草木凋。二十四桥明月夜，玉人何处教吹箫？"《旅宿》："旅馆无良伴，凝情自悄然。寒灯思旧事，断雁警愁眠。远梦归侵晓，家书到隔年。沧江好烟月，门系钓鱼船。"

（3）李商隐

李商隐（公元812—858年），字义山，号玉溪生，又号樊南生，

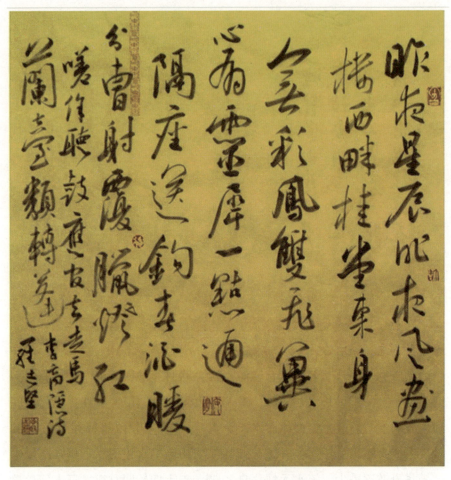

《无题·昨夜星辰》诗意图

晚唐著名诗人。和杜牧合称"小李杜"，与温庭筠合称"温李"。李商隐的诗作构思新奇，风格浓丽，尤其是爱情诗写得缠绵悱恻。李商隐的无题诗堪称一绝。他的格律诗继承了杜甫在技巧上的传统，部分作品风格与杜甫相似，经常用典，而且用得更深更难懂；且喜用各种象征、比兴手法，有时读了整首诗也不清楚目的为何。因处于牛李党争的夹缝之中，一生不得志。死后葬于家乡荥阳。其著名诗歌有《无题·昨夜星辰》："昨夜星辰昨夜风，画楼西畔桂堂东。身无彩凤双飞翼，心有灵犀一点通。隔座送钩春酒暖，分曹射覆蜡灯红。嗟余听鼓应官去，走马兰台类转蓬。"

《北齐二首》："一笑相倾国便亡，何劳荆棘始堪伤。小怜玉体横陈夜，已报周师入晋阳。巧笑知堪敌万几，倾城最在著戎衣。晋阳已陷休回顾，更请君王猎一围。"

《无题》："相见时难别亦难，东风无力百花残。春蚕到死丝方尽，蜡炬成灰泪始干。晓镜但愁云鬓改，夜吟应觉月光寒。蓬山此去无多路，青鸟殷勤为探看。"

◆唐五代词

词是晚唐五代兴起的一种配乐歌唱的新体诗，在隋唐之际已产生，晚唐五代趋于繁荣，宋代极盛。一般称为曲、曲子、曲子词，后来才称为词。又称诗余、长短句。词是城市经济发展的产物，与当时的民间音乐、少数民族音乐有密切关系。唐代曲子词最早流行于民间，如敦煌曲子词。文人填词之风始于唐中叶。李白被推为词之始祖。肃宗后，文人填词渐多，有张志和的《渔歌子》、戴叔伦与韦应物的《调笑令》、王建的《宫中三台》与《江南三台》。晚唐词风更盛，代表作家有温庭筠、杜牧、段成式、张希复、皇甫松、司空图。五代十国时期，词作适应女乐声伎发展。五代词坛中心是西蜀和南唐。前蜀后主王衍、后蜀后主孟昶均好词艺，后蜀赵崇祚收晚唐至当时词人作品编成《花间集》，被称为花间派，温庭筠、韦庄是其代表。南唐词成就高于花间派，代表作者是冯延巳、李璟、李煜。下面我们就来介绍花间词派与温庭筠。

（1）花间词派——温庭筠

花间词诞生于晚唐五代，在词的发展史上占有重要的地位。晚唐五代时，南方相对安定的社会环境为词的发展提供了有利的外部条件，相继出现了西蜀和南唐两个词坛中心。其中除温庭筠、皇甫松、孙光宪之外，都是集中在西蜀的文人，称为"花间派"。花间派中的"花间"两字出自花间词人张泌的

温庭筠

品能脱去浓腻的脂粉气。

温庭筠（公元801—866年），唐代诗人、词人，诗与李商隐齐名，并称"温李"；词与韦庄齐名，并称"温韦"。温庭筠诗词俱佳，以词著称，被誉为"花间派鼻祖"。《花间集》收温词最多，达66首。温庭筠是第一位专力填词的诗人。词到了温庭筠手里才真正被人们重视起来，终于使词在中国古代文坛上成蔚为大观。温庭筠的诗，清婉精丽，备受时人推崇，如《商山早行》诗中的"鸡声茅店月，人迹板桥霜"，是不朽名句，千古流传。除诗词外，温庭筠还是小说作家、学者，撰有小说《乾巽子》《采茶录》，编纂类书《学海》。

"还似花间见，双双对对飞"。花间词派共计18位词人，词风浮艳，多写情爱，多为男词人写女性生活的"闺情"。"花间"词人奉温庭筠为"鼻祖"，多数作品尽力描绘妇女的容貌、服饰和情态，辞藻艳丽、色彩华美、内容空虚，少数作

温庭筠的名词有：《梦江南》："千万恨，恨极在天涯。山月不知心里事，水风空落眼前花。摇曳碧云斜。"《玉蝴蝶》："秋风凄切伤离，行客未归时。寒外草

先衰，江南雁到迟。芙蓉凋嫩脸，杨柳堕新眉。摇落使人悲，肠断谁得知？"《菩萨蛮》："杏花含露团香雪，绿杨陌上多离别。灯在月胧明，觉来闻晓莺。玉钩褰翠幕，妆浅旧眉薄。春梦正关情，镜中蝉鬓轻。"《更漏子》："星斗稀，钟鼓歇，帘外晓莺残月。兰露重，柳风斜，满庭堆落花。虚阁上，倚栏望，还似去年惆怅。春欲暮，思无穷，旧欢如梦中。"《更漏子》："玉炉香，红蜡泪，偏照画堂秋思。眉翠薄，鬓云残，夜长衾枕寒。梧桐树，三更雨，不道离情正苦。一叶叶，一声声，空阶滴到明。"

（2）李 煜

李煜（公元937—978年），五代十国时南唐国君，字重光，初名从嘉，号钟隐、莲蓬居士，江苏徐州人。南唐元宗李璟第六子，宋建隆二年（公元961年）继位，史称后主。开宝八年，国破降宋，被封为右千牛卫上将军、违命侯，后为宋太宗毒死。李煜在政治上庸弩无能，艺术才华却非凡，工书法，善

绘画，精音律，诗文均有造诣。其词分作两类：一类为降宋之前，主要反映宫廷生活、男女情爱；二类为降宋后，亡国深痛，往事追忆，哀婉凄绝，抒写了自己凭栏远望、梦里重归的情景，代表作有《虞美人》《浪淘沙》《乌夜啼》。李煜在中国词史上被称为"千古词帝"，其词收集在《南唐二主词》中。

李煜的名词有：《长相思》："一重山，两重山，山远天高烟水寒，相思枫叶丹。菊花开，菊花残，塞雁高飞人未还，一帘风月闲。"《虞美人》："春花秋月何时了，往事知多少。小楼昨夜又东风，故国不堪回首月明中。雕栏玉砌应犹在，只是朱颜改。问君能有几多愁，恰似一江春水向东流。"《浪淘沙》："帘外雨潺潺，春意阑珊。罗衾不耐五更寒。梦里不知身是客，一晌贪欢。独自莫凭栏，无限江山，别时容易见时难。流水落花春去也，天上人间。"《相见欢》："林花谢了春红，太匆匆，无奈朝来寒雨晚来风。胭脂泪，留

《长相思》诗意图

人醉，几时重？自是人生长恨水长东。"《相见欢》："无言独上西楼，月如钩，寂寞梧桐深院锁清秋。剪不断，理还乱，是离愁，别是一般滋味在心头。"《渔父》："浪花有意千重雪，桃李无言一队春。一壶酒，一竿纶，世上如侬有几人？"《蝶恋花》："遥夜亭皋闲信步，乍过清明，早觉伤春暮。数点雨声风约住，朦胧澹月云来去。桃李依依春暗度，谁在秋千，笑里轻轻语。一片芳心千万绪，人间没个安排处。"

第五章

两宋辽金文学

　　宋代最著名的文学成就即是文和词。宋代是继唐代后出现的又一个诗歌高潮。从思想内容看，宋诗在反映民生疾苦、揭露社会黑暗、反映统治阶级内部政治斗争等方面有所扩展，但缺乏唐诗中追求远大理想的精神；在抒发民族斗争中的爱国忧国的情绪上，比唐诗炽热。北宋灭亡后，爱国思想成为南宋诗歌的基调。北宋出现了诗文革新运动，宋代散文是我国散文史上重要的发展阶段，出现人数众多的散文作家。"唐宋古文八大家"中，宋人就占了六位。宋代散文的重要成就是建立了一种稳定而成熟的散文风格：平易自然，流畅婉转。宋代散文宜于说理、叙事和抒情，成为后世散文家学习的楷模。

　　词作为新兴的诗歌形式，至宋代进入鼎盛时期。宋词有"婉约""豪放"之说。婉约者，辞情酝籍；豪放者，气象恢弘。大致说来，苏辛"豪放词派"即革新词派，与"婉约词派"是有所不同的。南宋辛派词人，更把表现爱国精神作为词的主旨，标志着宋词的最高思想成就。宋代小说和戏曲为元明清小说、戏曲的大发展准备了良好的条件。宋代的小说主要是"话本"，原是说话人说书的底本。宋话本有两个特色：一是市民文学的色彩，是城市人表现自己、教育和娱乐自己的文艺。下层市民人物，第一次作为正面人物成批地在话本中涌现。二是白话文学的特点，语言是白话。本章主要介绍两宋辽金文学。

北宋文学

◆西昆体

西昆体是北宋初年的一种追求辞藻华美、对仗工整的诗体。宋初，杨亿、刘筠、钱惟演曾于景德至大中祥符年间，聚集于皇帝藏书的秘阁，编纂《册府元龟》，他们把在编书之余所写的酬唱诗结集为《西昆酬唱集》，这部诗集号为"西昆体"。《西昆酬唱集》中缀辑杨亿、刘筠、钱惟演、刁衍、陈越、李维、李宗谔、丁谓、任随、张咏、钱惟济、舒雅、晁炯、崔遵度、薛映、刘秉等17人唱和诗248首，以杨亿、刘筠、钱惟演的作品及五七律诗为主。由于酬唱活动是在皇家图书馆——秘阁中进行，又根据《山海经》和《穆天子传》中关于昆仑之西有群玉之山，是为帝王藏书之府的传说，将诗集题为"西昆酬唱集"。

西昆体诗主要反映流连光景、优游岁月的生活，咏前代帝王和宫廷故事，咏男女爱情，咏物，著名作品有《别墅》《夜谳》《直夜》《始皇》《汉宣》《宣曲》《代意》《无题》《鹤》《柳絮》等。西昆体诗人宗法李商隐，善于在诗作中大量运用典故和前人的佳词妙语，诗歌音律谐美，词章艳丽，用典精巧，对偶工整。但内容空虚，点缀升平，严重脱离社会生活。后来欧阳修、梅尧臣开创出新的诗风，西昆体逐步衰落。下面我们就来介绍西昆体的著名诗人钱惟演。

钱惟演（公元962—1034年），字希圣，浙江杭州人，吴越忠懿王傲次子，随父降宋，编修《册府元龟》，历任知制诰、翰林学士、枢密副使、工部尚书。仁宗即位，为枢密使。为人趋炎附势，多写歌功颂德的文章以邀恩宠，以联姻巴结皇室，为时论所鄙薄。钱惟演人品虽不足，但雅好文辞，藏书极富，可与秘阁（国家图书馆）相比。参与《册府元龟》的编纂，又著有《金坡遗事》《奉辰录》等随笔。钱惟演是"西昆体"的骨干诗人，与杨亿、刘筠齐名。

◆ 诗文革新运动

北宋诗文革新运动是继唐代古文运动而起的文学革新运动，反对以"西昆体"为代表的浮靡文风，主张对诗、文进行革新。北宋初年，土地兼并日剧，各种社会矛盾日益暴露，政治斗争日趋尖锐，一些开明的士大夫文人主张革除社会弊病，要求文学反映现实，而当时风靡文坛的西昆体根本无法担当这样的使命。于是开明的士大夫文人推崇韩愈、白居易的诗文风格，反对西昆体，即成为政治改革派在文学上的反映。总之，北宋诗文革新运动是继唐代古文运动之后，又一次把古代文学特别是散文、文论的发展推进了一步，对后世影响巨大。此后，以唐宋八大家为代表的古文传统，一直被奉为正宗。

北宋诗文革新运动的代表人物是王安石、曾巩、苏轼、苏辙、黄庭坚、秦观等人。尤其是苏轼，他是继欧阳修之后的文坛领袖，强调作文要有感而发，重视文章的文学价值，要求作家要有细致敏锐的观察力和高度艺术修养，主张为文要从不同内容出发，采取不同表现形式，要文理自然，讲究章法。他的诗文词赋代表了北宋文学的最高成就。

（1）欧阳修

欧阳修（公元1007—1072年），字永叔，自号醉翁，晚年号六一居士，谥号文忠，世称欧阳文忠公。江西吉安永丰人，北宋政治家、文学家、史学家和诗人；与唐韩愈、柳宗元、宋王安石、苏洵、苏轼、苏辙、曾巩合称"唐宋八大家"。曾与宋祁合修《新唐书》，独撰《新五代史》，编《集古录》。著名诗文有《踏莎行》《醉翁亭记》《朋党论》《五代史伶官传序》《秋声赋》《祭石曼卿文》《卖油翁》《诉衷情》《生查子》《朝中措》《蝶恋花》《画眉鸟》。欧阳修也是杰出的应用文专家，有应用文2619篇，创立应用文概念，把应用文当作独立的文章体裁。欧阳修在我国文学史上有着重要的地位。

欧阳修画像

欧阳修继承了韩愈古文运动的精神，为宋代诗文革新运动的领袖人物，他的文论和创作，对当时及后代都有很大影响。欧阳修在文学观上师承韩愈，主张"明道致用"，强调道对文的决定作用，要以"道"为质，以"文"形；取韩愈"文从字顺"的精神，提倡"简而有法""流畅自然"的文风，反对浮靡、雕琢、晦涩。欧阳修鼓励考生写作质朴、晓畅的古文，凡内容空洞、华而不实之作，概不录用。与此同时，又提拔、培养了王安石、曾巩、苏轼、苏辙等人。欧阳修的主张得到了尹洙、梅尧臣、苏舜钦等人的赞同。最终他所倡导的诗文革新运动取得了胜利。

经典短篇文学欣赏

长相思

欧阳修

花似伊，柳似伊，花柳青春人别离，低头双泪垂。

长江东，长江西，两岸鸳鸯两处飞，相逢知几时。

浪淘沙

欧阳修

把酒祝东风，且共从容，垂杨紫陌洛城东，总是当时携手处，游遍芳丛。

聚散苦匆匆，此恨无穷，今年花胜去年红，可惜明年花更好，知与谁同。

蝶恋花

欧阳修

庭院深深深几许，杨柳堆烟，帘幕无重数。玉勒雕鞍游冶处，楼高不见章台路。

雨横风狂三月暮，门掩黄昏，无计留春住。泪眼问花花不语，乱红飞过秋千去。

苏轼画像

（1079年），因乌台诗案，责授黄州（今湖北黄冈）团练副使。哲宗朝，先后迁为礼部郎中、起居舍人、中书舍人、礼部贡举。元祐八年（1093年）哲宗亲政，被贬惠州（今广东惠阳），再贬儋州。徽宗建中靖国元年（1101年）卒于常州，

（2）苏轼

苏轼（1037—1101年），字子瞻、和仲，号东坡居士，南宋高宗乾通6年，赠太师，四川眉山人，是苏洵的第二个儿子。北宋著名文学家、书画家、散文家、诗人、词人，豪放词代表。嘉祐二年（1057年），与弟苏辙同登进士。因与王安石政见不合，反对推行新法，自请外任，为杭州通判。元丰二年

葬于河南郏县。与他父亲苏洵、弟弟苏辙，世称三苏；同杰出词人辛弃疾并称"苏辛"。作品有《东坡七集》《东坡乐府》；书法作品有《中山松醪赋》《洞庭春色赋》《人来得书帖》《江上帖》《黄州寒食诗帖》《李白仙诗帖》《渡海帖》《梅花诗帖》《前赤壁赋》等。

经典短篇文学欣赏

水调歌头

苏轼

明月几时有，把酒问青天。

不知天上宫阙，今夕是何年？

我欲乘风归去，又恐琼楼玉宇，高处不胜寒。

起舞弄清影，何似在人间！

转朱阁，低绮户，照无眠。

不应有恨，何事长向别时圆？

人有悲欢离合，月有阴晴圆缺，此事古难全。

但愿人长久，千里共婵娟。

◆ **江西诗派**

江西诗派是我国文学史上第一个有正式名称的诗文派别。北宋后期，黄庭坚在诗坛上影响很大，追随黄庭坚的诗人颇多，逐渐形成以黄庭坚为中心的诗歌流派——江西诗派。虽然诗派中的人并不都是江西人，但这些诗人都被认为与黄庭坚是一脉相承的。江西诗派的著名诗人有吕本中、曾几、陈与义、曾

纮、曾思等。江西诗派多学杜甫，把杜甫、黄庭坚、陈师道、陈与义，称为江西诗派的"一祖三宗"。江西诗派强调"夺胎换骨""点铁成金"，即或师承前人之辞，或师承前人之意；崇尚"瘦硬奇拗"的诗风；追求"字字有出处"。"江西诗派"是宋代最有影响的诗歌流派，影响遍及整个南宋诗坛，余波延及近代的同光体。下面我们就来介绍江西诗派的

几位代表性人物：黄庭坚、陈师道、陈与义。

（1）黄庭坚

黄庭坚（1045—1105年），字鲁直，自号山谷道人，晚号涪翁，又称黄豫章，江西修水人，北宋诗人、词人、书法家，为江西诗派开山祖。诗风奇崛瘦硬，开一代风气。早年受学苏轼，与张耒、晁补之、秦观并称"苏门四学士"。诗与苏轼，并称"苏黄"；词与秦观齐名，其词风流宕豪迈，接近苏轼，有《山谷词》。书法精妙，与苏、米、蔡并称"宋四家"；主要书法作品有《华严疏》《苦笋赋》《婴香方》《王长者墓志稿》《泸南诗老史翊正墓志稿》《苏轼黄州寒食诗卷跋》《伏波神祠字卷》《松风阁诗》《李白忆旧游诗卷》《诸上座帖》《伯夷叔齐墓碑》《狄梁公碑》《游青原山诗》《龙王庙记》《题中兴颂后》等；书论有《论近进书》《论书》《清河书画舫》《式古堂书画汇考》等。

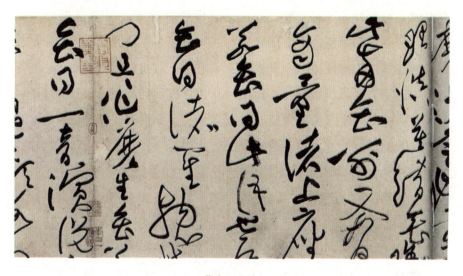

黄庭坚书法

黄庭坚的诗词名作有：《晚楼闲坐》："四顾山光接水光，凭栏十里芰荷香。清风明月无人管，并作南来一味凉。"《清平乐》："春归何处？寂寞无行路，若有人知春去处，唤取归来同住。春无踪迹谁知？除非问取黄鹂。百啭无人能解，因风飞过蔷薇。"《鹧鸪天》："黄菊枝头生晓寒，人生莫放酒杯干。风前横笛斜吹雨，醉里簪花倒著冠。身健在，且加餐，舞裙歌板尽情欢。黄花白发相牵挽，付与时人冷眼看。".《念奴娇》：

"断虹霁雨，净秋空、山染修眉新绿。桂影扶疏，谁便道、今夕清辉不足？万里青天，姮娥何处？驾此一轮玉。寒光零乱，为谁偏照渌？年少从我追游，晚凉幽径，遶张园森木。共倒金荷，家万里、难得尊前相属。老子平生，江南江北，最爱临风曲。孙郎微笑，坐来声喷霜竹。"

（2）陈师道

陈师道（1053—1102年），北宋诗人，字履常、无己，号后山，江苏徐州人。16岁时从师曾巩。元丰四年（1081年），曾巩奉命修本朝史，荐陈师道为属员。元祐二年（1087年），任徐州州学教授。四年，苏轼出任杭州太守，陈师道到南京送行，以擅离职守，被劾去职。不久调颍州教授。绍圣元年（1094年），被朝廷目为

苏轼余党，罢职回家。元符三年（1100年），任秘书省正字，次年病逝。黄庭坚的诗词名作有：《卜算子》："摇风影似凝，带雪香如抱。开尽南枝到北枝，不道春将老。飘飘姑射仙，谁识冰肌好。会有青绫梦觉人，可爱池塘草。"《卜算子》："绣幕罩梅花，莫放清香透。监里朱颜岁岁移，只道花依旧。把酒问梅花，知我离情否。若使梅花知我时。料得花须瘦。"《木兰花》："阴阴云日江城晚，小院回廊春已满。谁教言语似鹂黄，深闭玉笼千万怨。蓬莱易到人难见，香火无凭空有愿。不辞歌里断人肠，只怕有肠无处断。"《菩萨蛮》："东飞鸟鹊西飞燕，盈盈一水经年见。急雨洗香车，天回河汉斜。离愁千载上，相远长相望。终不似人间，回头万里山。"

（3）晏　殊

晏殊（991—1055年），字同叔，南昌进贤人，北宋著名词人。十四岁以神童入试，赐进士出身。先后为秘书省正字、太常寺奉礼郎、光禄寺丞、尚书户部员外郎、

太子舍人、翰林学士、左庶子，仁宗即位后任礼部侍郎、枢密使、参知政事加尚书左丞、同平章事兼枢密使、礼部刑部尚书、兵部尚书，世称晏元献。历任要职，范仲淹、韩琦、欧阳修皆出其门。有《珠玉词》，风格含蓄宛丽，代表作为《浣溪沙》《蝶恋花》《踏莎行》《破阵子》《鹊踏枝》等，其中《浣溪沙》中"无可奈何花落去，似曾相识燕归来回"为千古名句。其词多表现诗酒生活和悠闲情致，受南唐冯延巳影响。诗词名作有：《玉楼春》："绿杨芳草长亭路，年少抛人容易去。楼头残梦五更钟，花底离愁三月雨。无情不似多情苦，一寸还成千万缕。天涯地角有穷时，只有相思无尽处。"《浣溪沙》："油壁香车不再逢，峡云无迹任西东。梨花院落融融月，柳絮池塘淡淡风。几日寂寥伤酒后，一番萧索禁烟中。鱼书欲寄何由达，水远山长处处同。"《浣溪沙》："一曲新词酒一杯，去年天气旧亭台。夕阳西下几时回。无可奈何花落去，似曾相识燕归来。小园香径

《浣溪沙》诗意图

独徘徊。"

（4）柳 永

柳永（987—1053年），福建武夷山人，原名三变，字景庄，后改名永，字耆卿。排行第七，又称柳七，世称白衣卿相。北宋词人，婉约派最具代表性的人物，代表作《雨霖铃》。宋仁宗朝进士，官至屯田员外郎，故世称柳屯田。由于仕途坎坷，由追求功名转而厌倦官场，沉溺在"倚红偎翠""浅斟低唱"中寻找寄托。柳永制作了大量的慢词，发展了铺叙手法，促进了词的通俗化、口语化。为人放荡不羁，终身潦倒，死时靠妓女捐钱安葬。其

词多描绘城市风光和歌妓生活，"凡有井水饮处，皆能歌柳词"，有《乐章集》。柳永主要为教坊乐工和歌妓填词，供她们在酒肆歌楼里演唱，为从事通俗文艺创作的书会才人开了先河。

诗词名作有：《雨霖铃》："寒蝉凄切，对长亭晚，骤雨初歇。都门帐饮无绪，留恋处，兰舟催发。执手相看泪眼，竟无语凝咽。念去去、千里烟波，暮霭沉沉楚天阔。多情自古伤离别，更那堪、冷落清秋节。今宵酒醒何处，杨柳岸、晓风残月。此去经年，应是良辰好景虚设。便纵有千种风情，更与何人说。"《蝶恋花》："伫倚危楼风细细，望极春愁，黯黯生天际。草色烟光残照里，无言谁会凭栏意。拟把疏狂图一醉，对酒当歌，强乐还无味。衣带渐宽终不悔，为伊消得人憔悴。"《望海潮》："东南形胜，三吴都会，钱塘自古繁华。烟柳画桥，风帘翠幕，参差十万人家。云树绕堤沙。怒涛卷霜

《雨霖铃》

雪，天堑无涯。市列珠玑，户盈罗绮，竞豪奢。重湖叠巘清嘉。有三秋桂子，十里荷花。羌管弄晴，菱歌泛夜，嬉嬉钓叟莲娃。千骑拥高牙。乘醉听萧鼓，吟赏烟霞。异日图将好景，归去凤池夸。"

（5）秦　观

秦观（1049—1100年）字少游，号邗沟居士、淮海居士、淮海先生，江苏高邮人。与黄庭坚、晁补之、张耒号称"苏门四学士"，生性豪爽，洒脱不拘。其《蚕书》是我国现存最早的一部蚕桑专著。善书法，小楷学钟、王，草书有

东晋风味，真、行学颜真卿。建炎四年（1130年），南宋朝廷追赠秦观为"直龙图阁学士"。著名作品有《浮山堰赋》《单骑见虏赋》。词代表作为《鹊桥仙》《望海潮》《满庭芳》等，作品集有《淮海集》《淮海词》《劝善录》《逆旅集》《扬州诗》《高邮诗》等。秦观是北宋后期著名婉约派词人，大多描写男女情爱和抒发仕途失意的哀怨，文字工巧，音律谐美。

《鹊桥仙》诗意图

诗词名作有：《鹊桥仙》："纤云弄巧，飞星传恨，银汉迢迢暗度。金风玉露一相逢，便胜却人间无数。柔情似水，佳期如梦，忍顾鹊桥归路。两情若是久长时，又岂在朝朝暮暮。"《满庭芳》："山抹微云，天连衰草，画角声断谯门。暂停征棹，聊共引离尊。多少蓬莱旧事，空回首、烟霭纷纷。斜阳外，寒鸦数点，流水绕孤村。销魂，当此际，香囊暗解，罗带轻分。谩赢得、青楼薄幸名存。此去何时见也，襟袖上、空惹啼痕。伤情处，高城望断，灯火已黄昏。"《念奴娇》："画桥东过，朱门下，一水闲萦花草，独驾一舟千里去，心与长天共渺。乍暖扶春，轻寒弄晓，是处人踪少。黯然望极，酒旗茅屋斜袅。少年无限风流，有谁念我，此际情难表。遥想蓝桥何日到，暗把心期自祷。柳陌轻缌，沙汀残雪，一路风烟好。携壶自饮，闲听山畔啼鸟。"

◆宋代话本小说

话本，就是说话的底本，主要包括讲史和小说。前者是用浅近的文言讲述历史上的帝王将相的故事；后者指的是用通行的白话来讲述平凡人的故事。这些话本的情节曲折，篇幅较长。元明清的历史小说正是由此演变而成。宋代话本小说是中国小说史上第一次将白话作为小说的语言进行创作；在人物塑造上，宋代话本小说以平凡人物为主，不再将非凡人物作为主要的塑造对象，是小说进一步走向平民化的标志；宋代话本小说采取的是在"说话"这样的场景里展开故事的叙述方式，这样的叙述模式后来成为白话小说的经典叙述方式。

宋代小说话本主要保存在《京本通俗小说》《清平山堂话本》及"三言"中，多表现现实生活，其中爱情和公案题材较多，女性形象塑造尤为成功。宋代的著名讲史话本有《五代史平话》《大宋宣和遗事》《全相平话五种》《快嘴李翠莲》《碾玉观音》《错斩崔宁》《志诚张主管》《闹樊楼多情周胜仙》等。鲁迅先生曾指出，宋元话本的出现"实在是小说史上的一大变迁"。宋代话本小说对明清小说、白话小说的影响都非常巨大。

南宋文学

南宋词可分为三个时期。第一个时期是南宋初期，豪放词勃兴。因国土沦亡，权奸当道，深以为辱，于是发而为慷慨悲壮之音，以辛弃疾、陆游为代表，还有朱敦儒、刘过、刘克庄等。第二个时期是南宋中期，蒙古灭金，南宋苟安。讲求声律，以姜夔、吴文英为代表。第三个时期是南宋后期，蒙古南侵，临安陷落，南宋灭亡。不敢流露亡国之痛，其中，姜夔字尧章，别号白石道人，江西鄱阳人，著有《白石道人歌曲》《暗香》《疏影》等吟咏花草的作品是其代表作。还有《满江红》《翠楼吟》《金陵感梦》等。吴文英，字君特，号梦窗，浙江宁波人，著有《梦窗词》，南宋格律派词人。周密，字公谨，号草窗，济南人，著有《草窗词》。张炎，字叔夏，号玉田，著有《山中白云词》《词源》。王沂孙，字圣与，号碧山，著有《碧山乐府》。下面我们来介绍南宋著名的文学家。

9300余首，是我国现有存诗最多的诗人。许多诗篇抒写了抗金杀敌的豪情和对敌人、卖国贼的仇恨，洋溢着强烈的爱国主义激情，生前有"小李白"之称，为南宋诗坛领袖，是我国伟大的爱国诗人。词有《放翁词》《渭南词》，另外还有《南唐书》《老学庵笔记》。

陆游赏菊图

◆陆　游

陆游（1125—1210年），南宋诗人、词人、历史学家、文学家，字务观，号放翁，浙江绍兴人。一生作品丰富，有《剑南诗稿》《渭南文集》等数十个文集存世，存诗

陆游的名诗词有：《钗头凤》："红酥手，黄藤酒，满城春色宫墙柳。东风恶，欢情薄。一杯愁绪，几年离索。错、错、错！春如旧，人空瘦，泪痕红浥鲛绡透。

《卜算子·咏梅》词意图

宫》："雪晓清笳乱起。梦游处、不知何地。铁骑无声望似水。想关河，雁门西，青海际。睡觉寒灯里。漏声断、月斜窗纸。自许封侯在万里。有谁知，鬓虽残，心未死。"

《卜算子·咏梅》："驿外断桥边，寂寞开无主。已是黄昏独自愁，更着风和雨。无意苦争春，一任群芳妒。零落成泥碾作尘，只有香如故。"

桃花落，闲池阁，山盟虽在，锦书难托。莫、莫、莫！"《夜游

经典短篇文学欣赏

钗头凤

唐婉

世情薄，人情恶，雨送黄昏花易落。

晓风乾，泪痕残，欲笺心事，独语斜栏。难，难，难！

人成各，今非昨，病魂常似秋千索。

角声寒，夜阑珊，怕人寻问，咽泪装欢。瞒，瞒，瞒！

◆文天祥

文天祥（1236—1283年），南宋杰出的民族英雄和爱国诗人，江西吉安人，原名云孙，字宋瑞、履善，自号文山、浮休道人，著作有《文山全集》《文山乐府》，名篇有《正气歌》《过零丁洋》。宋理宗宝祐四年（1256年）状元，与陆秀夫、张世杰被称为"宋末三杰"。晚年的诗词，风格慷慨激昂，苍凉悲壮，反映了坚贞的民族气节和顽强的战斗精神。文天祥的著名诗篇《过零丁洋》写道："辛苦遭逢起一经，干戈寥落四周星。山河破碎风飘絮，身世浮沉雨打萍。惶恐滩头说惶恐，零丁洋里叹零丁。人生自古谁无死？留取丹心照汗青。"

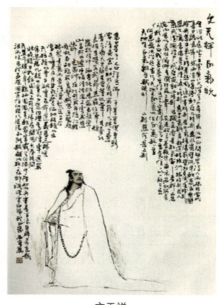

文天祥

![经典短篇文学欣赏]经典短篇文学欣赏

正气歌

文天祥

天地有正气，杂然赋流形。下则为河岳，上则为日星。于人曰浩然，沛乎塞苍冥。

皇路当清夷，含和吐明庭。时穷节乃见，一一垂丹青。在齐太史简，在晋董狐笔。

在秦张良椎，在汉苏武节。为严将军头，为嵇侍中血。为张睢阳齿，为颜常山舌。

或为辽东帽，清操厉冰雪。或为出师表，鬼神泣壮烈。或为渡江楫，慷慨吞胡羯。

或为击贼笏，逆竖头破裂。是气所磅礴，凛烈万古存。当其贯日月，生死安足论。

地维赖以立，天柱赖以尊。三纲实系命，道义为之根。嗟予遘阳九，隶也实不力。

楚囚缨其冠，传车送穷北。鼎镬甘如饴，求之不可得。阴房阗鬼火，春院闭天黑。

牛骥同一皂，鸡栖凤凰食。一朝蒙雾露，分作沟中瘠。如此再寒暑，百沴自辟易。

嗟哉沮洳场，为我安乐国。岂有他缪巧，阴阳不能贼。顾此耿耿在，仰视浮云白。

悠悠我心悲，苍天曷有极。哲人日已远，典刑在夙昔。风檐展书读，古道照颜色。

◆李清照

李清照（1084—1155年），号易安居士，南宋杰出女文学家，山东济南人，为婉约词宗。与济南历城人辛弃疾，并称"济南二安"。其父李格非，是著名学者、散文家；夫赵明诚，为吏部侍郎赵挺之之子，金石考据家。李清照早年生活优裕，婚后与赵明诚共同致力于书画金石的整理，编写《金石录》。中原沦陷后，与丈夫南流，过着颠沛流离、凄凉愁苦的生活。明诚病死后，李清照境遇孤苦。著有词论的李清照，在中国文学史上

《声声慢》诗意图

享有崇高声誉，所谓"文有李清照，武有秦良玉。"她还擅长书画，兼通音律，有《漱玉词》。是中国历史上唯一一位名字被用作外太空环形山的女性。李清照词风婉约，富有音乐美。

李清照的名词有：《点绛唇》："蹴罢秋千，起来慵整纤纤手。露浓花瘦，薄汗轻衣透。见客入来，袜划金钗溜，和羞走。倚门回首，却把青梅嗅。"《声声慢》："寻寻觅觅，冷冷清清，凄凄惨惨戚戚。乍暖还寒时候，最难将息。三杯两盏淡酒，怎敌他、晚来风急？雁过也，正伤心，却是旧时相识。满地黄花堆积。憔悴损，如今有谁堪摘？守著窗儿，独自怎生得黑？梧桐更兼细雨，到黄昏，点点滴滴。这次第，怎一个，愁字了得！"《武陵春》："风住尘香花已尽，日晚倦梳头。物是人非事事休，欲语泪先流。闻说双溪春尚好，也拟泛轻舟。只恐双溪舴艋舟，载不动许多愁。"《醉花阴》："薄雾浓云愁永昼，瑞脑消金兽。佳节又重阳，玉枕纱厨，半夜凉初透。东篱把酒黄昏后，有暗香盈袖。莫道不销魂，帘卷西风，人比黄花瘦。"

◆辛弃疾

辛弃疾（1140—1207年），南宋词人，原字坦夫，改字幼安，号稼轩，山东济南人，我国历史上伟大的词人和爱国者。与苏轼齐名，号称"苏辛"，是"人中之杰，词中之龙"。辛弃疾是伟大词人，也是能征善战、熟稔军事的民族英雄，为中国文学史

上的瑰宝。强烈的爱国主义思想和战斗精神是辛词的基本思想内容。在《贺新郎》《摸鱼儿》等词中，用"剩水残山""斜阳正在断肠处"等词句讽刺苟安残喘的南宋小朝廷。胸怀壮志无处可用，表现在词里就是难以掩饰的不平之情。理想与现实的激烈冲突，为他的词构

辛弃疾画像

成悲壮的基调。

《丑奴儿·书博山道中壁》

辛弃疾的名词有：《丑奴儿·书博山道中壁》："少年不识愁滋味，爱上层楼。爱上层楼，为赋新词强说愁。而今识尽愁滋味，欲说还休。欲说还休，却道天凉好个秋。"《菩萨蛮·赏心亭为叶丞相赋》："青山欲共高人语，联翩万马来无数。烟雨却低回，望来终不来。人言头上发，总向愁中白。拍手笑沙鸥，一身都是愁。"《清平乐·村居》："茅檐低小，溪上青青草。醉里吴音相媚好，白发谁家翁媪？大儿锄豆溪东，中儿正织鸡笼。最喜小儿无赖，溪头卧剥莲蓬。"《生查子·游雨岩》:"溪边照影行,天在清溪底。天上有行云,人在行云里。高歌谁和余?空谷清音起。非鬼亦非仙,一曲桃花水。"《青玉案·元夕》:"东风夜放花千树,更吹落、星如雨。宝马雕车香满路。凤箫声动,玉壶光转,一夜鱼龙舞。蛾儿雪柳黄金缕,笑语盈盈暗香去。众里寻他千百度。蓦然回首,那人却在,灯火阑珊处。"

辽代文学

辽先后与五代、北宋并立,与中原王朝有过多次战争。双方在经济、文化方面相互吸收,契丹族更多接受了中原和江南地区的汉族文化。辽太祖耶律阿保机建国不久即立孔庙,亲临祭祀。圣宗耶律隆绪后,与宋盟好,实行科举考试,颁行《五经传疏》《史记》《汉书》《通历》《贞观政要》《五代史》等。辽代在史学、文字、艺术、文学等方面取得了可观的成就。辽代的民间故事、历史传说和歌谣、俗讲等口头文学也很丰富,著名有青牛和白马的传说、黄龙的传说。辽代文学作品多反映贵族社会生活和统治阶级内部矛盾,描绘出北国人民的生活图景,具有浓重的地方色彩和民族情调。

辽代文学深受先秦以来特别是唐宋文学的影响。唐宋文学家在辽朝影响较大的是白居易和苏轼。辽太祖耶律阿保机的长子东丹王耶律倍曾称"乐天诗集是吾师",并亲以契丹大字译白氏《讽谏集》。契丹原本通行汉字,建国后相继创制了契丹大、小字,后契丹字和汉字并用,汉文文学和契丹文文学并存,契丹诗歌达到相当高的水平。

契丹写作诗文，始于建国之初。一些契丹贵族颇喜吟咏，辽代文学作者多是帝王后妃和朝廷重臣。耶律倍是契丹族第一个大艺术家，曾作《征渤海凯旋献歌》《乐田园诗》《海上诗》等。其子平王隆先有《阆苑集》。耶律洪基，文学修养尤高，有《清宁集》。

辽代文学中引人瞩目的是契丹妇女作家。契丹后妃往往长于射御，参加军旅田猎。道宗宣懿皇后萧观音，天祚之妃萧瑟瑟，秦晋国妃萧氏和耶律常哥皆以诗文著称。

萧观音的《回心院》《咏史》《谏猎疏》等作，后人评价甚高。秦晋国妃萧氏有《见志集》。萧瑟瑟生活在辽朝末年，忧国伤时，曾作诗讽谏天祚帝：“勿嗟塞上兮暗红尘，勿伤多难兮畏夷人。不如塞奸邪之路兮，选取贤臣，直须卧薪尝胆兮，激壮士之捐身。可以朝清漠北兮，夕枕燕云。”辽代著名作家还有萧柳、萧孝穆、耶律资忠、刘经、杨佶、耶律庶成、耶律良、耶律孟简、王鼎等。

金代文学

由于金朝所辖地区的北方汉族和少数民族具有质朴刚健的气质，因而其文章，往往风骨遒劲；加上中原文化的熏陶和哺育，金代文学得到充分发展。金代文学主要指金代的汉文文学。女真原是东北境内的游牧民族，骁勇剽悍，长于骑射。女真贵族进入中原、灭北宋后不久，皇室贵族就在很大程度上汉化。随着这种影响的增长，女真统治者大力提倡汉文化。从金熙宗开始，重视尊孔读经。世宗曾用女真文字翻译汉文经史，特别是章宗即位后，“兴建太学”，谈经论道，奖励诗文创作，汉语成为女真族的通用语。

金中叶的熙宗时代、明昌年间，金朝统治者为了医治战争创伤，发展农业生产，采取一系列社会改革措施，抑制豪强大户，减轻赋税负担，使遭受破坏的北方经济迅速得到恢复与发展，金代进入相对稳定的时期。大定、明昌是金朝统治的极盛时代。此时的文人一般都是在金代成长起来的，为金代文学的发展开创了新的局面，代表人物有蔡珪、刘迎、党怀英、王寂、赵沨、王庭筠、周昂等人。卫绍王完颜永济（1209—1213年）时期，由于蒙古兴兵南犯，金朝国势每况愈下，忧时伤乱成为诗文作品的重要主题。金中叶文学的繁盛，还表现在适应市民阶层文化娱乐需要的院本杂剧和诸宫调上。诸宫调这种有说有唱、以唱为主的讲唱文学，在当时金朝的都城中都（今北京）很流行，产生了《刘知远诸宫调》《西厢记诸宫调》两部颇有影响的作品。

宣宗完颜珣贞祐二年（1214年）金室南渡后，兵祸连绵，内外交困，一蹶不振。朝廷上下侈靡成风，浮艳文风有抬头之势。南渡后，由于赵秉文、李纯甫等人的提倡，文风多感慨悲壮之音。代表性文学家有赵秉文、杨云翼、李纯甫、元好问、李俊民、王若虚、辛愿、麻九畴、麻革、段克己、段成己等，作品以时危世乱、民生疾苦为主题，影响最大的当推元好问。金词对于宋代豪放派、婉约派的词风都有所继承；金文则巩固和扩大了唐宋古文运动。其产生的院本杂剧和诸宫调，以纯朴清新的面貌出现在文学史上，对北曲的形成产生了直接的影响，为元代杂剧的发展和繁荣也创造了条件。总之，金代文学，以多种形式反映了女真贵族统治下的北中国的社会现实。

第六章

蒙元时代的文学

　　元代的历史不长，自1271年忽必烈将蒙古王朝改国号为大元，至1367年元亡，只有96年。元代文学中最突出的成就在戏曲方面，后人常把"元曲"和"唐诗""宋词"并称。元代散文和小说，基本继承宋代成就。世称元代古文二大家的姚燧和虞集，他们的散文也多为碑志和应制之作。蒙古贵族重武轻文，尊崇军事人才，鄙薄文士。直到忽必烈时才改变政策，此时如刘秉忠、郝经等写了些诗词，但诗坛没有出现新气象。这些参加新政权的人的作品大多流露出一种既想做官又想归隐的矛盾心情，在仕途中提心吊胆。忽必烈统一南北初期，汉族作家的诗词，在不同程度上反映了对于汉族政权覆灭的哀伤，和对战争给人民带来灾难的悲痛。大德后，隐居不仕的人开始活跃起来。

　　元代文学中新产生的是戏曲，分为杂剧和散曲。元杂剧是在宋杂剧、金院本及诸宫调等基础上建立起来的。剧本的科白承袭院本，曲辞的组合主要受到诸宫调的启示，基本上是歌舞剧。元代杂剧映了元代各阶层人们的生活，中下层人民的生活和感情占据了重要地位。其中商人和妓女形象引人注目，如《鸳鸯被》《望江亭》等。元杂剧中还有不少以历史故事作题材的剧本和水浒故事戏，如《李逵负荆》、纪君祥的《赵氏孤儿》等。关汉卿和白朴、马致远、郑光祖并称为"元曲四大家"。

元代杂剧

元杂剧，又称北杂剧、北曲、元曲。元曲包括元杂剧、元代散曲两部分，是在金院本的基础上发展而成的。当南戏盛行之际，北杂剧走向成熟。13世纪后半期是元杂剧最繁盛时期。元杂剧的显著特点有："四折一楔子"的结构形式；"一人主唱"，唱与说白紧密相连，"曲白相生"；注重舞台性，角色分工类型化。元杂剧是在金院本和诸宫调的直接影响之下，融合各种表演艺术形式的一种戏剧形式。并在唐宋以来的话本、词曲、讲唱文学的基础上创造了成熟的文学剧本，以滑稽取笑为主的参军戏或宋杂剧而得到大发展。元杂剧在内容上广泛反映了当时的社会现实。总之，元杂剧完全具备了戏曲的本质特征，是个性鲜明的戏曲艺术。

元杂剧的形成是我国历史上各种表演艺术发展的结果。人民反抗民族压迫和阶级压迫的艰苦斗争，要求有战斗性和群众性较强的文艺形式加以表现。这样，元杂剧由于现实的要求、群众的爱好，展开了我国戏曲史上辉煌的一页。在元代特别是元初，民族矛盾和阶级矛盾十分尖锐，又没有恢复科举制度，除少数依附元朝统治者的官僚外，大多数文人和广大人民同样受到残酷迫害，因此，部分文人和民间艺人结合，组成书会，把自己的才能贡献给杂剧创作，对元杂剧的兴盛起了推进作用。而城市经济的发展为杂剧的兴盛准备了充裕的物质条件。适应统治阶级宴乐和广大市民的文化要求，南北各大城市都出现了各种伎艺集中演出的勾栏瓦肆，特别是开封、大都、杭州等地。农村也常开展戏曲活动，节日、庙会是农村的演出日，这样就保持了戏曲在发展过程中同广大群众的密切联系。当时上自宫廷，下至平民社会，观赏戏剧演出成为一种娱乐习惯，演出的商业化带来的竞争性，也是杂剧兴盛的原因之一。

杂剧体制的完备、成熟是在蒙古王朝称元以后。成宗元贞、大德年间，杂剧进入鼎盛时期。杂剧最初流行于北方，以大都（今北京）为中心。受方言的影响有不同的声腔流派，声腔有中州调、冀州调和小冀州调。元杂剧的很多作品抨击封建统治阶级的官僚、豪绅以及他们的帮凶、爪牙对普通人民的迫害和剥削，同时歌颂普通人民对封建统治集团所进行的各种形式的反抗。其中杰出的作品如关汉卿的《窦娥冤》。元杂剧的剧作家有关汉卿、王实甫、白朴、马致远、高文秀、纪君祥、杨显之、石君宝、尚仲贤、李好古、李文蔚等。

杂剧角色分为旦、末、净、杂。旦包括正旦、外旦、小旦、大旦、老旦、搽旦。正旦是歌唱的主要女演员。末包括正末、小末、冲末、副末。正末是歌唱的主要男演员。净是地位低下的喜剧性人物。杂是除以上三类外的演员，有孤（当官）、驾（皇帝）、卜儿（老妇人）等。明代朱权的《太和正音谱》把元杂剧分为："一曰神仙道化；二曰隐居乐道；三曰君臣杂剧；四曰忠臣烈士；五曰孝义廉节；六曰叱奸骂谗；七曰逐臣孤子；八曰铍刀赶棒；九曰风花雪月；十曰悲欢离合；十一曰烟花粉黛；十二曰神佛杂剧。"从体裁上，元杂剧分为悲剧、喜剧；从题材上分为公案戏、历史戏、爱情戏、社会戏、神话戏。元杂剧的题材分为：揭露社会黑暗，反映人民疾苦；表现英雄主义，歌颂人民的反抗斗争；描写恋爱婚姻，反映妇女悲惨命运，表现妇女的愿望和追求；歌颂忠良，鞭挞奸佞；反映家庭伦理社会道德状况。

元杂剧的著名作品有《窦娥冤》《拜月亭》《西厢记》《汉宫秋》《墙头马上》《倩女离魂》《卓文君》等。

◆关汉卿与《窦娥冤》

关汉卿（1220—1300年），元代杂剧作家，古代戏曲创作的代表人物，号已斋、已斋叟，河北安国人。与马致远、郑光祖、白朴，并称为"元曲四大家"，位于"元曲四大家"之首，《录鬼簿》里称他为"驱梨园领袖，总编修师首，捻杂剧班头"。关汉卿曾自称："我是个普天下的郎君领袖，盖世界浪子班头。"在《南吕一枝花·不伏老》中更狂傲地表示："我是个蒸不烂、煮不熟、捶不匾、炒不爆、响珰珰一粒铜豌豆"。关汉卿的作品有《望江亭》《感天动地窦娥冤》《望江亭中秋切鲙》《赵盼儿风月救风尘》《包待制智斩鲁斋郎》《蝴蝶梦》《杜蕊娘》《谢天香》《玉镜台》《单鞭夺槊》《单刀会》《王闰香夜月四春园》《邓夫人苦痛哭存孝》《山神庙裴度还带》《状元堂陈母教子》《闺怨佳人拜月亭》《诈妮子调风月》《关张双赴西蜀梦》等。后世称关汉卿为"曲圣"。

关汉卿的杂剧具有强烈的现实性和昂扬的战斗精神。关汉卿生活的时代，政治黑暗腐败，社会动荡不安，阶级矛盾和民族矛盾突出，人民群众生活在水深火热之中。他的剧作深刻再现了社会现实，充满着浓郁的时代气息。既有皇亲国戚

关汉卿

"动不动挑人眼，剔人骨，剥人皮"的血淋淋现实，又有对官场黑暗的无情揭露，热情讴歌了人民的反抗斗争。慷慨悲歌，乐观奋争，构成关汉卿剧作的基调。在关汉卿的笔下，写得最出色的是些普通妇女形象，如窦娥、赵盼儿、杜蕊娘、王瑞兰、谭记儿、婢女燕燕等。她们大多出身微贱，蒙受封建统治阶级的种种凌辱和迫害。关汉卿描写了她们的悲惨遭遇，刻画了她们正直、善良、聪明、机智的性

格，赞美了她们强烈的反抗意志，歌颂她们敢于向黑暗势力展开搏斗、至死不屈的英勇行为，奏出了鼓舞人民斗争的主旋律。

从思想内容看，关汉卿的杂剧分为三类。一是歌颂人民的反抗斗争、揭露社会黑暗和统治者的残暴、反映了当时尖锐的阶级矛盾的作品，如《窦娥冤》。二是描写下层妇女的生活和斗争，突出她们在斗争中的勇敢和机智，以《救风尘》最有代表性。三是歌颂历史英雄的杂剧，以《单刀会》的成就为最突出。总之，关汉卿的剧作深刻揭露了元代社会的黑暗，是元代残酷的民族压迫和阶级压迫的一面镜子。关汉卿的曲中名言有"有日月朝暮悬，有鬼神掌着生死权。天地也只合把清浊分辨，可怎生错看了盗跖颜渊？为善的受贫穷更命短，造恶的享富贵又寿延，天地也做得个怕硬欺软，却原来也这般顺水推船。地也，你不分好歹何为地？天也，你错勘贤愚枉做天！哎，只落得两泪涟涟。"

经典短篇文学欣赏

关汉卿的曲中名言与《窦娥冤》

我是个蒸不烂、煮不熟、捶不匾、炒不爆、响珰珰一粒铜豌豆，恁子弟每谁教你钻入他锄不断、斫不下、解不开、顿不脱慢腾腾千层锦套头？我玩的是梁园月，饮的是东京酒；赏的是洛阳花，攀的是章台柳。我也会围棋、会蹴鞠、会打围、会插科、会歌舞、会吹弹、会咽作、会吟诗、会双陆。你便是落了我牙、歪了我嘴、瘸了我腿、折了我手，天赐与我这几般儿歹症候，尚兀自不肯休。则除是阎王亲自唤，神鬼自来勾，三魂归地府，七魄丧冥幽，天那，那其间才不向烟花路儿上走。

关汉卿的代表作品是《窦娥冤》，全名《感天动地窦娥冤》，是中国十大悲剧之一的传统剧目，我国约86个剧种上演过此剧。《窦娥冤》是关汉卿的代表作，它的故事渊源于《列女传》中的《东海孝妇》。关汉卿紧紧扣住当时的社会现实，用这段故事，真实而深刻地反映了蒙元统治下的中国社会极端黑暗、极端残酷、极端混乱，表现了中国人民坚强不屈

《窦娥冤》图

的斗争精神和争取独立生存的强烈要求。《窦娥冤》成功塑造了"窦娥"这个悲剧主人公形象，使其成为元代被压迫、被剥削、被损害的妇女代表。《窦娥冤》全剧为四折一楔子，作品在艺术上体现出现实主义与浪漫主义风格的融合，用丰富的想象和大胆的夸张，设计超现实的情节，显示出正义的强大力量，寄托了作者鲜明的爱憎，反映了广大人民伸张正义、惩治邪恶的愿望。

《窦娥冤》的剧情是：楚州书生窦天章因无钱进京赶考，无奈之下将幼女窦娥卖给蔡婆家为童养媳。窦娥婚后丈夫去世，婆媳相依为命。蔡婆外出讨债时遇到流氓张驴儿父子，被其胁迫。张驴儿企图霸占窦娥，见她不从便想毒死蔡婆以要挟窦娥，不料误毙其父。张驴儿诬告窦娥杀人，官府严刑逼讯婆媳二人，窦娥为救蔡婆自认杀人，被判斩刑。窦娥在临刑之时指天为誓，死后将血溅白绫、六月降雪、大旱三年，以明己冤，后来果然都应验。三年后窦天章任廉访使至楚州，见窦娥鬼魂出现，于是重审此案，为窦娥申冤。

中国十大古典悲剧与喜剧

中国十大古典悲剧是：《窦娥冤》（元朝关汉卿）、《汉宫秋》（元朝马致远）、《赵氏孤儿》（元朝纪君祥）、《琵琶记》（明朝高则诚）、《精忠旗》（明朝冯梦龙）、《娇红记》（明朝孟称舜）、《清忠谱》（清朝李玉）、《长生殿》（清朝洪昇）、《桃花扇》（清朝孔尚任）、《雷锋塔》（清朝方成培）。

中国十大古典喜剧是：《救风尘》（元朝关汉卿）、《西厢记》（元朝王实甫）、《看钱奴》（元朝郑廷玉）、《中山狼》（明朝康海）、《绿牡丹》（明朝吴炳）、《墙头马上》（元朝白朴）、《李逵负荆》（元朝康进元）、《幽闺记》（元朝施君美）、《玉簪记》（明朝高廉）、《风筝误》（清朝李渔）。

◆ 王实甫与《西厢记》

《西厢记》是王实甫的代表作。王实甫（1260—1336年），字德信，河北定兴县究室村人，元代杂剧作家。贾仲明在《录鬼簿》中说王实甫混迹于"风月营""莺花寨"。王实甫的杂剧作品主要有《崔莺莺待月西厢记》《吕蒙正风雪破窑记》《四大王歌舞丽春堂》《韩采云丝竹芙蓉亭》《苏小卿月夜贩茶船》。《西厢记》全名《崔莺莺待月西厢记》，大约写于元贞、大德年间（1295—1307年）。这剧博得男女青年的喜爱，被誉为"西厢记天下夺魁"。"愿普天下有情人都成眷属"即为该作品的主题，《西厢记》也是描绘这一主题最成功的戏剧。

《西厢记》的曲词富于诗的意境，每支曲子都是一首美妙的抒情诗。曹雪芹在《红楼梦》中称赞它"曲词警人，余香满口"。《西厢记》是我国古典戏剧的现实主义杰作，对后来以爱情为题材的小说、戏剧影响很大，如《牡丹亭》《红楼梦》都受其影响。《西厢记》最突出的成就是从根本上改变了《莺莺传》的主题思想和莺莺的悲剧结局，把男女主人公塑造成在爱情上坚贞不渝，敢于冲破封建礼教的束缚，并经过不懈的

《西厢记》情节图

努力，终于得到美满结果的一对青年。这使剧本反封建倾向更鲜明，突出了"愿普天下有情人都成眷属"的主题思想。在艺术上，剧本完成了莺莺、张珙、红娘等艺术形象的塑造，人物性格鲜明。

◆ 白朴与《墙头马上》

　　《墙头马上》是剧作家白朴的代表作。白朴，原名恒，字仁甫，后改名朴，字太素，号兰谷，山西河曲人。晚年寓居金陵（今南京），元代著名的文学家、杂剧家。白朴出身官僚士大夫家庭，他的父亲白华为金宣宗三年（1215年）进士，官至枢密院判。白家与元好问父子为世交，过从甚密。白

朴幼年遭逢兵荒马乱的岁月，在惊恐惶惑中苦熬光阴。战争中，白朴母子相失，幸好元好问把他和他的姐姐收留，救了他的性命。后来随着北方安定，白朴父子在真定定居下来。白朴的代表作有《唐明皇秋夜梧桐雨》《董秀英花月东墙记》《唐明皇游月宫》《韩翠颦御水流红叶》《薛琼夕月夜银筝怨》《汉高祖斩白蛇》《苏小小月夜钱塘梦》《祝英台死嫁梁山伯》《楚庄王夜宴绝缨会》《崔护谒浆》《高祖归庄》《鸳鸯间墙头马上》《秋江风月凤凰船》《萧翼智赚兰亭记》《阎师道赶江江》《李克用箭射双雕》等。

　　《墙头马上》全名《裴少俊

《墙头马上》

墙头马上》，主要写李千金与裴少俊相爱而私自结合，后被裴父发现赶出，最终团圆的故事。剧情是：尚书裴行检的儿子少俊，奉唐高宗命去洛阳买花。一日经过洛阳总管李世杰的花园，在马上看见他家女儿倚墙而立，便写诗投入。李千金写了答诗，约他当夜后园相见。少俊果然从墙头跳入，被李千金乳母发现，令二人悄悄离去。少俊携李千金回到长安家中，将她藏在后花园。两人共同生活了七年，生子端端六岁，女儿重阳四岁。清明节，少俊陪同母亲外出祭奠，裴行检因身体欠佳留在家中，偶然来到花园，碰见端端兄妹，询问后得知始末。裴行检认为李千金行为失检，命少俊写休书赶李千金回家，却留

下两个小孩。李千金回到洛阳家中，因父母已亡，在家守节。后来裴少俊中进士，任官洛阳令，并将父母迎至任所，他欲与李千金复合，李千金怨恨他休了自己，执意不肯。这时裴行检才知李千金是他旧交李世杰之女。一番说明与求情之后，李千金这才原谅了他们，夫妇破镜重圆。

◆ 马致远与《汉宫秋》

《汉宫秋》是马致远的代表作。马致远，元代著名的杂剧家，北京人。字千里，号东篱。马致远青年时期仕途坎坷，有"佐国心，拿云手"的政治抱负。中年中进士，曾任江浙行省官吏，后任工部主事。经过"二十年漂泊生涯"之后，他看透人生的耻辱，晚年隐居田园，过着"林间友""世外客"的闲适生活。马致远的杂剧有《汉宫秋》《荐福碑》《岳阳楼》《青衫泪》《陈抟高卧》《任风子》《黄粱梦》等，散曲有《东篱乐府》，其小令《天净沙·秋思》，被誉为"秋思之祖"。

《汉宫秋》写西汉元帝受匈奴威胁，被迫送爱妃王昭君出塞和亲的故事。剧情是：汉元帝因后宫寂寞，听从毛延寿建议，让他到民间选美。王昭君美貌异常，但因不肯贿赂毛延寿，被他在美人图上点上破绽，因此入宫后独处冷宫。汉元帝深夜偶然听到昭君弹琵琶，爱其美色，将她封为明妃，又要将毛延寿斩首。毛延寿逃至匈奴，将昭君画像献给呼韩邪单于，让他向汉王索要昭君为妻。元帝舍不得昭君和番，但满朝文武怯懦自私，无力抵挡匈奴大军入侵，昭君为免刀兵之灾自愿前往，元帝忍痛送行。单于得到昭君后大喜，率兵北去，昭君不舍故国，在汉番交界的黑龙江里投水而死。单于为避免汉朝寻事，将毛延寿送还汉朝处治。汉元帝夜间梦见昭君而惊醒，又听到孤雁哀鸣，伤痛不已，后将毛延寿斩首以祭奠昭君。

◆纪君祥与《赵氏孤儿》

《赵氏孤儿》是元代戏曲家纪君祥的代表作。纪君祥又名纪天祥，生卒年不详，《录鬼簿》里说他与郑廷玉、李寿卿为同时人。杂剧作品有《赵氏孤儿冤报冤》《陈文图悟道松阴梦》。《赵氏孤儿》又作《赵氏孤儿大报仇》，简称《赵氏孤儿》。故事采自《左传》《史记·赵世家》《新序·节士》《说苑·复思》等书。剧情是：春秋时晋国大臣屠岸贾谋害忠臣赵盾，使赵家300余口满门抄斩，只赵盾之孙——襁褓中婴儿被义士程婴救出。屠岸贾发现有人偷偷救出孤儿后，竟下令残杀国内所有一月以上半岁以下幼儿。程婴为保全孤儿和全国幼儿，毅然献出己子冒顶孤儿，其至友公孙杵臼为开脱程婴救孤之罪，牺牲自己的生命。孤儿由程婴扶养成人，20年后，赵氏孤儿手擒屠岸贾，报了血海深仇。《赵氏孤儿》是一部优秀的悲剧，人物形象鲜明生动，戏剧冲突扣人心弦，鞭挞了阴险残暴行为，歌颂了崇高正义精神。在中国戏剧发展史上影响很大，18、19世纪登上欧洲戏剧舞台，受到世界的瞩目。

◆郑光祖与《倩女离魂》

《倩女离魂》是郑光祖的杂剧代表作。郑光祖，字德辉，山西襄汾人，生卒年不详，火葬于西湖灵芝寺。元代著名的杂剧家、散曲家，与关汉卿、马致远、白朴齐名，号称元代杂剧四大家之一。钟嗣成的《录鬼簿》中说他早年习儒为业，后补授杭州路为吏，"为人方直"，不善与官场人物相交往，定居于杭州，交往于风景、伶人、歌女，颇具文学才情。郑光祖的杂剧作品有《迷青琐倩女离魂》《䀚梅香骗翰林风月》《醉思乡王粲登楼》《辅成王周公摄政》《虎牢关三战吕布》《伊尹耕莘》《无盐破

环》《老君堂》《月夜闻筝》《哭孺子》《秦楼月》《指鹿道马》《紫云娘》《采莲舟》《细柳营》《哭晏婴》《后庭花》《梨园乐府》等。他的剧目有两个主题，一是青年男女的爱情故事，一是历史题材故事。

《倩女离魂》全名《迷青琐倩女离魂》，以描写青年男女爱情故事为主题。《迷青琐倩女离魂》以唐朝陈玄祐的《离魂记》为素材，剧情是：秀才王文举与倩女指腹为婚，王文举不幸父母早亡，倩女之母遂有悔约的打算，借口只有王文举得了进士之后才能成婚，想赖掉这门婚事。不料倩女却十分忠于爱情，就在王文举赴京应试，与倩女柳亭相别之后，由于思念王文举，倩女的魂魄便离了原身，追随王文举一起奔赴京城。而王文举却不知是倩女的魂魄与他在一起，还以为倩女本人同他一起赴京。因此，当他状元及第三年后，准备从京城启程赴官，顺便打道去探望岳母，便先修书一封告知倩女的父母，王文举偕同倩女魂魄来到了倩女身边，魂魄与身体又合一，一对恩爱夫妻

《倩女离魂》图

得到团圆。《倩女离魂》集中刻画了倩女追求婚姻自主，忠贞于爱情的形象和性格。此剧堪与《西厢记》相媲美，使郑光祖"名香天下，声振闺阁"。

◆高明与《琵琶记》

《琵琶记》是高明的代表作。高明，字则诚，号菜根道人，东嘉先生，浙江瑞安人。高则诚从小就受到父母和外祖父的影响，深谙南宋灭亡的痛史，同情广大人民的痛苦，有一定的爱国爱民思想。元朝建立后，高则诚考中进士，为官清廉，不畏权势，生性耿直，刚正不阿，经常与上司意见不和，常辞官隐退。高明的祖父高天锡、伯父高彦都是诗人，父早卒，幼聪慧，曾写《赋幽慵斋》一诗明志："闭门春草长，荒庭积雨余。青苔无人扫，永日谢轩车。清风忽南来，吹堕几上书。梦觉闻啼鸟，云山满吾庐。安得稽中散，尊酒相与娱。"《琵琶记》主要写汉代书生蔡伯喈与赵五娘悲欢离合的故事，被誉为"传奇之祖"。

《琵琶记》的剧情是：书生蔡伯喈与赵五娘新婚不久，与妻子伉俪情深。恰逢朝廷开科取士，伯喈以父母年事已高，欲辞试留在家中，服侍父母。但蔡公不从，邻居张大公也在旁劝说。伯喈只好告别父母、妻子赴京应试。应试及第，中了状元。牛丞相有一女未婚配，奉旨招新科状元为婿。伯喈以父母年迈，在家无人照顾，需回家尽孝为由，欲辞婚、辞官，但牛丞相与皇帝不从，被迫滞留京城。自伯喈离家后，陈留连年遭受旱灾，五娘任劳任怨，服侍公婆。婆婆痛责五娘不孝，整日只让二老吃白粥，殊不知五娘自己是背着公婆私下自咽米糠。婆婆意外发现真相，一时痛悔过甚而亡，蔡公不久也死于饥荒。而伯喈被强赘入牛府后，终日思念父母。写信去陈留家中，信被拐儿骗走，致音信不通。一日，在书房弹琴抒发幽思，为牛氏听见，得知实情，告知父亲。牛丞相为女儿说服，遂派人去迎取伯喈父母、妻子来京。蔡公、蔡婆去世后，五娘祝发卖葬，罗裙包土，自筑坟墓。又亲手绘成公婆遗容，身背琵琶，沿路弹唱乞食，往京城寻夫。

《琵琶记》图画

来京城，正遇弥陀寺大法会，便往寺中募化求食，将公婆真容供于佛前。正逢伯喈也来寺中烧香，祈祷父母路上平安。见到父母真容，便拿回府中挂在书房内。五娘寻至牛府，被牛氏请至府内弹唱。五娘见牛氏贤淑，便将自己的身世告知牛氏。牛氏为让五娘与伯喈团聚，又怕伯喈不认，便让五娘来到书房，在公婆的真容上题诗暗喻。伯喈回府，见画上所题之诗，正欲问牛氏，牛氏便带五娘入内，夫妻遂得以团聚。五娘告知家中事情，伯喈悲痛至极，即刻上表辞官，回乡守孝。得到牛丞相的同意，伯喈遂携赵氏、牛氏同归故里，庐墓守孝。后皇帝卜诏，旌表蔡氏一门。

南戏四大名剧

南戏是北宋末至元末明初，在南方最早兴起的戏曲剧种，是我国戏剧的最早形式之一。南戏，又称为戏文、温州杂剧、永嘉杂剧、鹘伶声嗽、南曲戏文等，明清称为传奇，就其音乐——南曲来说，为海盐腔、馀姚腔、昆山腔、弋阳腔等奠定了基础，在中国戏曲艺术发展史上具有重要意义。宋政权南渡，政治经济中心南移，艺人和作家集中于临安（杭州）等城市，遂使产生在温州的南戏，盛行于临安以及浙、闽等地区。《张协状元》为现存最早的南戏剧本。南戏的题材内容，多为反映当时在阶级和民族压迫下，战乱频繁，民不聊生的时代背景，因此现实性较强，并富于斗争性。代表作有《王焕》《蔡伯喈》《王魁》等。元代南戏四大名剧是《拜月亭》《荆钗记》《杀狗记》《白兔记》。下面我们就来分别加以介绍。

◆《拜月亭》

全名《闺怨佳人拜月亭》，也称《王瑞兰闺怨拜月亭》《蒋世隆拜月亭》，关汉卿作品。剧情是：战乱逃亡之中，王瑞兰与母亲失散，书生蒋世隆也与妹瑞莲失散。世隆与瑞兰相遇，共同逃难中产生感情，私下结为夫妇。瑞莲则与瑞兰的母亲结伴同行。瑞兰的父亲偶然在客店遇到瑞兰，嫌弃世隆是个穷秀才，门户不相称，催逼瑞兰撇下生病的世隆，跟自己回家，在路上又与老妻及瑞莲相遇。瑞兰一直惦念着世隆，焚香拜月，祷祝世隆平安，心事被瑞莲撞破。二人得知情由，姐妹之外又成姑嫂，愈加亲密。蒋世隆与逃难途中的结义兄弟分别高中文武状元，被势利的瑞兰之父招为女婿。世隆与瑞兰相见，知她情贞，夫妻终于团聚。瑞莲则与世隆的结义兄弟成婚。《拜月亭》全名《闺怨佳人拜月亭》，有《元刻古今杂剧三十种》本，《元人杂剧全集》本。

◆《荆钗记》

《荆钗记》的作者不详，全名《王十朋荆钗记》。全剧讲述王十朋、钱玉莲的婚姻故事。剧情是：钱玉莲鄙弃富豪孙汝权的求婚，宁肯嫁给以荆钗为聘的穷书生王十朋。后来王十朋考中状元，因拒绝丞相逼婚，被派往荒僻的地方任职。孙汝权借机篡改王十朋的家书为"休书"，哄骗玉莲；钱玉莲的后母逼她改嫁，玉莲不从，投河遇救。经过种种曲折，王、钱终于团圆。《荆钗记》情节曲折，关有《祭江》《见母》《时祀》《夜香》

等出。赞扬了他们不因富贵贫贱而转移的爱情，以及对权贵、豪绅的反抗精神。塑造了王十朋、钱玉莲夫妻的形象，描写他们坚贞不贰的美好情操。

◆《杀狗记》

《杀狗记》的作者不详。剧情是：富豪子弟孙华与市井无赖柳龙卿、胡子传交往，把同胞兄弟孙荣赶出家门。孙华的妻子杨月贞屡劝不听，便杀了一条狗，伪装成死尸放置门外。孙华深夜归来，大惊，急忙去找柳龙卿、胡子传，柳、胡推脱不管。孙荣却不记前恨，帮他把"尸首"埋掉，使孙华深受感动，于是兄弟重新和好。全剧提倡"亲睦为本""孝友为先""妻贤夫祸少"；成功刻画了柳龙卿、胡子传的无赖相，对酒肉朋友之间的种种欺诈行径，描绘得颇为生动。

◆《白兔记》

《白兔记》又称《刘知远白兔记》《刘知远还乡白兔记》《刘知远》《红袍记》。《白兔记》是在《新编五代史平话》和《刘知远诸宫调》的基础上改编创作的。剧情是：五代时刘知远家境贫寒，为李文奎家佣工。李断定他日后必然发迹，便将女儿李三娘许配给他。李文奎死后，刘知远屡受李三娘的兄嫂李洪夫妇欺压，被迫离家投军，又在岳节度使家入赘，后因军功升为九州安抚使。李三娘在家受兄嫂虐待，在磨房生下"咬脐郎"，托人送到军中抚养。16年后，咬脐郎出外打猎，追踪白兔，在井边与母亲相会，全家才得团圆。《白兔记》取材于历史人物刘知远的故事，具有相当浓郁的民间传说色彩，着重描写李三娘不幸的遭遇和坚强的性格，李三娘的形象赢得观众广泛的同情。剧中的一些艺术描写，如刘知远看瓜，李洪一夫妇定计用两头尖的水桶、钻眼水缸虐待李三娘等情节，散发出古代农村生活气息。剧中精彩剧段有《瓜园分别》《磨房产子》《窦公送子》《出猎回猎》《磨房相会》等。

第七章

明代文学

明代是小说、戏曲等俗文学昌盛，而正统诗文相对衰微的时期。明代文学分为前后两个阶段。从明初到正德年间是明代文学前期，从嘉靖年间到明亡是明代文学后期。其中明代前期文学，产生了著名的长篇小说《三国演义》《水浒传》。因元末农民大起义，大部分地区陷入战火之中。在作家群中，刘基和宋濂是受朱元璋征召而参加起义军的著名文人，施耐庵是张士诚义军中的人物，罗贯中则是奔走江湖的作家。因此，罗贯中和施耐庵能够在民间流传的三国、水浒故事的基础上，写成《三国演义》和《水浒传》，对后来的历史演义和英雄传奇小说有着巨大的影响。

随着明王朝的逐渐稳定，封建统治者为强化统治，一方面大兴文字狱，一方面采取笼络手段。明太祖开设文华堂，明成祖召集文士编纂《永乐大典》；大力提倡程朱理学，明成祖命胡广等人编纂"四书""五经"、《性理大全》，指定为"国子监、天下府州县学生员"的必读之书；统治者对文艺创作的控制也严厉起来，对戏曲的内容注意控制。于是文学变成歌功颂德、消遣享乐的工具，成为宣扬封建道德、推行教化的教材，诞生了周献王朱有炖所作的《诚斋乐府》，有点缀升平、歌功颂德的"庆贺剧"，有荒诞迷信、消极颓废的"度脱剧"，有教忠教孝的"节义剧"。在诗文领域，形成了雍容典雅、词气萎弱的台阁体。本章主要介绍明代文学。

明代拟话本

拟话本是指明末文人模仿话本形式编写的白话短篇小说，鲁迅在《中国小说史略》中为其命名，认为是由话本向后代文人小说过渡的一种形态，与话本有所不同，"近讲史而非口谈，似小说而无捏合"，这种文学形式主要繁荣于宋朝。其最早作品有宋元时代产生的《大唐三藏法师取经记》《大宋宣和遗事》等。其体裁与话本相似，都是首尾有诗，中间以诗词为点缀，辞句多俚俗。新中国成立后，一些学术著作应用"拟话本"这一名称，用来专指明末文人模仿话本形式而编写的白话短篇小说，即鲁迅称之为"拟宋市人小说"的作品。

明代拟话本不是供艺人讲演的，而是专供一般作者阅读、欣赏的；它继承了话本创作上的一些艺术特点，如故事曲折生动，形象鲜明，语言朴素精炼等；还创造性地发展了细节描写和人物内心的刻划。拟话本的出现，标志着白话短篇小说已逐渐脱离口头创作阶段，而成为作家的书面文学。明代作家创作的短篇白话小说专集最著名的有：冯梦龙编辑的《喻世明言》《警世通言》《醒世恒言》，凌濛初编写的《初刻拍案惊奇》《二刻拍案惊奇》。另外还有《今古奇观》《西湖二集》《清夜钟》《石点头》《醉醒石》《幻影》等。《今古奇观》是明思宗崇祯末年姑苏抱瓮老人所辑的，其影响最大。尤其是冯梦龙编选的"三言"代表了明代拟话本的成就，是中国古代白话短篇小说的宝库，其中约三分之一是宋元话本，三分之二是明代拟话本。

◆冯梦龙与"三言"

冯梦龙（1574—1646年），字犹龙，又字公鱼、子犹，别号龙子犹、墨憨斋主人、吴下词奴、姑苏词奴、前周柱史。生于明万历二年。这时我国出现了许多离经叛道的思想家、艺术家，如李卓吾、汤显祖、袁宏道等。在这批文人中，冯梦龙以其对小说、戏曲、民歌、

冯梦龙手迹

笑话等通俗文学的创作、搜集、整理、编辑，为我国文学做出了贡献。冯梦龙是苏州人，出身名门世家，冯氏兄弟三人被称为"吴下三冯"。其兄梦桂是画家，其弟梦熊是太学。冯梦龙的作品除世人皆知的"三言"外，还有《新列国志》《增补三遂平妖传》《智囊》《古

今谈概》《太平广记钞》《情史》《墨憨斋定本传奇》等。

冯梦龙一生虽有经世治国之志，但不愿受封建道德约束，只得长期沉沦下层，或舌耕授徒糊口，或为书商编书养家。这不但奠定了他在中国文学史上的崇高地位，也奠定了他在中国出版史上的崇高地位。《智囊》《古今谈概》《情史》三部书，可谓"三言"之外的又一个"三部曲"。《智囊》旨在"益智"、《古今谈概》旨在"疗腐"、《情史》旨在"情教"，均表达了冯梦龙对世事的关心。冯梦龙有句传世的名言，即"不是一番寒彻骨，怎得梅花扑鼻香"。清顺治三年（1646年）春，冯梦龙忧愤而死。

"三言"即《喻世明言》《警世通言》《醒世恒言》的合称；和"二拍"合称"三言二拍"。"三言"是明代中后期通俗小说的杰出代表。从表面上看，"三言"主要是对宋元话本、明代拟话本进行编辑，但实际上，冯梦龙在对其进行

编辑的同时，进行了一定的修订。《三言》的内容分为：描写被压迫妇女追求幸福生活的愿望，抨击了封建制度对妇女的压迫，如《杜十娘怒沉百宝箱》是明代拟话本中成就最高的作品，《卖油郎独占花魁》则是富有时代特色的爱情作品；描写封建统治者内部斗争，表现对其罪恶的谴责，如《灌园叟晚逢仙女》；歌颂友谊，斥责背信弃义行为，如《俞伯牙摔琴哭知音》。

《三言》比起话本来，篇幅已加长，主题思想较集中，情节更曲折，描绘世态人情更丰富，细节描写和人物内心活动更丰富、细腻。缺点是，有不少作品宣扬封建伦理道德、宿命论思想和描写色情。"三言"中的著名作品有《陈御史巧勘金钗钿》《钱秀才错占凤凰俦》《乔太守乱点鸳鸯谱》《苏小妹三难新郎》《唐解元一笑姻缘》《桂员外途穷忏悔》《滕大尹鬼断家私》等。总的来说，"三言"主人公多为作者批判的对象，揭示其虚伪可笑的本质，撕破其毫无价值却伪装有价值的假面，用笑声去否定和鞭挞丑恶的人和事。

◆ 凌濛初与"二拍"

凌濛初（1580—1644年）字玄房，号初成、雅成、迪知子，别号即空观主人，浙江吴兴人。曾在上海、徐州等地做过官，所编写的《二拍》是当时影响较大的拟话本集子。明崇祯四年（1631年），授上海县丞，署海防事。十五年，擢徐州通判，曾进献《剿寇十策》。十七年，被李自成率农民起义军围困于徐州城，率众顽抗，呕血而死。凌濛初著作有《初刻拍案惊奇》《二刻拍案惊奇》《虬髯翁》《颠倒姻缘》《北红拂》《乔合衫襟记》《蓦忽姻缘》《圣门传诗嫡冢》《言诗翼》《诗逆》《诗经人物考》《左传合鲭》《倪思史汉异同补评》《荡栉后录》《国门集》《国门乙集》《鸡讲斋诗文》《燕筑讴》《南音之籁》《东坡禅喜集》《合评选诗》《陶韦合集》《惑溺供》《国策概》等，其中以"二拍"影响最大。凌濛初是中国

《初刻拍案惊奇》

创作拟话本小说最多的作家。

"二拍"是拟话本小说集《初刻拍案惊奇》和《二刻拍案惊奇》的合称。每集40篇，共80篇，内有1篇重复，1篇杂剧，实有拟话本78篇。作品多取材于古往今来的一些新鲜有趣的轶事，以迎合市民的需要，反映了明代市民生活和他们的思想意识，如通过对商人追求金钱和海外冒险的描写，反映了明中叶后商品经济的活跃；描写爱情婚姻，批判忘恩负义、富贵易妻的丑行，提出爱情婚姻中男女平等的要求。但二拍中的封建迷信、因果报应、宿命思想及色情描写较多。"二拍"的名篇有《转运汉遇巧洞庭红》《叠居奇程客得助》《李将军错认舅》《满少卿饥附饱飏》《青楼市探人踪》等。

明代戏剧艺术

明代戏剧的主要剧种有杂剧、传奇。明代杂剧与元代相比，均有减少和蜕化。但明代杂剧在体式上比元代"四折一楔子"自由；在曲调上，兼用南曲；在演唱方式上，打破了元杂剧一人主唱的做法。明代南戏是比较质朴的民间戏剧形式，传奇则经过文人加工而比较雅化；南戏全用南曲，传奇则南北曲均用；南戏多为民间俚曲小调，宫调没有严格限制，传奇则用宫调区分曲牌。明代杂剧有四大声腔：海盐腔、余姚腔、弋阳腔、昆山腔。后来经过魏良辅的加工，梁辰鱼成功运用昆山腔于《浣纱记》，昆山腔渐渐压倒其他声腔。总之，明代戏剧的基本特征是数量众多；题材多样；审美风格雅化。

明代初期的杂剧成果有朱权的《太和正音谱》，是中国戏剧历史上的一部举足轻重的戏剧理论著作。还有神仙道化剧、伦理剧，比较有名的是《香囊记》。明代中期的杂剧，已经处于颓势。富有代表性的作家及作品有王九思的《杜甫游春》、康海的《中山狼》、徐渭的《四声猿》等，特别是徐渭的《四声猿》（包括《狂鼓史》《雌木兰》《女状元》《玉禅师》），堪称明代中期杂剧之翘楚。明代后期的杂剧，是杂剧创作的巩固时期，数量较多，但精品少。明代戏剧的后期，出现了汤显祖等大戏剧家。

明代前期的传奇，由于受到当时政治环境的影响，多是宣扬伦理道德的风化之作，代表作有《五伦全备忠孝记》《五伦香囊记》等。明代中期的传奇，无论是内容题材还是声腔上，都发生了重大变化，产生了明代中期的三大传奇：李开先《宝剑记》，王世贞《鸣凤记》，梁辰鱼《浣纱记》。明末是

传奇创作繁荣的时期，著名的传奇作家都出现在这一时期，如汤显祖、高濂、周朝俊、王骥德、吕天成、吴炳、孟称舜等。另外戏曲创作的繁荣，也促使理论探索，曲学著作有徐渭的《南词叙录》，王世贞的《曲藻》，魏良辅的《曲律》，何良俊的《曲论》，臧懋循的《元曲选序》，吕天成的《曲品》，王骥德的《曲律》，祁彪佳的《远山堂曲品》《远山堂剧品》。

总之，在戏曲领域，明代后期继元杂剧之后出现繁荣期，产生了杰出的剧作家汤显祖。这时期的杂剧运用南曲，或南北合套，有人称为"南杂剧"。著名作品有：现实时事剧，如《鸣凤记》《金环记》《忠孝记》《璧香记》《去思记》《冰山记》《请剑记》《鸣冤记》《不丈夫》《清凉扇》《磨忠记》等；讽刺剧，如《东郭记》《郁轮袍》《真傀儡》《玉禅师》《一文钱》等；爱情剧，如《牡丹亭》《玉簪记》《玉镜台记》《娇红记》等；传奇戏曲，如《目连救母

劝善戏文》《赋归记》《陈情记》《红梨记》等。另外还有《四美记》《全德记》《香山记》《梦境记》《归元镜》等。

◆徐渭与《四声猿》

中国古代佯狂的艺术家不少，可真正发疯，生时寂寞，死后为后人顶礼膜拜的，徐渭就是一个。徐

徐渭

渭（1521—1593年），明代杰出书画家、文学家，浙江绍兴人。初字文清，改字文长，号天池山人、署田水月、青藤老人、青藤道人、青藤居士、天池渔隐、金垒、金回山人、山阴布衣、白鹇山人、鹅鼻山侬。在诗文、书法、戏曲、绘画上均有独特造诣，在水墨大写意花卉方面的贡献尤为突出，反对绘画上因袭前人的"鸟学人言"的做法，主张"新为上，手次之，目口末矣"。

徐渭自幼聪慧，文思敏捷，胸有大志。参加过嘉靖年间东南沿海的抗倭斗争和反对权奸严嵩，一生坎坷，"落魄人间"，入狱七八年。获释后，贫病交加，以卖诗、文、画糊口，潦倒一生。他擅长画水墨花卉，用笔放纵，画残菊败荷，水墨淋漓；兼绘山水。其笔法奔放、简练，干笔、湿笔、破笔兼用，风格清新，自成一家，形成"青藤画派"，曾自称"吾书第一、诗二、文三、画四"。传世著名作品有《杂花图卷》《黄甲图》《墨葡萄图》《山水人物花鸟》《牡丹蕉石图》《墨花》等；著作有《四声猿》《南词叙录》《徐文长佚稿》《徐文长全集》等。

《四声猿》是指明代徐渭的四部杂剧，即《渔阳弄》《雌木兰》《女状元》《翠乡梦》。全称分别为《狂鼓史渔阳三弄》《玉禅师翠乡一梦》《雌木兰替父从军》《女状元辞凰得凤》，合为《四声猿》。徐渭的杂剧具有浓郁的时代气息，体现了明代中叶反抗封建压迫与礼教束缚的民主主义精神。把对残暴者的惩罚放在"阴间"，把正义的伸张寄托于"天上"，虽虚无缥缈，也反映了作者对他所处时代的官场的绝望。徐渭蔑视传统精神，他的剧作从内容、精神到形式，都给当时和后世的剧坛带来了积极影响。《四声猿》在语言上清新活泼、流畅优美、感情饱满、机趣横生。

◆ 汤显祖与《牡丹亭》

汤显祖（1550—1616年），明代戏曲作家，字义仍，号海若、若士，晚号茧翁，自署清远道人，江西临川人。汤显祖从小聪明好学，二十一岁中举人。万历五年、八年两次会试，当朝首辅张居正要安排他的几个儿子取中进士，为遮掩世人耳目，想找几个有真才实学的人作陪衬。他打听到汤显祖，就派自己的叔父去笼络他们。但汤显祖却洁身自好，一无所动。三十四岁，汤显祖以极低的名次中了进士，先在北京礼部观政，次年到南京任太常寺博士。万历十一年（1583年），以应天府尹的身份赴南京，为刑部侍郎、尚书，地位显赫，士大夫趋之若鹜。可汤显祖是一个尊重文学而不屈服于权势的人，

汤显祖

决不随波逐流。万历十九年（1591年），汤显祖在南京礼部祠祭司主事的任上，上了一篇《论辅臣科臣疏》，严词弹劾首辅申时行和科臣杨文举、胡汝宁，揭露他们贪赃枉法的罪行，又对万历登基二十年的政治作了抨击。神宗大怒，一道圣旨就把汤显祖放逐到雷州半岛的徐闻县。二十六年（1598年）弃官归里，专事写作。

《牡丹亭》中杜丽娘著名的唱词"花花草草由人恋，生生死死随人愿，便酸酸楚楚无人怨"，可以概况汤显祖一生。早年，汤显祖著有《红泉逸草》《雍藻》《问

昆曲《牡丹亭》

棘邮草》《紫箫记》。还创作大量诗歌，其诗作讽刺朝政，关心民间疾苦，如《感事》诗写道："中涓凿空山河尽，圣主求金日夜劳。赖是年来稀骏骨，黄金应与筑台高。"汤显祖成就最高的是传奇，有五种"玉茗堂四梦"（"临川四梦"），即《紫钗记》《牡丹亭》《邯郸记》《南柯记》。

《牡丹亭》，全名《牡丹亭还魂记》，共55出，描写杜丽娘和柳梦梅的爱情故事，原名《还魂记》《还魂梦》《牡丹亭梦》，精彩折段有《闹学》《游园》《惊梦》《寻梦》《写真》《离魂》《拾画叫画》《冥判》《幽媾》《冥誓》《还魂》等。据明人小说《杜丽娘慕色还魂》改写而成。《牡丹亭》是我国戏曲史上浪漫主义的杰作。作品通过杜丽娘和柳梦梅生死离合的爱情故事，洋溢着追求个人幸福、呼唤个性解放、反对封建制度的浪漫主义理想。杜丽娘是我国古典

文学里继崔莺莺之后最动人的妇女形象之一。《牡丹亭》暴露了封建礼教对人们幸福生活和美好理想的摧残。

明代公安派

晚明的诗歌、散文领域中，"公安派"的声势最大，代表人物是袁宗道、袁宏道、袁中道三兄弟，他们是湖北公安人，故称公安派。这一派还有江盈科、陶望龄、黄辉、雷思霈等。"公安三袁"是"公安派"的领袖，其中袁宏道声誉最高，成就最大，其次是中道。公安派核心口号是"独抒性灵"。"性灵说"融合了鲜明的时代内

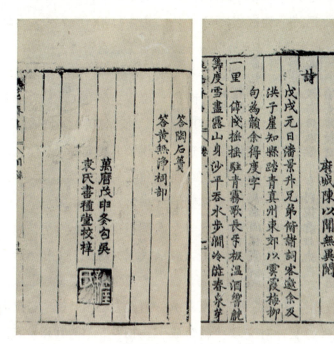

袁宏道手稿

容，和李贽的"童心说"一脉相通，和"理学"尖锐对立。"性灵说"不仅明确肯定人的生活欲望，还强调个性，表现了晚明的个性解放思想。在文学创作上，公安派反对前七子和后七子的拟古风气，主张"独抒性灵，不拘格套"，发前人之所未发，成就主要在散文方面，为文清新活泼，自然率真。

"公安派"成员主要生活在万历时期。明代自弘治以来，文坛即为李梦阳、何景明为首的"前七子"及王世贞、李攀龙为首的"后七子"所把持。他们倡言"文必秦汉、诗必盛唐""大历以后书勿读"的复古论调，影响极大。其间虽有归有光等"唐宋派"起而抗争，但不足以矫正其流弊。万历间李贽针锋相对提出"诗何必古选？文何必先秦？"和"文章不可得而时势先后论也"的观点，他实际上成为公安派的先导。公安派文学发端于袁宗道，袁宏道实为中坚，袁中道则进一步扩大了它的影响。公安派的文学主张主要是：①反对承袭，主张通变，对文坛"剽窃成

风，众口一响"的现象提出尖锐批评。②独抒性灵，不拘格套，文章要表现作家的个性表现和真情。③推重民歌小说，提倡通俗文学。公安派在解放文体上颇有功绩，但在现实生活中消极避世，多描写身边琐事、自然景物，缺乏深厚的社会内容，因而创作题材愈来愈狭窄。下面我们就来介绍明代公安派的灵魂人物——袁宏道。

袁宏道（1568—1610年），明代文学家，公安派主帅，与其兄袁宗道（1560—1600年）、弟袁中道（1570—1623年）合称"公安三袁"。袁宏道字中郎、无学，号石公、六休。他在文学上反对"文必秦汉，诗必盛唐"的风气，提出"独抒性灵，不拘格套"的"性灵说"。袁宏道无意仕途，万历二十年（1592年）中了进士，但不愿做官，而去访师求学，游历山川，写下很多著名游记，如《虎丘记》《满井游记》《初至西湖记》。袁宏道生性酷爱自然山水，甚至不惜冒险登临，曾说"恋躯惜命，何用游山？""与其死于床，何若死于

一片冷石也。"在登山临水中，他的思想得到了解放，个性得到了张扬，文学激情格外高涨，最终使其成为公安派文学的中坚。

具有代表性的长篇小说

◆《三国演义》

《三国演义》是罗贯中的代表作。罗贯中（1330—1400年），名本，字贯中，号湖海散人，籍贯山西太原府祁县，江西吉安人。元末明小说家、戏曲家，中国章回小说的鼻祖。主要作品有：《赵太祖龙虎风云会》《忠正孝子连环谏》《三平章死哭蜚虎子》《隋唐两朝志传》《残唐五代史演义》《三遂平妖传》《粉妆楼》《水浒传》《三国演义》。罗贯中的传世之作《三国演义》，体现出罗贯中的博

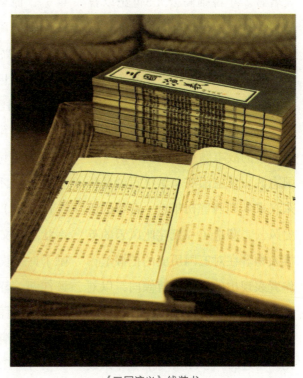

《三国演义》线装书

大精深之才，经天纬地之气。他忧国忧民，曾在《残唐五代史演义》

中写道："两岸西风起白杨，沁州存孝实堪伤。晋中花草埋幽径，唐国山河绕夕阳。鸦谷灭巢皆寂寞，并州尘路总荒凉。诗成不尽伤情处，一度行吟一断肠。"

《三国演义》是中国古代第一部长篇章回小说，与《水浒传》《西游记》《红楼梦》合称为四大名著。小说描写公元3世纪以曹操、刘备、孙权为首的魏、蜀、吴三个政治军事集团之间的矛盾和斗争，展示出那个时代尖锐复杂的政治军事冲突，在政治、军事谋略方面，对后世产生深远影响。《三国演义》的故事题材源于陈寿的《三国志》。《三国演义》描写的是从东汉末年到西晋初年近一百年的历史风云，塑造了一批咤叱风云的英雄人物。在对三国历史的把握上，作者表现出的拥刘反曹倾向，以刘备集团作为描写中心，隐含着人民对汉族复兴的希望。《三国演义》刻画了近200个人物形象，其中最成功的有诸葛亮、曹操、关羽、刘备等人；描写了大大小小的战争，使我们可以清晰看到了一场场刀光血影的战争场面，经典之战有官渡之战、赤壁之战。《三国演义》开启了我国历史小说创作的热潮。

◆《水浒传》

《水浒传》原名《江湖豪客传》，后定名《水浒传》，是施耐庵的代表作。施耐庵（1296—1371年），原名彦端，字肇瑞，号子安，别号耐庵，元末明初的文学家，江苏兴化人。至顺二年（1331年）登进士，任钱塘县尹，因替穷人辩冤纠枉，遭县官训诉，遂辞官回家。施耐庵博古通今，群经诸子，词章诗歌，天文地理，医卜星象，无不精通。元至正十三年（1353年），张士诚等十八名壮士率壮丁起义反元，施耐庵为张士诚献了许多攻城夺地的计策。此后浪迹江湖，替人医病解难。除教书以外，还与拜他为师的罗贯中一起研究《三国演义》《三遂平妖传》，为撰写《江湖豪客传》准备素材。

《水浒传》是我国第一部古典长篇白话小说，取材于北宋末年宋江起义的故事。生动形象地描述了

施耐庵画像

贪官污吏、土豪恶霸，从上到下，狼狈为奸，残害忠良，欺压良善，形成了一个统治网。《水浒传》在揭露这些贪官污吏、土豪恶霸欺压人民的罪行时，首先叙述了高俅迫害王进的故事。还写了高俅为了让儿子霸占林冲的妻子，千方百计谋害林冲。高俅作为那个统治集团的代表人物，在他身上体现了封建统治阶级的丑恶和腐朽的本质。此外

以宋江为首的农民起义的发生、发展和失败过程。作品开中，高俅、蔡京、童贯和杨戬等，构成一个最高统治集团，蔡、高等人以他们的亲属门客为党羽心腹，如梁世杰、蔡九知府、慕容知府、高廉、贺太守之流，在他们的下面，则是一些《水浒传》还写了地主恶霸的种种作恶行为，如郑屠霸占金翠莲，西门庆害死武大郎，毛太公勾结官府构陷猎户解珍、解宝等。总之，《水浒传》深刻揭露了封建社会的黑暗和腐朽及统治阶级的罪恶，说明造成农民起义的根本原因是"官逼民反"。

◆《西游记》

　　《西游记》是吴承恩的代表作。吴承恩（1501—1582年），字

吴承恩画像

汝忠，号射阳山人，江苏淮安人，明代杰出的小说家。出身于一个小官吏降为小商人的家庭，自幼聪慧，喜读野言稗史、志怪小说。嘉靖二十九年（1550年）大约40岁时才补得贡生，常与友人朱曰藩豪饮，寄趣于诗酒之间，和嘉靖状元沈坤有往来，晚景凄凉。著有志怪小说集《禹鼎记》《射阳先生存稿》。吴承恩精于绘画，擅长书法，爱好填词度曲，对围棋也很精通，喜欢收藏名人的书画法帖。还特别喜欢搜奇猎怪，爱看神仙鬼怪、狐妖猴精之类的书籍，如《百怪录》《酉阳杂俎》，这对他创作《西游记》有着重大的影响。50岁左右开始写《西游记》。吴承恩一生不同流俗，刚直不阿，厌恶腐败的官场，曾写《二郎搜山图歌》一诗明志："民灾翻出衣冠中，不为猿鹤为沙虫。坐观宋室用五鬼，不见虞廷诛四凶。野夫有怀多感激，抚事临风三叹惜。胸中磨损斩邪刀，欲起平之恨无力。救月有矢救日弓，世间岂谓无英雄？谁能为我致麟凤，长令万年保合清宁功。"

　　《西游记》是最优秀的神话小说，也是一部群众创作和文人创

作相结合的作品。小说以"大闹天宫"开始，把孙悟空的形象提到全书首要的地位。第八至十二回写如来说法，观音访僧，魏徵斩龙，唐僧出世等故事，交待取经的缘起。从十四回到全书结束，讲述仙界一只由仙石生出的猴子拜倒菩提门下，命名孙悟空，苦练成一身法术，却因醉酒闯下大祸，被压于五行山下。五百年后，观音向孙悟空道出自救的方法：他须随唐三藏到西方取经，作其徒弟，修成正果之日便得救。孙悟空遂紧随唐三藏上路，途中屡遇妖魔鬼怪，与猪八戒、沙僧、白龙马，经过八十一次磨难，到西天取经的过程等。在思想内容上，《西游记》融合了佛、道、儒三家的思想和内容，开辟了神魔长篇小说的门类。《西游记》是古代长篇浪漫主义小说的高峰。

◆《金瓶梅》

《金瓶梅》是我国明代长篇小说，共 100 回，其版本有两种：一是万历四十五年（1617年）东吴弄珠客作序的《金瓶梅词话》；一是天启年间刻的《原本金瓶梅》。《金瓶梅》借《水浒传》中武松杀嫂一段故事为引子，通过对封建市侩势力的代表人物西门庆及其家庭罪恶生活的描述，暴露了北宋社会的黑暗和腐败。《金瓶梅》描绘了一个上自朝廷内擅权专政的太师，下至地方官僚恶霸、地痞流氓所构成的鬼蜮世界。西门庆原是个破落财主、生药铺老板，善于钻营，巴结权贵，知县知府都和他往来。他不择手段地巧取豪夺，聚敛财富，荒淫好色，无恶不作。他抢夺寡妇财产，诱骗结义兄弟的妻子，霸占民间少女，谋杀姘妇的丈夫，干尽伤天害理的事情。但由于有官府做靠山，特别是攀结上了当朝宰相蔡京并拜其为义父，就使他不仅没有遭到应有的惩罚，而且左右逢源，步步高升。这些描写，反映了明代中叶朝廷权贵与地方豪绅官商相勾结，压榨人民、聚敛钱财的种种黑幕。

《金瓶梅》的书名从小说中西门庆的三个妾潘金莲、李瓶儿、庞春梅的名字中各取一字而成。也有人认为，"金"代表金钱，"瓶"代表酒，"梅"代表女色。《金瓶梅》是中国文学史上第一部由文人独立创作的长篇小说。从此，文人创作成为小说创作的主流。《金瓶梅》之前的长篇小说，莫不取材于历史故事或神话、传说。而《金瓶梅》摆脱了这一传统，以现实社会中的人物和家庭日常生活为题材，使中国小说现实主义创作方法日臻成熟。总之，《金瓶梅》是我国第一部率先以市井人物与世俗风情为描写中心的长篇小说，开启了文人直接取材于现实社会生活而进行小说创作的先河。

《金瓶梅》插画

第八章

清朝文学

在清代，诗、词、散文、小说、戏曲都取得重要成就。清初的文人学者普遍存在反清的民族思想，黄宗羲、顾炎武、王夫之是这时期最杰出的思想家和学者。他们的散文表现了强烈的民族思想和不同程度的民主思想，超越晚明散文。

康熙后期，文士多是在清朝成长的，这时的诗歌，不再以表现民族矛盾与阶级矛盾为主，而是致力于艺术技巧的追求，内容以抒情吊古、模写山水为主。著名诗人有施闰章、宋琬、查慎行、赵执信等。雍正、乾隆时期进入清朝的"盛世"，封建经济呈现最后的繁荣。官吏贪污，统治者奢侈腐化、穷兵黩武，逐渐激化暂时缓和的社会矛盾。雍正时期的吕留良遗书，乾隆时期的胡中藻、彭家屏等文字狱，以及奖励考据学，实际上起着引导文人钻入脱离现实斗争的学术研究中去的作用；乾隆朝利用编修《四库全书》的机会，大量销毁不利于清朝的书籍。这时的作家，屈服于朝廷的钳制压力，迷惑于"盛世"的表面承平，出现了著名诗人沈德潜、袁枚、蒋士铨，形成元明以来所没有的盛况。散文方面，产生了以方苞、姚鼐为代表的桐城派散文。骈文作家有胡天游、袁枚、吴锡麒、孔广森、汪中、洪亮吉、邵齐焘等。词坛有厉鹗。小说方面有吴敬梓的《儒林外史》、曹雪芹的《红楼梦》、纪昀的《阅微草堂笔记》、袁枚的《新齐谐》等。

清朝戏剧艺术

清代戏曲的繁荣，使文人剧本经久不衰。清代传奇的数量约有1300种，作者达497人。清初戏曲创作的特点是带有普遍的哀感、悲凉情绪，不仅体现在由明入清的遗老们的剧作中，也体现在清代出生的剧作家的作品里。由明入清的剧作家里最著名的就是苏州派，代表人物为李玉，其作品尤其以《一捧雪》《人兽关》《永团圆》《占花魁》为人称道，同时著有《清忠谱》《千忠戮》《风云会》《麒麟阁》《洛阳桥》。苏州派作家还有朱佐朝，其作品有《渔家乐》《元宵闹》《九莲灯》等；朱彝，其作品有《十五贯》；叶稚斐，其作品有《琥珀匙》《逊国误》。另外还有吴伟业的《秣陵春》《通天

台》，丁耀亢的《赤松游》，尤侗的《钧天乐》《读离骚》《黑白卫》，徐石麒的《胭脂虎》，陈二白的《双冠诰》，朱云从的《二龙山》《龙灯赚》，严铸的《蝴碟梦》，盛际时的《胭脂雪》，李调元的《春秋配》。最值得一提的是李渔。李渔（1611—1680年），字笠鸿，号笠翁，金华兰溪人，著有《笠翁十种曲》《闲情偶寄》，奠定了他中国古典戏曲理论大师的地位。

清代前期的传奇还出现了"南洪北孔"，这是清代戏曲创作的骄傲，二者的作品都满寓兴亡，渗透浓郁的悲剧情感。乾隆以后宫廷戏曲出现的一个新气象是"大部连台本戏"的出现，如《劝善金科》《升平宝筏》《鼎峙春秋》《忠义

京剧《白蛇传》剧照

璇图》《昭代箫韶》《封神天榜》等，形成结构齐全、卷帙浩繁的整本大戏。该戏曲的演出场面充分利用了清宫特有的三层大戏台的机械设备，丰富了舞台表演，为京剧表演奠定了基础。

清代戏剧文学里最值得介绍的一部戏是《白蛇传》，来源于宋元话本《西湖三塔记》。明末冯梦龙编纂的《警世通言》里收录的话本《白娘子永镇雷峰塔》，已经朝向世俗人生的方向发展，白蛇从精怪变成极富人情味的美丽女子，这为清代地方戏中缠绵动情的人神爱情奠定了基础。明人陈六龙根据这个

故事写了《雷峰塔》传奇。后经清代雍正、乾隆年间黄图珌、陈嘉言父女、方成培先后为之润色，《白蛇传》成为清代家喻户晓的剧目。清代也有一批无名氏的传奇作品，主要有《天缘记》《珍珠塔》等。

在明末清初的剧作家中，创作剧作数量最多、质量最高，当推苏州派代表人物李玉。李玉，字玄玉、元玉，号苏门啸侣、一笠庵主人，江苏苏州人。大约生活在明代万历二十四年（1596年）至清代康熙十五年（1676年）之间。李玉创作的传奇主要有《一捧雪》《人兽关》《永团圆》《占花魁》《清忠谱》《麒麟阁》等。李玉生活在动荡的年代里，大量的作品都反映了特定时代的生活画面。他跳出了前期士大夫作家集中于才子佳人悲欢离合的题材，更多取材于时事和近世的史事，积极反映市民群众的思想感情和生活斗争。在李玉周围，聚集着

朱佐朝、毕魏、叶时章、张大复、朱云从、薛既扬、陈二白、陈子玉等作家，被称为"苏州派戏曲作家群"。

《清忠谱》是李玉的代表作。这部作品写明末东林党人周顺昌在苏州同阉党魏忠贤斗争，被逮下狱；市民颜佩韦等人率众大闹府衙，要求释放周顺昌。后来周顺昌被解往北京，仍大骂魏忠贤，死于狱中，颜佩韦等人也被杀害。最终以周顺昌、颜佩韦等五人被平反、雪冤而结束。《清忠谱》反映了明代天启年间阉党魏忠贤及其爪牙迫害东林党人的残酷史实。《清忠谱》成功塑造了两个生动的正面人物形象，一个是东林党人周顺昌，另一个是市民英雄颜佩韦。周顺昌集中体现了东林党人嫉恶如仇、刚正不阿、节操清廉、无私无畏的优秀品德。《清忠谱》的一个伟大成就，在于看到了市民的巨大力量，在戏曲舞台上塑造了颜佩韦等五个市民形象，反映了那个时代市民阶层已逐渐壮大，走上了历史舞台的社会现实。在舞台上直接反映当时的市民运动，这在李玉之前的剧作中是没有出现过的。

◆洪昇与《长生殿》

洪昇（1645—1704年），字昉思，号稗畦、稗村、南屏樵者，浙江杭州人。洪昇从小得到很好教育，但求取功名并不顺利，性格疏狂孤傲。洪昇的启蒙老师陆繁诏是明亡时尽忠自刎的杭州知府陆培的儿子，很有民族气节，经常流露怀念明室的情绪。这对洪昇创作《长生殿》有很大的影响，他的诗作也流露出兴亡之感。洪昇在创作《长生殿》之前，先以同一题材写了"偶感李白之遇"的《沉香亭》传奇，后改名《舞霓裳》。后来随着生活一再艰辛，功名追求一再挫折，父亲受到清政府迫害，洪昇对社会的认识逐渐超出个人身世的范围，涉及到国家兴亡、历史变迁。于是他将《舞霓裳》再改为《长生殿》。

唐明皇与杨贵妃的爱情故事是古代文学的著名题材，比较著名的有白居易的《长恨歌》、陈鸿的《长恨取传》、宋代笔记小说《杨

《长生殿》图

《舞盘》，描写了李隆基对杨贵妃的宠幸；剧本的后半部分，竭力描写杨玉环死后，李、杨两人无限悔恨和刻骨相思，甚至让他们在月宫里团圆，不再分离，以实现他们"在天愿作比翼鸟，在地愿为连理枝"的誓言。

太真外传》、元代诸宫调《天宝遗事》、白朴的《梧桐雨》、明代吴世美的《惊鸿记》等。其中以《长生殿》的成就最大，作品揭露了统治阶级的荒淫、腐败以及宫廷的政治斗争，谴责了李、杨的爱情给社会、政治所带来的灾难，起到了总结历史教训的作用。另一方面，洪昇也从《长恨歌》《梧桐雨》中吸收了歌颂李、杨爱情的思想，歌颂了自己心目中生死不渝的爱情。《长生殿》的前半部从《定情》到

洪昇有意识地将李、杨的爱情同国家兴亡紧密联系。李隆基宠幸贵妃，恣肆纵欲，"愿此生终老温柔，白云不羡仙乡"，把朝政抛到九霄云外。在昏君奸臣的统治下，朝纲松弛，生灵涂炭。还用笔墨将李、杨醉生梦死的爱情同人民群众的苦难联系起来，直接对他们进行鞭挞。剧中《舞盘》，写杨玉环生日宴会，李隆基特谕四川、海南等地飞驰进贡荔枝。《进果》写了进贡荔枝的使臣快马踏坏庄稼、踩死民众的血淋淋场面。如此说明了所谓帝妃生死不渝的爱情，对广大人民来说真正是一场灾难。在作品的后半部分《骂贼》《弹词》等出中，洪昇借古喻今，抒发了民族的兴亡之感，表述了对卖国投敌者的刻骨仇恨；

在《剿寇》《收京》中，寄托了汉族人民复国雪耻的爱国思想。

《长生殿》在艺术上所取得的成就，在清代一直称雄于剧坛。主要人物无不具有鲜明、生动的性格特征，比如李隆基风流多情，昏庸自满；杨国忠奸诈，安禄山狡黠，郭子仪忠直，雷海青义烈，李龟年持重，三国夫人世故、轻浮等等，无不清晰可见。直到今天，《长生殿》中的许多曲目，如《定情》《惊变》《疑谶》《偷曲》《絮阁》《骂贼》《闻铃》《哭像》《弹词》等，仍是我国昆曲的保留节目。

◆孔尚任与《桃花扇》

《桃花扇》被称为古代戏曲的压轴戏，作者是戏曲史上"南洪北孔"的孔尚任。孔尚任（1648—1718年），字聘之、季重，号东塘、云亭山人，山东曲阜人，孔子六十四代孙，清初诗人、戏曲作家。孔尚任年轻时就准备写一部反映南明王朝灭亡的戏曲。曾为南巡时的康熙皇帝导游曲阜，讲解《大学》，被善于笼络人心的康熙授为国子监博士。然而，孔尚任并没有得到康熙的重用。几年后，他被派往江苏沿海一带督浚海口。这使他踏遍扬州、南京等地，凭吊了梅花岭、秦淮河、燕子矶、明故宫、明孝陵等古迹，结识了冒辟疆、邓孝威、石涛、道士张瑶星等明末遗老，这对他创作《桃花扇》是极其

《桃花扇》

珍贵的。1699年6月，《桃花扇》脱稿，引起轰动。次年三月，孔尚任升为户部广东司员外郎，三月中旬即被摘掉官印。罢官后，孔尚任返回曲阜老家，于1718年春去世。还著有《小忽雷》。

《桃花扇》主要写明末复社文人侯方域在南京与秦淮名妓李香君相恋，并以题诗宫扇相赠定情。阉党余孽阮大铖为摆脱孤立处境，欲结交侯方域，通过画家杨龙友，表示愿出巨资促成侯李结合，遭李香君拒斥，侯方域受到香君激励，亦对他表示拒绝。当时武昌总兵左良玉军粮缺乏，欲移师南京，南京官

昆剧《桃花扇》剧照

员束手无策。因侯方域父亲曾是左良玉的上司，便派杨龙友求侯方域代其父修书劝阻。阮大铖乘机诬陷侯私通左良玉，欲加图害。侯方域被迫离开香君，投奔在扬州督师抗清的史可法。李自成攻陷北京，崇祯皇帝自缢身死的消息传到南京，凤阳督抚马士英伙同阮大铖在南京迎立福王朱由崧为帝，改元弘光，并对复社文人进行迫害，准备把李香君嫁给漕抚田仰为妾。李香君拼死不从，以头撞地，血溅侯方域定情之扇。杨龙友在宫扇血痕上画成桃花图，香君遂将桃花扇寄给侯方域。香君因痛骂宰相马士英及弄臣阮大铖而被送入宫中。军队方面，江北四镇主将为争夺位次而发生内讧，不服史可法节制，相互火并，清军乘虚南下，扬州失守，史可法沉江而死。朱由崧弃南京潜逃，被叛将劫去献于清廷。侯方域与李香君在逃难中于栖霞山不期而遇，因国破，经道士点悟，毅然抛开儿女之情，双双入道，共约出家。

《桃花扇》是一部反映南明弘光王朝覆灭的历史剧，几乎概括了

从明代崇祯灭亡前夕的1643年至弘光灭亡的1645年间发生在以南京为中心的政治舞台上的所有重大的政治、军事斗争。作为历史剧，《桃花扇》结构宏伟、人员复杂、场面繁众，在以前的中国戏曲史中是不多见的。《桃花扇》中男女的悲欢离合牵动着政治斗争，政治斗争又促进了悲欢离合，两者结合得十分密切。《桃花扇》的名段有《听稗》《闹榭》《拒媒》《守楼》《寄扇》《骂筵》等。

《桃花扇》的目的是在于总结明朝灭亡的历史教训，作为后人的鉴戒，即"借离合之情，写兴亡之感"。《桃花扇》从统治阶级内部的矛盾与腐朽方面，揭示了南明王朝覆灭的历史命运。在孔尚任刻画的众多人物中，李香君的形象光彩夺目。在当时的社会中，她是被视为卑贱的歌妓，然而却是一位具有进步的政治倾向、勇敢的斗争精神、坚贞节操的女人。侯方域的形象则是一个具有正义感的、忠于爱情、正直而又软弱的明末知识分子形象。总之，作为我国古典戏曲的压轴戏，《桃花扇》对我国戏曲艺术的发展有着不可磨灭的贡献，代表了中国古代历史剧的最高成就。《桃花扇》中的著名诗句是："白骨青灰长艾萧，桃花扇底送南朝。不应重做兴亡梦，儿女浓情何处消？"

神鬼小说与《红楼梦》

◆蒲松龄与《聊斋志异》

蒲松龄（1640—1715年），字留仙、剑臣，号柳泉居士，世称聊斋先生，自称异史氏，清代文学家、小说家，山东淄博市洪山镇蒲家庄人。19岁应童子试，接连考取

蒲松龄画像

铭是："有志者，事竟成，破釜沉舟，百二秦关终属楚。苦心人，天不负，卧薪尝胆，三千越甲可吞吴。"

《聊斋志异》故事多采自民间传说、野史轶闻，将花妖狐魅和幽冥世界的事物人格化、社会化，继承发展了我国志怪传奇文学的传统，情节曲折，文笔简

县、府、道三个第一，名震一时，以后屡试不第，直至71岁才成岁贡生。蒲松龄用毕生精力完成《聊斋志异》。郭沫若曾赞蒲松龄为"写鬼写妖高人一等，刺贪刺虐入木三分"；老舍曾评价蒲松龄为"鬼狐有性格，笑骂成文章"。蒲松龄的其他著作还有俚曲14种（墙头记、姑妇曲、慈悲曲、寒森曲、翻魇殃、琴瑟乐、蓬莱宴、俊夜叉、穷汉词、丑俊巴、快曲等），以及《农桑经》《日用俗字》《省身语录》《药崇书》《伤寒药性赋》《草木传》等》。蒲松龄的座右

练，被誉为我国古代文言短篇小说中成就最高的作品集。《聊斋志异》的故事：一部分是前代小说或笔记的改编，一部分采自当时社会传闻或直录友人笔记者，一部分是作者自己虚构的狐鬼花妖故事。《聊斋志异》的作品可分为三类，一为短篇小说体，主要采用史传文学及唐人传奇的体制，以人物生平遭遇为中心，篇幅较长；一为散记特写体，多描绘一个场面或记述某些事件，情节简单；一为随笔寓言体，保留魏晋"残丛小语"的形式，多为偶记琐闻，篇幅短小。

《聊斋志异》是蒲松龄的代表作，"聊斋"是他的书屋名，"志"是记述的意思，"异"指奇异的故事。全书有短篇小说491篇，多数作品通过谈狐说鬼的手法，对当时社会的腐败、黑暗进行了有力批判。王士祯曾为《聊斋志异》题诗："姑妄言之姑听之，豆棚瓜架雨如丝。料应厌作人间语，爱听秋坟鬼唱诗。"蒲松龄之所以用传奇法来写志怪，目的不是为谈鬼而谈鬼，也不是为了"搜奇记逸"而写鬼狐，而是为了寄托他对现实社会的不满。他是假借鬼狐世界，影射人间生活和社会现实。《聊斋志异》中对科场考官冷嘲热讽，嬉笑怒骂，皆成文章。抒发公愤、刺贪刺虐也是《聊斋志异》的主题，歌颂了人民反抗暴政的斗争。《聊斋志异》中的名篇有《小翠》《娇娜》《青凤》《婴宁》《阿宝》《莲香》《巧娘》《翩翩》《鸦头》《聂小倩》《葛巾》等。

◆吴敬梓与《儒林外史》

吴敬梓（1701—1754年），字敏轩、文木，号粒民、秦淮寓客，清代小说家，安徽全椒人。吴敬梓性豪迈，不数年，旧产挥霍俱尽，时或至于绝粮。移家金陵，为文坛盟主，建先贤祠于雨花山麓。晚年自号文木老人，客扬州，落拓纵酒。其作品有《儒林外史》《诗说》《文木山房集》《中国小说史略》。吴敬梓出身仕宦名门，文学创作表现出特别的天赋。吴敬梓22岁时，父亲去世，家族内部因为财产和权力而展开了激烈的争斗。经历这场变故，吴敬梓对虚伪的人际关系深感厌恶，无意进取功名。安徽巡抚推荐他应博学鸿词考试，竟装病不去。他不善持家，遇贫即施，家

吴敬梓画像

产卖尽，直至1754年53岁去世时，一直过着清贫的生活。他的家乡建有"吴敬梓纪念馆"，南京秦淮河畔桃叶渡建有"吴敬梓故居"。

《儒林外史》是我国清代一部杰出的现实主义长篇讽刺小说，主要描写封建社会后期知识分子及官绅的活动和精神面貌。全书的中心就是反对科举制度和封建礼教的毒害，讽刺因热衷功名富贵而造成的极端虚伪、恶劣的社会风习。《儒林外史》是一面封建社会的照妖镜，通过对封建文人、官僚豪绅、市井无赖等各类人物无耻行为的真实生动的描写，深刻揭露了行将崩溃的封建制度的腐朽性，强烈抨击了罪恶的科举制度、政治制度、伦理道德、社会风气等。塑造了诸如范进、匡超人、严贡生等中国讽刺文学中最早出现、最具影响的艺术形象。此外，《儒林外史》还写了一些下层人民，表现了作者对他们深切的同情和热爱，颂赞他们正义、朴实的高贵品质。总之，《儒林外史》堪称我国古典讽刺小说的高峰。

◆曹雪芹与《红楼梦》

曹雪芹（1715—1763年），名霑，字梦阮，号雪芹、芹圃、芹溪，河北丰润人，清代小说家，《红楼梦》的作者。曹雪芹出身于一个"百年望族"的大官僚地主家庭，从曾祖父起三代世袭江宁织造达六十年之久。后父亲因事受株连，被革职抄家，家庭的衰败使曹雪芹饱尝人生辛酸。死后遗留下《红楼梦》前八十回，《红楼梦》是中国古典小说中伟大的现实主义作品，又名《石头记》《情僧录》《风月宝鉴》《金陵十二钗》。全书是以贾宝玉、林黛玉的爱情悲剧为主线，通过贾府兴衰历史的叙述，揭露了封建家族的荒淫、腐败，显示出封建制度濒于崩溃和必然灭亡的命运。

《红楼梦》描写了贾府中各种复杂矛盾的生活，揭露其中封建的婚姻、道德、文化、教育等的腐朽、堕落和衰败的现象，是整个封建时代统治阶级的缩影，曲折地反映这一时代必然崩溃、没落的历史趋势。曹雪芹十分注重对人物心理的刻画，写出人物心灵深处的情感因素与理性因素的真实搏斗。全书的核心人物是薛宝钗、贾宝玉、林黛玉。在艺术方面，作者运用现实主义手法，以精雕细琢的功夫描绘了大批典型人物，人物多达400余人，各有特色。作品结构宏伟

《红楼梦》

严整，情节波澜起伏，语言优美生动，散发着浓郁的生活气息。《红楼梦》中的诗词也是作品中一个重要的组成部分。这些诗词大都符合人物性格，成为塑造人物性格、揭示人物内心世界的重要手段，如写"柳絮词"，薛宝钗写得是"好风凭借力，送我上青云"，而林黛玉则表现了"叹今生谁舍谁收，嫁与东风不管，凭尔去，忍淹留"的悲哀。《红楼梦》被公认为世界上第一流的作品，已形成一门专门的学问——红学。

四大谴责小说

中日甲午战争之后，随着资产阶级改良运动和革命运动的兴起与发展，以及资产阶级启蒙思想宣传的加强，西方文化、文学的输入，晚清后期成为中国小说由传统向现代转型的重要时期。启蒙思想

家梁启超、严复等为了宣传改革维新思想，开启民智，把小说当作有力的武器，主张对传统的小说进行改造，引进欧美日等国的政治、社会类"新小说"。在梁启超发动的"小说界革命"的影响下，小说的文学地位得到了空前提高，再加上近代印刷技术的巨大进步，小说的创作与翻译，出现了历史上前所未有的繁荣。

经过中日甲午战争、戊戌变法失败、八国联军侵华这一系列巨大的变故，中国几近亡国的边缘，国人对清政府完全丧失了信心。这时，许多作家躲进上海等城市的外国租界中，创作了大量抨击政府腐败无能、揭露官场丑恶窳败、诅咒世风阴险类的小说。这类小说往往写得极其尖锐，竭尽嘲讽、攻击之全力，创作上"笔无藏锋"。在这类小说中，写得较好、影响较大的则是李伯元的《官场现形记》、吴趼人的《二十年目睹之怪现状》、刘鹗的《老残游记》、曾朴的《孽海花》。这四部小说被称为"晚清四大谴责小说"。

◆李伯元与《官场现形记》

李伯元，名宝嘉，别号南亭亭长，江苏常州人。生于世宦之家，三岁时，父亲去世，由堂伯李念之抚养。伯元自幼聪慧好学，擅长制艺诗赋、绘画篆刻、金石考据。19世纪90年代的中国，内忧外患，以慈禧太后为首的满清统治者卖国求荣，腐败反动。政事的腐败，社会的黑暗，使青年时代的李伯元不胜忧愤，思图改革，曾作诗："世界昏昏成黑暗，未知何日放光明？书生一掬伤时泪，誓洒大千救众生"。光绪二十三年（1897年），李伯元来到上海创办《指南报》，以此揭露时弊。不久，改办《游戏报》，后改为《繁华报》，并受商务印书馆之聘，编辑出版《绣像小说》半月刊。他是晚清上海小报的创始人，著作有《庚子国变弹词》《官场现形记》《文明小史》《中国现在记》《活地狱》《海天鸿雪记》《李莲英》《海上繁华梦》《南亭笔记》《南亭四话》《赵反曰啊》《滑稽丛话》《尘海妙品》《奇书快睹》《醒世缘弹词》等。

《官场现形记》

　　《官场现形记》共60回，是我国近代第一部在报刊上连载并取得社会轰动效应的长篇章回小说，开创了近代小说批判现实的风气。小说由30多个相对独立的官场故事联缀起来，涉及清政府中上自皇帝、太后，下至佐杂小吏等大小官吏，将这些形形色色的官僚们的各种恶行丑态暴露在光天化日之下：或侵吞公款，贪赃枉法；或卖官鬻爵，大发横财；或名"剿匪"，实则害民；或冒名得官，寡廉鲜耻；或媚外惧洋，奴性十足。作品有如一幅封建社会末期官场的百丑图。小说在写作方法上充分运用了夸张、漫话式的讽刺手法，又善于描写细节，使笔下的人物生动传神。综观全书，人性的堕落与异化到了触目惊心的地步，晚清官场丑态百出，"妖魔鬼怪，一齐都有"，作家直斥为"畜生的世界"。

◆吴趼人与《二十年目睹之怪现状》

吴趼人（1867—1910年），字小允、茧人，后改趼人，广东广州人，自称我佛山人、野史氏、老上海、抽筋、主人等。代表作品有《二十年目睹之怪现状》《痛史》《九命奇冤》《曾芳四传奇》《俏皮话》《两晋演义》等。19世纪末的清政府日益腐败，一批有爱国良知的作家用小说这一形式对社会的丑恶现象，进行揭露和谴责。吴趼人曾祖父吴荣光官至湖广总督，17岁丧父，家境窘困。1883年，吴趼人离家到来到上海，曾在茶馆做伙计，后至江南制造局作抄写工作。1897年，吴趼人开始在上海创办小报，先后主持《字林沪报》《采风报》《奇新报》《寓言报》等。1906年担任《月月小说》杂志总撰述，发表了大量的嬉笑怒骂之文。此外，吴趼人还撰写了《近十年之怪现状》，又名《最近社会龌龊史》。吴趼人最推崇吴敬梓的《儒林外史》，他的作品大都得到了《儒林外史》的神髓。吴趼人一生清贫，1910年10月在上海逝世，由朋友为其治丧。

《二十年目睹之怪现状》原载《新小说》，仅四十五回，是一部带自传性的作品。通过小说主人公"九死一生"在20年中耳闻目见的种种怪现状，描写了官场人物、三教九流等芸芸众生，揭露了当时社会的黑暗、丑恶腐败、堕落和不可救药。全书以主人公九死一生的"我出来应世的二十年中，回头想来，所遇见的只有三种东西：第一种是蛇虫鼠蚁；第二种是豺狼虎豹；第三种是魑魅魍魉"为引子，进而进行讲述。反映的社会生活涉及商场、洋场、科场，兼及医卜星相、三教九流，揭露日益殖民地化的中国封建社会的政治状况、道德面貌、社会风尚以及世态人情，可以帮助读者透视晚清社会和封建制度行将灭亡、无可挽救的历史命运。全书笼罩上一层愤慨忧郁、低沉悲伤的情调。

◆刘鹗与《老残游记》

刘鹗（1857—1909年），清末小说家，原名孟鹏，字云抟；后更名鹗，字铁云、公约，署名"鸿都百炼生"，江苏镇江人。出身官僚家庭，致力于数学、医学、水利学等实际学问，纵览百家，喜欢收集书画碑帖、金石甲骨。其《铁云藏龟》一书，最早将甲骨卜辞公之于世。光绪十四年（1888年）至二十一年（1895年），先后入河南巡抚吴大澄、山东巡抚张曜幕府，帮办治黄工程，成绩显著，被保荐到总理各国事务衙门。光绪二十六年（1900年），八国联军侵入北京，刘鹗向联军处购得太仓储粟，设平粜局以赈北京饥困。三十四年（1908年）清廷以"私售仓粟"罪把他充军新疆，次年死于乌鲁木齐。

《老残游记》是带有自传性质的小说，以一个摇串铃的江湖医生老残（铁英）为主人公，叙写其在中国北方游历期间的见闻和活动，对清政府的腐朽黑暗，官吏的残暴昏庸，百姓的贫困交迫等，都有所暴露，尤其对那些名为"清官"，实为酷吏的虐民行为进行了有力抨击，表达了作者强烈忧患意识。小说的艺术成就很高，以游记的形

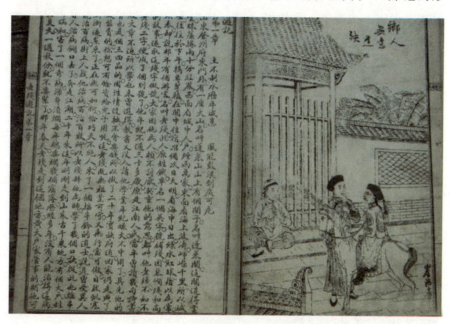

《老残游记》线装书

式，以游历为线索，以老残为中心人物，以散文的笔法叙事状物，将沿途的所见、所闻、所思、所做有机结合起来，形成小说独特的结构特点。刘鹗的著作有《老残游记》续集、《勾股天元草》《孤三角术》《历代黄河变迁图考》《治河七说》《治河续说》《人命安和集》《铁云藏龟》《铁云藏陶》《铁云泥封》《铁云诗存》等。

◆曾朴与《孽海花》

　　曾朴（1872—1935年），清末民初小说家、出版家，名朴华，初字太朴，改字孟朴，又字小木、籀斋，号铭珊，笔名东亚病夫，江苏常熟人。出身于官僚地主家庭，曾家是常熟望族，祖上世代为官。曾朴自幼聪慧好学，光绪十七年（1891年）中举。次年赴京参加会试，以墨污考卷出场。曾朴早年十分厌恶封建科举制度，曾作诗《赴试学院放歌》明志："丈夫不能腰佩六国玺，死当头颅行万里，胡为碌碌记姓名，日夜埋头事文史！……男儿快意动千秋，何用毛锥换貂珥"。1927年，曾朴与长子虚白在上海创设真美善书店，办

《孽海花》诞生处——曾园

《真美善》杂志，主要贡献是介绍法国文学。翻译的法国文学有《克林威尔》《嬉王》《欧那尼》《笑面人》《巴黎圣母院》等。1931年，《真美善》杂志停刊，曾朴回到家乡常熟，潜心园艺，游憩养病，直到病故。

《孽海花》是一部既具有谴责小说又具有历史小说，还有政治小说特点的长篇小说。小说写金雯青中状元后在苏州纳名妓傅彩云为妾；后奉命出使俄、德、奥、荷等国，带傅彩云同往；归国后，金雯青病死北京，傅彩云离开金家，赴上海重操旧业，改名曹梦兰；后又到天津为妓，称赛金花。小说以金雯青和傅彩云的故事为主线，生动地描写了从同治至光绪30多年间的政治社会变迁，暴露了统治者的腐朽没落，批判了封建科举制度，讽刺了达官名士，真实反映了他们的精神生活和文化心态；热情歌颂了冯子材、刘永福等抗战英雄和孙中山等民主革命党人的革命活动，表达了作者鼓吹民族民主革命的爱国救亡思想。

公案与侠义小说

公案小说是中国旧小说的一种，由宋话本公案类演义而成，盛行于明末。先秦两汉法律文献中的案例与史书中的清官循吏的传记，是公案小说的先导。魏晋南北朝"志怪"小说中的神鬼与狱讼相结合的作品，是公案小说的萌芽。到宋代，随着城市人口的激增，阶级斗争的激化，刑民事案件的日益增多，公案作品便大量产生，这是公案小说的成熟期。"公案小说"常有对"清官"的颂扬和美誉，历史上著名的两大清官包拯、海瑞，成为公案小说主人公的主要创作原型。明清小说受到理学思想影响，公案小说中的清官不仅清廉不苟，而且能秉公执法，替天行道。主要有《错斩崔宁》《龙图公案》《包公案》《施公案》《狄公案》《海公案》《彭公案》《李公案》《刘公案》《于公案》等。

侠义小说是中国旧小说的一种，是指以侠客、义士的故事为题材的作品，始见于唐代传奇，以及宋、元时期"搏刀""赶棒"之类的话本。早期多以描写主人公路见不平、拔刀相助的内容；后期多与公案小说合流。侠义小说向来是民间最受欢迎的一种文学类型，过去以《水浒传》为代表。自《水浒传》以来，通俗小说中形成一个描写民间英雄传奇故事的系统。嘉庆年间出现《施公案》，把侠义小说与公案小说合为一体。具代表性的有《儿女英雄传》《荡寇志》《三侠五义》《剑侠奇中奇》《燕丹子》《红线女》《聂隐娘》《虬髯客传》《宋四公大闹禁魂张》等。

清代词

词在清代出现了中兴，清词总集有《清名家词》《全清词钞》。清初词由明末清初的陈子龙揭开帷幕，其《湘真词》抒写抗清复明之志和黍离亡国的哀思，突破闺房儿女的纤弱。接着是遗民词，以王夫之、屈大均、吴伟业等为代表。清代前期的词，流派纷呈，主要有以陈维崧为首的阳羡词派，朱彝尊为首的浙西词派和独树一帜的满族词人纳兰性德。陈维崧、朱彝尊和纳兰性德号称清初三大家。陈维崧著《迦陵词》，所作1800多首，为历代词人之冠。朱彝尊选辑《词综》，词作多怀古、咏史之作，颇有苍凉之感。还有一部分是描写男女爱情的，写得婉转细柔。清初独成一家的词人是纳兰性德。他的词绝少接触现实社会，大多抒写个人生活的各种闲愁和哀怨，如命运无常、人生如梦、相思之情、离别之恨、花月之感、悼亡之情等。王国维说他是"国初第一词人"。

浙派词从清初一直延伸到清中叶，厉鹗继朱彝尊成为支柱。厉鹗的词作以纪游、写景及咏物为多，擅长山光水色的描写。嘉庆年间，张惠言以治经方式说词，与浙派对立，是当时"常州词派"和古文"阳湖派"的首领，力图提高词在诗坛的地位，使词与诗同科，最推崇温庭筠。常州词派由张惠言开山，真正进一步推动常州派的人是周济。周济论词，以周邦彦、辛弃疾、王沂孙、吴文英四家为楷模。清代后期的词人、词作数量之多，超过了清前期和中期，流派纷繁。清代后期的词人面临危险窘迫的国势，不少人通过词作来表现时代精神，或谴责清廷的丧权辱国，或轸念民生疾苦，或要求改革旧的社会制度，或倡言民族革命，从而开拓了词的表现领域。著名词人有王鹏运、郑文焯、朱孝臧、况周颐等，被称为晚清四大词人。下面我们就来介绍清代词大家——纳兰性德。

纳兰性德（1655—1685年），武英殿大学士明珠长子，原名成德，字容若，号楞伽山人。祖先为蒙古土默特氏，征服满州那拉氏，改姓"纳兰"，为满洲正黄旗。在书法、绘画、音乐方面均有一定造诣。康熙十五年进士，授三等侍卫，武官正三品。纳兰性德与朱彝尊、陈维崧、顾贞观、姜宸英、严绳孙等汉族名士交游，一生著作颇丰，著有《选梦词》《通志堂集》《渌水亭杂识》《词林正略》《陈氏礼记说补正》《近词初集》《名家绝句钞》《全唐诗选》。《纳兰词》初名《侧帽》，后名《饮水》，现统称纳兰词。

纳兰性德画像

纳兰性德的名词有：《诉衷情》："冷落绣衾谁与伴？倚香篝。春睡起，斜日照梳头。欲写两眉愁，休休。远山残翠收。莫登楼。"《如梦令》："正是辘轳金井，满砌落花红冷。蓦地一相逢，心事眼波难定。谁省？谁省？从此簟纹灯影。""纤月黄昏庭院，语密翻教醉浅。知否那人心？旧恨新欢相半。谁见？谁见？珊枕泪痕红泫。""木叶纷纷归路。残月晓风何处。消息半浮沈，今夜相思几许。秋雨，秋雨。一半西风吹去。"《长相思》："山一程，水一程，身向榆关那畔行，夜深千帐灯。风一更，雪一更，聒碎乡心梦不成，故园无此声。小院新凉，晚来顿觉罗衫薄。不成孤酌，形影空酬酢。萧寺怜君，别绪应萧索。西风恶，夕阳吹角，一阵槐花落。"《浣溪沙》："伏雨朝寒愁不胜，那能还傍杏花行？去年高摘斗轻盈。漫惹炉烟双袖紫，空将酒晕一衫青。人间何处问多情。非关癖爱轻模样，冷处偏佳。别有根芽，不是人间富贵花。谢娘别后谁能惜，飘泊天涯。寒月悲笳，万里西风瀚海沙。"

第九章

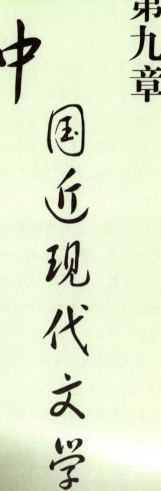

中国近现代文学

近代文学是指1840年鸦片战争至1919年五四运动前夕的文学，即旧民主主义革命阶段的文学。到了近代，由于帝国主义列强的侵略，反帝反封建的旧民主主义革命文学，直接继承发展了清初至清中叶的爱国主义文学传统，成为文学发展的主流。总之，近代文学的成就在于它的反帝反封建的进步主流，为"五四"新文学运动准备了一定的历史条件。

现代文学是在中国社会内部发生历史性变化的条件下，广泛接受外国文学影响而形成的新文学，建立了话剧、新诗、现代小说、杂文、散文诗、报告文学等新体裁，在叙述角度、抒情方式、描写手段上，都具有现代化的特点。现代文学发端于"五四"新文学运动和文学革命。鲁迅和文学研究会、叶圣陶、冰心、朱自清等，开创了中国现代文学现实主义传统，为现实主义文学的发展开辟了广阔的道路。鲁迅的短篇小说《呐喊》《彷徨》达到了时代、民族思想艺术的高峰，《阿Q正传》堪称中国现代文学的奠基之作。以郭沫若、郁达夫为代表的创造社，以闻一多、徐志摩为代表的新月社，以田汉为代表的南国社等，开创了现代文学浪漫主义的传统。

中华人民共和国成立后，人民在中国历史上第一次成为国家的主人，作家获得了深入工农兵和表现工农兵的自由也获得了各种物质上的保证。社会主义祖国的统一和团结，也在一定程度上促进了各民族文学的发展。

民族文学的脊梁——鲁迅

鲁迅（1881—1936年），原名周树人、周樟寿，字豫山、豫亭、豫才、秉臣。笔名除鲁迅外，还有邓江、唐俟、邓当世、晓角等，当代文学家、思想家、革命家、教育家。浙江绍兴人。青年时代受达尔文进化论和托尔斯泰博爱思想的影响。1902年去日本留学，原在仙台医学院学医，后从事文艺工作，希望用以改变国民精神。1905—1907年，参加革命党人活动，发表了《摩罗诗力说》《文化偏至论》等论文。1909年，与弟周作人一起合译《域外小说集》，介绍外国文学。1918年以"鲁迅"为笔名，发表白话小说《狂人日记》。1927年与许广平结合，1936

鲁 迅

年10月19日因病逝世于上海。

鲁迅最著名的文学成就是小说与杂文，是民国时期中华民族的文学脊梁。杂文，被鲁迅称为"杂感""短评"，在中国是古已有之的，而现代杂文的发展，是和鲁迅分不开的。在鲁迅的笔下，杂文成为一种自由摹写世相、描述见闻、

鲁迅书法作品

评说人事、言志抒情的文体，以博大精深的思想内涵攀上了中国文学的高峰。对于杂文，鲁迅怀着一种目的明确的自觉意识，蕴含着他的严肃、崇高而执著的思想追求和精神追求。他说过："我早就很希望中国的青年站出来，对于中国的社会、文明，都毫无忌惮地加以批评。"鲁迅的杂文，正是这样一种社会批评和文明批评，"是在对于有害的事物，立刻给以反响或抗争，是感应的神经，是攻守的手足。"杂文创作，是鲁迅毕生最重要的事业，确立了他在中国现代思想史、文化史和文学史上无与伦比的地位。在杂文中，我们看到了鲁迅的灵魂，中华民族的灵魂。

鲁迅一再强调，他倡导议论性和批评性的杂文，为的是进行广泛的社会批评和文明批评，为的是打破中国社会这一"黑色大染缸"，为的是改变中国愚弱的"国民性"，为的是推进中国社会改革的顺利进行。鲁迅杂文的内容，是中国现代"社会相"的大全，是对中国国民灵魂的深刻解剖。鲁迅早期的杂文，主要收在《热风》和《坟》里，侧重于思想文化和道德伦理领域，批判以封建思想为核心的旧思想、旧文化、旧道德、旧风俗、旧习惯，如《我之节烈观》《关于妇女解放》《我们现在怎样做父亲》《论雷峰塔的倒掉》等。随着"五卅"惨案、"女师大潮"、"三·一八惨案"、"北伐战争"、"四·一二"反革命政变等事件相继发生，鲁迅杂文明显带有鲜明的政治色彩，如《记念刘和珍君》提出了："真的猛士，敢于直面惨淡的人生，敢于正视淋漓的鲜血"。这一时期的杂文主要收在《华盖集》《华盖集续编》和《而已集》中。而《三闲集》《二心

集》和《南腔北调集》里的杂文，主要是与创造社、太阳社关于"革命文学"的论争。

1932年12月，黎烈文应《申报》总经理史量才之约，主编《自由谈》副刊，使之成为"一种站在时代前面的副刊"。革新后的《自由谈》，成了继《新青年》和《语丝》之后最重要的杂文阵地。鲁迅在上面发表了大量杂文，这些杂文收在《伪自由书》《准风月谈》和《花边文学》中，名篇有《现代史》《推背图》《二丑艺术》。鲁迅晚年的杂文收在《且介亭杂文》《且介亭杂文二集》和《且介亭杂文末编》中，名篇有《关于中国的两三件事》《阿金》《忆韦素园君》《忆刘半农君》《关于太炎先生二三事》《我的第一个师父》《五论"文人相轻"——明术》《匪笔三篇》《新药》《商贾的批评》《小品文的危机》《"民族主义文学"的任务和运命》《张资平氏的"小说学"》等。

鲁迅最善于解剖国民的劣根性，善于从"古老的鬼魂"和"祖

《鲁迅全集》

传的老病"中去挖掘民族的阴暗面，从而使他杂文的思想达到惊人的高度和深度；善于选择人们习以为常的生活现象、心理习惯，一直挖掘到历史的底层。如《坟》中的《看镜有感》《说胡须》《灯下漫笔》《论"他妈的"》，每一篇杂文都是一口思想深井。总之，鲁迅的杂文是中国新民主主义革命时期的一座高峰，是一切杂文家智慧和灵感取之不尽、用之不竭的源泉。

鲁迅的著作有《鲁迅全集》《鲁迅书信集》《祝福》《呐喊》《彷徨》《故事新编》《朝花夕拾》《野草》《阿Q正传》《狂人日记》《药》等。其著名诗句有："横眉冷对千夫指，俯首甘为孺子牛。""寄意寒星荃不察，我以我

血荐轩辕。""心事浩茫连广宇，于无声处听惊雷。""血沃中原肥劲草，寒凝大地发春华。""忍看朋辈成新鬼，怒向刀丛觅小诗。""无情未必真豪杰，怜子如何不丈夫。""度尽劫波兄弟在，相逢一笑泯恩仇。""岂有豪情似

旧时，花开花落两由之。"其名诗有《自嘲》："运交华盖欲何求，未敢翻身已碰头。破帽遮颜过闹市，漏船载酒泛中流。横眉冷对千夫指，俯首甘为孺子牛。躲进小楼成一统，管他冬夏与春秋。"

茅盾与《子夜》

茅盾（1896—1981年），本名沈德鸿，字雁冰，现代著名小说家、文学评论家、文化活动家、社会活动家，五四新文化运动先驱者之一，浙江桐乡县乌镇人。十岁时父亲去世，由其母抚养长大。从北京大学预科未毕业，即进入上海商务印书馆工作，改革《小说月报》，成为文学研究会的首席评论家。他参与了上海共产主义小组，筹建中国共产党，参加国民党第二次代表大会，任过国民党中央宣传部的秘书。国共合作破裂后，自武

汉流亡上海、日本，开始写作处女作《蚀》三部曲（《幻灭》《动摇》《追求》）和《虹》。左联期间写出了长篇小说《子夜》、短篇小说《林家铺子》、"农村三部曲"（《春蚕》《秋收》《残冬》）。抗战时期发表了长篇小说《腐蚀》《霜叶红似二月花》《锻炼》和剧本《清明前后》。中华人民共和国成立后，历任文联副主席、文化部长、作协主席、全国政协副主席。

茅盾的小说处女作是《蚀》

《子夜》

产、人民灾难深重的社会现实，揭露了日本帝国主义的侵略罪行。《子夜》以半封建半殖民地社会的上海为背景，描写了雄心勃勃的民族资本家吴荪甫同买办金融资本家赵伯韬的相互抗衡以及吴荪甫的最终失败。作品展示了一幅广阔的社会生活画卷，揭示了当时中国社会的主要矛盾和各种复杂的阶级关系、社会关系，并以吴荪甫的失败有力地说明了中国没有也不可能走上发展资本主义的道路，而只能是更加殖民地化。总之，茅盾的小说常常注重选取那些最能反映社会生活本质、时代性强的重大题材来表现；同时通过塑造典型环境中的典型人物，揭示出社会发展动向，回答时代提出的某些问题，因此被称为"社会分析小说"。

三部曲，包括《幻灭》《动摇》和《追求》。这三部作品真实反映了大革命时期一部分小资产阶级知识青年的心理历程，表现出了他们对革命的不同态度，以及他们理想幻灭的过程和内心苦闷。《林家铺子》以1932年"一·二八"上海抗战前后的现实生活为背景，描写了江南小镇的林家铺子由挣扎到倒闭的过程，反映了江南城乡经济破

人民艺术家老舍

老舍（1899—1966年），原名舒庆春，字舍予，北京人，现代小说家、戏剧家、作家，获得

"人民艺术家"称号，笔名有"舍予""老舍"。曾担任山东大学等名校教授，作品有《骆驼祥子》

《四世同堂》《龙须沟》《茶馆》等。1922年老舍任南开中学国文教员，同年发表第一篇短篇小说《小铃儿》。1924年赴英国，任伦敦大学东方学院中文讲师，陆续发表《老张的哲学》《赵子曰》和《二马》三部描写市民生活的讽刺长篇小说。三部作品陆续在《小说月报》上连载，引起文坛注目。1926年老舍加入文学研究会，1929年夏老舍绕道欧亚回国。在新加坡逗留期间，创作反映被压迫民族觉醒的中篇童话《小坡的生日》。1930年老舍回到祖国，任济南齐鲁大学文学院副教授，编辑《齐鲁月刊》。《骆驼祥子》是老舍的代表作。以北平一个人力车夫祥子的行踪为线索，向人们展示军阀混战、黑暗统治下的北京底层贫苦市民生活于痛苦深渊中的图景。从祥子力图通过个人奋斗摆脱悲惨生活命运，最后失败以至于坠落的故事，告诫人们：城市贫农要翻身做主人，单靠个人奋斗是不行的。

抒情作家巴金

巴金（1904—2005年），原名李尧棠，字芾甘，四川成都人，祖籍浙江嘉兴。代表作有《激流三部曲》（《家》《春》《秋》）、《爱情三步曲》（《雾》《雨》《电》）、散文集《随想录》，现代文学家、翻译家、出版家，中国现代文坛巨匠。巴金1927年赴法国，翌年在巴黎完成第一部中篇小说《灭亡》。1928年冬巴金回国，居上海数年，著作《死去的太阳》《新生》《砂丁》《萌芽》和著名的"激流三部曲"。1931年巴金在《时报》上连载长篇小说"爱情三部曲"，其中《家》是其代表作。

抗日战争期间巴金辗转于上

海、广州、桂林、重庆，曾任《呐喊》周刊发行人、主编，担任历届中华全国文艺界抗敌协会的理事。1938年和1940年巴金分别出版了长篇小说《春》和《秋》，完成了"激流三步曲"。1940年至1945年写作了"抗战三部曲"《火》，抗战后期创作了中篇小说《憩园》和《第四病室》。1946年巴金完成了长篇小说《寒夜》。短篇小说以《神》《鬼》最著名。抗战胜利后其主要从事翻译、编辑和出版工作。

1950年巴金担任上海市文联副主席。曾两次赴朝鲜前线访问，辑有《生活在英雄们中间》《保卫和平的人们》两本散文通讯集。1960年巴金当选中国文联副主席、

巴金《家》改编的电视剧

中国作协副主席。1978年起，巴金在香港《大公报》连载散文《随想录》。由他倡议，1985年建立中国现代文学馆。1977年至1983年，巴金任中国作家协会主席、全国文联副主席。

才女张爱玲

张爱玲，笔名梁京，海派作家，现代文学史上重要作家，原籍河北丰润。1921年生于上海。张爱玲的主要作品有《流言》《张看》《传奇》《倾城之恋》《半生缘》《赤地之恋》。十岁的时候，母亲主张把张爱玲送进学校，父亲一再不依，最后母亲像拐卖人口一样硬把她送去了。张爱玲是一个善于将艺术生活化、生活艺术化的享乐主

义者，又是一个对生活充满悲剧感的人；她悲天悯人，时时洞见芸芸众生"可笑"背后的"可怜"，但实际生活中却显得冷漠寡情；她通达人情世故，但她自己均是我行我素。中学时期的张爱玲已被视为天才。《第一炉香》和《第二炉香》成为她的成名作，这两篇文章发表在由周瘦鹃先生主持的《紫罗兰》杂志上。继之而来的《红玫瑰与白玫瑰》《倾城之恋》《金锁记》等奠定了她在中国现代文学的重要地位。

张爱玲的作品有《不幸的她》《霸王别姬》《茉莉香片》《心经》《琉璃瓦》《封锁》《连环套》《年青的时候》《花凋》《殷宝滟送花楼会》《桂花蒸阿小悲秋》《留情》《创世纪》《鸿鸾禧》《多少恨》《小艾》《秧歌》《五四遗事》《怨女》《半生缘》《相见欢》《色·戒》《浮花浪蕊》《小团圆》《同学少年都不贱》《迟暮》《秋雨》《牧羊者素描》《心愿》《天才梦》《到底是上海人》《公寓生活记趣》《道路以目》等。

话剧艺术家曹禺

曹禺（1910—1996年），现代杰出戏剧家，著有《雷雨》《日出》《原野》《北京人》等，祖籍湖北潜江，原名万家宝，字小石。在清华读书时有"小宝贝儿"的绰号。"曹禺"是他在1926年发表小说时第一次使用的笔名。曹禺是"文明戏的观众，爱美剧的业余演员，左翼剧动影响下的剧作家"。曹禺的妻子李玉茹是著名京剧旦角演员。《雷雨》是曹禺的代表作。《雷雨》中上场的人物共有八位：周朴园、繁漪、侍萍、周萍、四凤、周冲、鲁大海、鲁贵。其中，前三位都是这部作品的主角。

周朴园是一位既有资产阶级

自由平等思想，又有封建专制思想的新兴资本家形象。性格中有懦弱的一面，不能与自己出身的阶级彻底决裂，最终又回到封建的阵营之中，背叛了侍萍，背叛了自己的理想。繁漪也是一位新旧结合的人物，她是一位"受过一点新式教育的旧式女人"。她既渴望自由的爱情，又无力摆脱家庭的牢笼，甘愿受周朴园的凌辱。繁漪虽是周朴园明媒正娶的妻子，但两人只有夫妻之份，并没有夫妻之情。繁漪之所以阴差阳错地爱上了丈夫前妻生的大少爷，是环境所迫，因为在她平时接触的人中，无人可爱。她与周萍的相爱，除了满足自己的情欲之外，更重要的是为了对自己丈夫不尊重自己的一种报复。即人总是越缺乏什么，越是希望得到什么。

总之，《雷雨》广泛吸收了西方戏剧的优点，受到易卜生戏剧"社会悲剧"、莎士比亚戏剧"性格悲剧"和古希腊戏剧"命运悲剧"等西方戏剧观念和创作方法的影响，成功表现了20世纪20年代中国带有浓厚封建性色彩的资产阶级家庭中各种人物的生活、思想和性格，成为中国现代第一部真正的悲剧，从而使话剧这种外来的艺术完全中国化。

才子郭沫若

郭沫若（1892—1978年），原名郭开贞，字鼎堂，号尚武，笔名沫若（因他的家乡有两条河叫"沫水"和"若水"），四川乐山人。我国现代著名的无产阶级文学家、诗人、剧作家、考古学家、思想家、古文字学家、历史学家、书法家、社会活动家。幼年入家塾读书，1914年春赴日本留学，先学医，后从文。毕业于日本九州帝国大学医科。1918年春写的《牧羊哀话》是他的第一篇小说。1918年初夏写的《死的诱惑》是他最早的新诗。1919年五四运动爆发，他在日本福冈发起组织救国团体——夏社，投身于新文化运动，写出《凤凰涅磐》《地球，我的母亲》《炉中煤》《女神》等诗篇。1921年6月，和成仿吾、郁达夫等人组织创造社，编辑《创造季刊》。1923年后，郭沫若系统学习马克思主义理论，提倡无产阶级文学。1926年参加北伐，任国民革命军政治部副主任，参加"八一"南昌起义。

1924年到1927年间，郭沫若创作了历史剧《王昭君》《聂嫈》《卓文君》。1928年因受蒋介石通缉，旅居日本，从事中国古代史和古文字学的研究，著有《中国古代社会研究》《甲骨文研究》。1941年皖南事变后，郭沫若写了《屈原》《虎符》《棠棣之花》《孔雀胆》《南冠草》《高渐离》六部历史剧和战斗诗篇《战声集》及杂文《甲申三百年祭》。新中国成立后，其历任中央人民政府委员、政务院副总理兼文化教育委员会主任、全国人民代表大会常务委员会副委员长、中国科学院院长、中国科学院哲学社会科学部主任、历史研究所第一所所长、中国科技大学校长、中国文联主席、中国人民保卫世界和平委员会委员等职；郭沫若是中国共产党第九、十、十一届中央委员；同时还坚持文学创作，出版了历史剧《蔡文姬》《武则天》等。

文学家林语堂

林语堂（1895—1976年），原名和乐，后改玉堂、语堂，笔名毛驴、宰予、岂青，当代著名学者、文学家、语言学家。早年留学国外，1966年定居台湾，福建龙溪人。生于福建一个基督教家庭，父亲为教会牧师。1912年林语堂入上海圣约翰大学，毕业后在清华大学任教。1919年秋其赴美哈佛大学文学系。1922年转赴德国莱比锡大学，专攻语言学。1923年林语堂回国，任北京大学教授、北京女子师范大学教务长和英文系主任。1927年林语堂任外交部秘书，1932年主编《论语》半月刊，1934年创办《人间世》，1935年创办《宇宙风》，提倡"以自我为中心，以闲适为格调"的小品文，成为"论语派"的主要人物。1945年赴新加坡筹建南洋大学，任校长。1947年任联合国教科文组织美术与文学主任。1967年受聘为香港中文大学研究教授。1975年被推举为国际笔会副会长。林语堂最著名的是其充满智慧的小品文，幽默、性灵、闲适和娓语笔调及其小品文理论，都带有鲜明的个性特征。他的小品文古今中外、任意而谈，娓语笔调、亲切自然，亦庄亦谐、幽默有趣。他被誉为"文化人之龙凤"。

林语堂

林语堂是位幽默大师，其著名的语录有："中国就有这么一群奇怪的人，本身是最底阶层，利益每天都在被损害，却具有统治阶级的意识。在动物世界里找这么弱智的东西都几乎不可能""两脚踏东西文化，一心评宇宙文章""一个人

彻悟的程度，恰等于他所受痛苦的深度。""人类之足引以自傲者总是极为稀少，而这个世界上所能予人生以满足者亦属罕有。""没有幽默滋润的国民，其文化必日趋虚伪，生活必日趋欺诈，思想必日趋迂腐，文学必日趋干枯，而人的心灵必日趋顽固。""没有女子的世界，必定没有礼俗、宗教、传统及社会阶级。世上没的天性守礼的男子，也没的天性不守礼的女子。假定没有女人，我们必不会居住千篇一律的弄堂，而必住在三角门窗八角澡盆的房屋，而且也不知饭厅与卧室之区别，有何意义。男子喜欢在卧室吃饭，在饭厅安眠

的。""人生在宇宙中之渺小，表现得正像中国的山水画。在山水画里，山水的细微处不易看出，因为已消失在水天的空白中，这时两个微小的人物，坐在月光下闪亮的江流上的小舟里。由那一刹那起，读者就失落在那种气氛中了。""作家的笔正如鞋匠的锥，越用越锐利，到后来竟可以尖如缝衣之针。但他的观念的范围则必日渐广博，犹如一个人的登山观景，爬得越高，所望见者越远。""艺术应该是一种讽刺文学，是对我们麻木了的情感、死气沉沉的思想，和不自然的生活下的一种警告。它教我们在矫饰的世界里保持着朴实真挚。""如果我们在世界里有了知识而不能了解，有了批评而不能欣赏，有了美而没有爱，有了真理而缺少热情，有了公义而缺乏慈悲，有了礼貌而一无温暖的心，这种世界将成为一个多么可怜的世界啊！"

林语堂的作品有《剪拂集》《开明英文读本》《现代新闻散文选》《语言学论丛》《我的话》《英文小品》《吾国与吾民》《中国新闻舆论史》《生活的艺术》《孔子的智慧》《京华烟云》《风声鹤唳》《中国印度之智慧》《啼笑皆非》《枕戈待旦》《苏东坡传》《唐人街》《老子的智慧》《美国的智慧》《尼姑与歌妓》《朱门》《远景》《武则天传》《中国的生活》《信仰之旅》《帝国京华：中国在七个世纪里的景观》《红牡丹》《逃向自由城》《无所不谈》《平心论高鹗》《语堂文集》《文人剪影》《中国人》《人生的盛宴》《圣哲的智慧》等。

王蒙与路遥

王蒙，河北南皮人，1934年生于北京。1953年创作长篇小说《青春万岁》，1956年发表短篇小说《组织部来了个年轻人》，由此被错划为右派。1962年王蒙调北京师范学院任教,1963年起赴新疆生活、工作十多年。1983至1986年任《人民文学》主编。1986年当选中共中央委员,任中国作协副主席、书记处书记,同年6月任文化部部长,1990年卸任。王蒙热情、纯真、清醒、乐观向上、激情充沛,他的作品反映了中国人民在前进道路上的坎坷历程。主要作品有《青春万岁》《活动变人形》《季节四部曲》《恋爱的季节》《失态的季节》《踌躇的季节》《青狐》《尴尬风流》《蝴蝶》《杂色》《相见时难》《名医梁有志传奇》《在伊犁》《冬雨》《坚硬的稀粥》《加拿大的月亮》《旋转的秋千》《轻松与感伤》《一笑集》等。

路遥(1949—1992年),原名王卫国,陕西榆林清涧县人。曾在延川县农村一小学教过一年书。1973年进入延安大学中文系学习,大学毕业后,任《陕西文艺》

《平凡的世界》

(《延河》)编辑。1980年发表《惊人动魄的一幕》,1982年发表中篇小说《人生》,轰动全国。1991年完成长篇巨著《平凡的世界》,这部小说以恢宏的气势全景式地表现了改革时代中国城乡的社会生活和人们思想情感的巨大变迁,因此荣获茅盾文学奖。1992年11月17日,路遥因病医治无效在西安逝世,年仅42岁。

朦胧诗与舒婷

"朦胧诗",是当代中国的早期先锋诗歌运动,孕育于"文革"时期的"地下文学",朦胧诗的作家群以生长在"文革"时期的年轻人为主。他们生活在那个特殊混乱的时代，现实生活给予了他们写作的动力。意想化、象征化、立体化是朦胧诗的重要特征。朦胧诗的精神内涵主要体现在三个方面：一是揭露黑暗和社会批判。二是在黑暗中寻找光明、反思与探求，具有浓厚的英雄主义色彩。三是在人道主义的基础上建立起对"人"的特别关注，把诗歌作为探求人生的重要方式。从某种意义上讲，朦胧诗的崛起也是中国文学生命的崛起，为传统诗歌提供了新鲜的审美经验。舒婷是朦胧诗派的代表作家，《致橡树》是朦胧诗潮的代表作之一，

舒婷与北岛、顾城齐名，她的诗歌更接近传统。舒婷，1969年下乡插队，1972年返城当工人，1979年开始发表诗歌作品。1980年到福建省文联工作，从事专业写作。舒婷擅长自我情感律动的内省，在把握复杂细致的情感体验方面特别表现出女性独有的敏感。舒婷的诗，有明丽隽美的意象，楚楚动人。舒婷的作品有《双桅船》《会唱歌的鸢尾花》《始祖鸟》《心烟》《秋天的情绪》《硬骨凌霄》《神女峰》《惠安女子》《露珠里的"诗想"》《真水无香》《祖国啊，我亲爱的祖国》等。

 经典短篇文学欣赏

致橡树

舒婷

我如果爱你——绝不像攀援的凌霄花，借你的高枝炫耀自己；

我如果爱你——绝不学痴情的鸟儿，为绿荫重复单调的歌曲；

也不止像泉源，常年送来清凉的慰藉；

也不止像险峰，增加你的高度，衬托你的威仪。

甚至日光。甚至春雨。不，这些都还不够！

我必须是你近旁的一株木棉，作为树的形象和你站在一起。

根，紧握在地下。叶，相触在云里。

每一阵风过，我们都互相致意，

但没有人，听懂我们的言语。

你有你的铜枝铁干，像刀、像剑，也像戟；

我有我的红硕花朵，像沉重的叹息，又像英勇的火炬。

我们分担寒潮、风雷、霹雳；我们共享雾霭、流岚、虹霓。

仿佛永远分离，却又终身相依。

这才是伟大的爱情，坚贞就在这里：

爱——不仅爱你伟岸的身躯，也爱你坚持的位置，足下的土地。

食指、北岛与海子

食指原名郭路生，著名诗人，被称为新诗潮诗歌第一人，山东鱼台人。1967年红卫兵运动落幕，在一代人的迷惘与失望中，诗人以深情的歌唱写下了《再也掀不起波浪的海》《给朋友》这两首诗。1969年赴山西汾阳杏花村插队务农，1971年应征入伍，历任舟山警备区战士，北京光电研究所研究人员。

名作有《相信未来》《海洋三部曲》《这是四点零八分的北京》《食指·黑大春现代抒情诗合集》《诗探索金库·食指卷》《鱼儿三部曲》《人生舞台》《疯狗》《热爱生命》《我的心》《落叶与大地的对话》等。

北岛原名赵振开，中国当代诗人，为"朦胧诗"代表人物之一，祖籍浙江湖州，1949年生于北京。毕业于北京四中，1969年当建筑工人，后作翻译，在《新观察》杂志作过编辑。1978年与芒克等人创办《今天》杂志。曾任教于加利福尼亚大学戴维斯分校，是斯坦福大学、加利福尼亚大学伯克莱分校、香港中文大学客座教授。北岛的作

海子手稿

品有《陌生的海滩》《北岛诗选》《在天涯》《午夜歌手》《零度以上的风景线》《开锁》《波动》《归来的陌生人》《蓝房子》《失

败之书》《青灯》《回答》等。其名句"卑鄙是卑鄙者的通行证，高尚是高尚者的墓志铭"是中国新诗名句。

海子（1964—1989年），原名查海生，安徽怀宁人，中国新诗史上最有影响力的诗人之一。1979年考入北京大学法律系，时年15岁。1983年毕业后任教于中国政法大学。1989年3月26日在山海关卧轨自杀。海子的著名作品有《亚洲铜》《春天，十个海子》《麦地》《以梦为马》《黑夜的献诗——献给黑夜的女儿》《土地》等。海子是个极有天赋的诗人，他独有的自由率真的抒情风格、对生命的激情关怀、对美好事物的眷恋，使他的作品有一种童真梦幻般的吸引力。寓言、纯粹的歌咏和遥想式的倾诉是其诗歌的三种表现方式。对死亡的特有的敏感使他的一些诗作带着一层神秘、抑郁、悲观的色彩，这种消极因素也影响了他的生命态度。海子的离去，标志着中国当代诗歌纯粹歌咏时代的终结。

经典短篇文学欣赏

面朝大海，春暖花开

海子

从明天起，做一个幸福的人

喂马，劈柴，周游世界

从明天起，关心粮食和蔬菜

我有一所房子，面朝大海，春暖花开

从明天起，和每一个亲人通信

告诉他们我的幸福

那幸福的闪电告诉我的

我将告诉每一个人

给每一条河每一座山取一个温暖的名字

陌生人，我也为你祝福

愿你有一个灿烂的前程

愿你有情人终成眷属

愿你在尘世获得幸福

而我只愿面朝大海，春暖花开

雨 巷

戴望舒

撑着油纸伞，独自彷徨在悠长、悠长又寂寥的雨巷，

我希望逢着一个丁香一样地结着愁怨的姑娘。

她是有丁香一样的颜色，

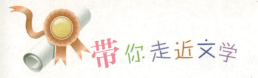
丁香一样的芬芳，丁香一样的忧愁，

在雨中哀怨，哀怨又彷徨；

她彷徨在这寂寥的雨巷，

撑着油纸伞，像我一样，像我一样地默默彳亍着

冷漠、凄清，又惆怅。

她默默地走近，走近，又投出太息一般的眼光

她飘过，像梦一般地，像梦一般地凄婉迷茫。

像梦中飘过一枝丁香地，

我身旁飘过这个女郎；她默默地远了，远了，

到了颓圮的篱墙，走尽这雨巷。

在雨的哀曲里，消了她的颜色，

散了她的芬芳，消散了，甚至她的

太息般的眼光，丁香般的惆怅。

撑着油纸伞，独自彷徨在悠长、悠长又寂寥的雨巷，

我希望飘过，一个丁香一样地结着愁怨的姑娘。

第十章

欧洲文学

　　欧洲文学从古希腊、罗马到十月社会主义革命有两千多年的历史。古希腊、罗马文学是欧洲最早的文学，是欧洲文学的开端，是欧洲奴隶社会的产物，以古希腊神话和史诗为代表。罗马文学是古希腊和后代欧洲文学的桥梁。14至16世纪，欧洲新兴资产阶级的反封建斗争表现为文艺复兴和宗教改革。文艺复兴是一次反教会反封建的文化思想启蒙运动，产生了以人文主义思想为核心的新文学，是资产阶级文学的开端。17世纪，欧洲文学的主流是古典主义，是资产阶级和封建王权的产物，崇尚理性，以古代文学为典范。18世纪，在法国资产阶级革命前夕产生了启蒙运动文学。法国资产阶级革命爆发后，欧洲民族解放运动在19世纪初蓬勃发展，浪漫主义文学潮流应运而生。19世纪中期，资本主义社会的固有矛盾日益暴露，批判现实主义在欧洲得到发展，它反映当时的社会生活，揭露现实的丑恶和黑暗，其中贯穿着个人主义、人道主义和改良主义思想。19世纪后期至20世纪初叶，批判现实主义文学继续发展，同时，欧洲文学中出现了自然主义文学、颓废文学以及无产阶级文学。巴黎公社文学继英国宪章派诗歌和德国1848年革命文学之后，唱出了时代的最强音。特别是俄国的无产阶级文学，第一次塑造了工人和劳动人民的新典型，表现了工人阶级的伟大斗争和共产主义理想，预示着社会主义文学时代的来临。本章主要介绍的是欧洲文学。

古希腊、古罗马文学

古希腊包括今巴尔干半岛南部、小亚细亚半岛西岸和爱琴海中的许多小岛。古希腊文学经历了英雄时代（公元前12世纪至公元前8世纪，史称"英雄时代"，又称"荷马时代"，主要成就是神话和史诗。古希腊神话分为神的故事、英雄传说两部分。地位最显赫的神是居住在奥林匹斯山上的十二个主神。作品有《阿喀琉斯的愤怒》《荷马史诗》；英雄传说包括赫拉克利特的传说，忒修斯的传说，伊阿宋的传说等。希腊神话是整个西方文学的源头）、大移民时代（公元前8世纪至公元前6世纪，文学成就包括抒情诗和寓言。古希腊抒情诗分为双行体诗、讽刺诗、琴歌和牧歌。著名的诗人有卡利诺斯、西摩尼德斯、梭伦。古希腊抒情诗

中，成就最高的是琴歌，代表人物是女诗人萨福，名作有《致阿那克托里亚》，被柏拉图称为"第十个缪斯"。合唱体琴歌，成就最高的是品达，其诗作多半是歌颂神、歌颂奥林匹克运动的。此时产生了《伊索寓言》，主要通过一些动物的言行来寄寓道德教谕，体现了古希腊人的智慧）、民主时代（公元前6世纪到公元前4世纪，是古希腊文学的黄金时代，成就最高的是戏剧。古希腊悲剧源于祭祀酒神狄俄倪索斯的庆典活动。亚里士多德认为悲剧的目的是要引起观众对剧中人物的怜悯和对变幻无常之命运的恐惧，由此使感情得到净化。最早的悲剧作家包括"戏剧之父"忒斯庇斯、科里洛斯、埃斯库罗斯、索福克勒斯和欧里庇得斯。古希腊喜

剧源于祭祀酒神的狂欢歌舞和民间滑稽戏，大半是政治讽刺剧和社会讽刺剧，三大喜剧诗人是克拉提诺斯、欧波利斯和阿里斯托芬）、希腊化时代（公元前4世纪下半叶，马其顿的亚历山大征服了整个希腊，将希腊文明传播至东方，史称希腊化时代。此时的文学成就是新喜剧和田园诗。所谓新喜剧，是相对于阿里斯托芬时代的"旧喜剧"而言的，其特征是不谈政治，回避严肃话题，而更多的表现社会风俗。米

苏维托尼乌斯雕像

南德是古希腊新喜剧的先驱和代表人物，作品包括《恨世者》《萨摩斯女子》。忒奥克里托斯是希腊化时代田园诗的首创者，创作了著名的《牧歌》）。

古罗马文学是指公元前后繁荣于古罗马政权（包括罗马共和国、罗马帝国）下的文学，从公元前240年算起。罗马城建立于公元前8世纪，古罗马的文化主要是继承希腊文化而发展起来的，染上了浓厚的希腊色彩。在西方，古罗马文学被认为是广义的拉丁文学。与古希腊海洋民族不同，古罗马文学具有理性精神和集体意识，缺少希腊文学生动活泼的灵气，重视修辞与句法。从严格的意义上说，欧洲文学史上"小说"就诞生于古罗马时期。彼特隆纽斯的《萨蒂里卡》广泛记录了意大利南部半希腊化城市流行的享乐生活，是欧洲文学史上的第一部流浪汉小说。公认的"小说之父"是阿普列尤斯，最著名的作品是小说《金驴记》。在编年史和传记文学方面，代表人物包括塔西佗（著作包括《历史》和《编年史》，历史观是"个人创造历史"）、普鲁塔克（代表作品是《希腊罗马名人传》）和苏维托尼乌斯（代表作品是《罗马十二帝王传》《名人传》）。

古罗马文学经历了三个阶段，即共和时代（公元前240—前30年，利维乌斯·安德罗尼斯库是古罗马

文学的奠基人，翻译了荷马史诗《奥德赛》和大量古希腊抒情诗；诗人埃纽斯的史诗《编年史》追溯罗马的历史，被尊为"古罗马文学之父"；普劳图斯是共和时代最著名的剧作家，作品包括《孪生兄弟》《俘虏》《商人》《驴》《蝗虫》等；泰伦提乌斯写过六部喜剧，包括《婆母》《两兄弟》等）、黄金时代（公元前100年—17年，是拉丁文学包括修辞、历史和哲学的辉煌时期，涵盖"西塞罗时期"和"奥古斯都时期"。古罗马帝国在奥古斯都治下，拉丁语文学和艺术出现空前繁荣。此时出现的著名作家及作品有：卢克莱修，传世之作是《物性论》；卡图鲁斯，是黄金时代成就最高的抒情诗人；贺拉斯，代表作品包括《长短句集》《闲谈集》《歌集》和《诗艺》。《诗艺》是古罗马时期文艺理论上的最高成就；维吉尔是古罗马最伟大的诗人，其史诗《埃涅阿斯纪》是西方文学史上第一部文人史诗。代表作品包括《牧歌》《农事诗》和《工作与时日》，主要抒发对爱情、时政以及乡村生活的种种感受；奥维德，代表作包括《爱情诗》《爱艺》《古代名媛》《变形记》；普洛佩提乌斯、提布鲁斯，前者以抒写感情细腻的爱情诗著称，后者擅长描写淳朴的田园风光；古罗马的散文发源于加图的演说文，繁荣于"黄金时代"，即屋大维执政时期。这时许多政治家热心于雄辩术。

欧洲骑士文学

骑士是10世纪后欧洲社会产生的一个新的社会等级。骑士的生活包括作战、创作骑士抒情歌曲、为女主人服务。宫廷是他们受教育，工作和生活的场所，他们创造的文化带有鲜明的宫廷色彩，所以又被称为"宫廷文化"。在战乱时期，追随领主四处征战；和平时期，因无仗可打而无所事事。这种生活方式给他们以大量充裕的时间，使他们从现实生活中超脱出来，投入到精神生活中。骑士文学是一种世俗文学，产生于11到13世纪。这时的骑士阶层突破了基督教的出世观念和禁欲主义，要求现世享乐，向往世俗的爱情，追求个人英雄主义的骑士荣誉和扶弱除强的骑士精神以及温雅知礼的骑士风度等，骑士文学就是这种精神的反映。

骑士文学大多取材于民间传说和史诗，主题大都是建功立志、侠义冒险、崇拜贵妇人及爱情至上等，可分两类：一类以骑士和贵妇人的爱情波折为主要内容，常用抒情诗来表示。一类以骑士征战冒险、建功立业为主要内容，常用骑士传奇来表示。《亚瑟王传奇》是中古西方骑士传奇文学中影响最广、最有代表性的。在英国最杰出的是《高文爵士和绿衣骑士》；法国最典型的骑士传奇是《郎斯洛》《布鲁特传奇》；德国的是《特里丹和绮瑟》。法国西部是骑士文学

的中心，这里的行吟诗人称"特鲁维尔"。法国骑士传奇多取材于查理大帝和他的骑士们的征战故事。另外还有古代系统的骑士传奇，以特洛伊战争、亚历山大征战等古代史诗为题材。

骑士文学的体裁包括：骑士恋歌（"骑士恋歌"或"宫廷抒情诗"，大意就是，一个骑士对于一位通常已婚的、地位比他高的女性的敬仰和爱慕，骑士随时随地愿为这位女性效命。骑士们视恋人为一切美和德行的化身。对女性的尊重发展成对女性的崇拜。内容大多是叙述骑士狂热地爱上女主人，并且向女主人表达爱慕之情；但女主人往往品德高尚，能够抵御情感的诱惑，于是歌者抱怨自己的一腔热血只换来女主人的冷若冰霜）、骑士史诗（"宫廷史诗"，是自12世纪中期开始，描写理想化的骑士阶层的生活，中心人物是多愁善感的骑士们，主题还是爱情，代表作有《帕西法尔》《托利斯坦与伊索尔德》）、英雄史诗（是骑士史诗发展中产生的一种新体裁，取材于日耳曼民族的古老传说，中心人物非

骑士，而是古日耳曼的民族英雄，代表作是《尼伯龙根之歌》）。

骑士文学的始祖是吟游诗人口头传唱的英雄史诗。《罗兰之歌》讲的是"骑士之祖"，也就是最早的一批骑士之一罗兰骑士的故事。从中世纪开始，骑士文学开始泛滥成灾，书名花样翻新，内容却是一成不变的斗恶龙、救公主，最后塞万提斯终于忍无可忍，奋笔写了一本《堂·吉诃德》。大仲马笔下的骑士多具有法国绅士的特点，最具有骑士风格的是《火枪手三部曲》《王后三部曲》和《基督山伯爵》。显克微支笔下的骑士作品有《十字军骑士》和《洪流三部曲》。到了现代，西方骑士文学与游戏娱乐产业相结合，产生了RPG游戏和奇幻文学（或称玄幻文学），讲述英雄、骑士、巫师和龙、怪物、恶魔的斗争，或者在遥远时空所进行的种种冒险。总之，骑士文学盛行于西欧，反映了骑士阶层的生活理想。最早的骑士来自中小地主和富裕农民。11世纪90年代开始的十字军东征，提高了骑士的社会地位，使他们接触到东方生活和文化，骑士精神逐渐形成。爱情在他们生活中占主要地位，表现为对贵妇人的爱慕和崇拜，并为她们服务，常常为了爱情而去冒险。在他们看来，能取得贵妇人的欢心，能在历险中取得胜利，便是骑士的最高荣誉。

歌德与《浮士德》

歌德（1749—1832年），18世纪中叶到19世纪初德国和欧洲最重要的剧作家、诗人、思想家。歌德除了诗歌、戏剧、小说之外，在文艺理论、哲学、历史学、造型设计等方面，都取得了卓越的成就。歌德的作品有《铁手骑士葛兹》《少年维特的烦恼》《塔索》《威

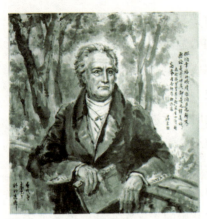

歌德画像

廉·迈斯特的漫游年代》《亲和力》《诗与真》《浮士德》等。悲剧《浮士德》是歌德的代表作，以主人公浮士德的性格变化以及他追求理想的过程为主线。

浮士德上下求索的人生是从两次打赌开始的。首先是魔鬼与天帝打赌，魔鬼否定人类，认为浮士德欲望无穷，必将堕落，天帝却相信人的精神力量，相信浮士德凭借理性和智慧一定能找到有为的道路；第二次是浮士德与魔鬼打赌、订约，魔鬼将今生侍奉浮士德，让他的人生重新开始，而一旦浮士德感到满足，说出"你真美呀，请停留一下"这句话时，他就必须死去，灵魂归魔鬼所有，这次打赌为浮士德上天入地提供了条件。《浮士德》构思宏伟，内容复杂，结构庞大，融现实主义与浪漫主义于一炉，善于安排场面、配置人物、时庄时谐、色彩斑驳，达到了极高的艺术境界。

欧洲教会文学

教会文学，又称僧侣文学，是中世纪欧洲盛行的正统文学，取材于《圣经》，体裁有圣经故事、圣徒传、祷告文、赞美诗、宗教剧等，主要作者是教会僧侣，主要内容是赞美上帝的权威和歌颂圣徒的德行，宣扬禁欲主义和来世主义思想，手法以梦幻、寓意和象征为主。教会文学在中世纪欧洲文学史上长期占据统治地位。教会思想统治的主要武器是《圣经》。《圣经》分《旧约》和《新约》（西方教会文学最重要的是《新约》，东方最重要的是《旧约》）。

《圣经》插图

中世纪欧洲社会最重要的事件就是基督教最终成为欧洲占主导地位的意识形态，由此确立了欧洲文化的本质，并深刻影响着欧洲文学。公元529年，拜占庭皇帝查士丁尼封闭了最后一所异端学校，欧洲文化被围上了基督教的藩篱。一千年里，基督教思想渗透到了社会生活的各个层面，并与世俗政权相结合，形成了中世纪政教合一的社会结构。欧洲封建社会在意识形态方面的基本特点是：基督教在文化、教育、哲学、文艺以至整个精神领域里，占有绝对的统治地位；基督教成了欧洲封建制度的支柱。

教会文学的特征是：一是宗教意识与反封建思想的交融，反映在文学上，就是张扬人文精神的蛮族史诗，与禁欲主义分庭抗礼的骑士文学、辛辣嘲讽宗教虚伪的城市文学和市民戏剧。透射出人文主义的光辉，充满强烈的反封建意义。二是梦幻、象征手法与写实倾向的结合。神学笼罩下的中世纪，一切都禁锢在象征与神秘之中。但中古后期，文学已经开始直面现实人生，写实倾向明显加强。讽刺故事诗和市民戏剧，充满了一种针砭时弊、抨击宗教伪善的现实精神。三是主流文学与民间文学相互渗透，教会文学、骑士文学、英雄史诗和城市文学等组成了文学的主潮。

文艺复兴文学

文艺复兴文学包括人文主义文学、民间文学和封建文学，其中人文主义文学占主导地位。文艺复兴时期的文学是欧洲近代文学的开端。意大利是文艺复兴运动的发源地，因而人文主义文学出现也最早，主要作家是彼特拉克和薄迦丘。彼特拉克是人文主义的先驱，作品是《歌集》；乔万尼·薄迦丘是第一个通晓希腊文的人文主义者，作品是《十日谈》，勇敢地向教会的禁欲主义提出了挑战。15世纪中叶以后，意大利民间文学兴盛起来，著名作家是卢多维科·阿里奥斯托，代表作为长诗《疯狂的奥尔兰多》。这时，德国人文主义文学代表作品是埃拉斯慕斯的著名《愚蠢颂》和乌利希·胡登的《蒙昧者书简》；马丁·路德是德国宗教改革的领袖，著有赞美诗《我

主是坚固堡垒》，被称为16世纪的《马赛曲》；托马斯·围采尔有《致阿尔斯特德人民书》；德国民间文学以《梯尔·厄伦史皮格尔》《淳士德博士传》为代表。16世纪法国文学以平民倾向的弗朗索瓦·拉伯雷为代表，他是欧洲最重要的人文主义作家之一，长篇小说《巨人传》对教会和封建法律给予了尖锐的讽刺。

16、17世纪，西班牙文学进入"黄金时代"，产生了流浪汉小说，最早的为《小赖子》，顶峰作品是塞万提斯（塞万提斯是欧洲近代现实主义小说的先驱，对欧洲各国的现实主义文学有深远的影响）的《堂·吉诃德》（灭亡了骑士制度，以犀利的讽刺笔锋对西班牙的上层统治阶级进行了无情的鞭挞和嘲骂，对人民的苦难寄予深切的同

情。人物堂·吉诃德是一个有着崇高精神境界的疯子）。米盖尔·塞万提斯·萨阿维德拉是西班牙文艺复兴时期最杰出的现实主义小说家，作品有历史剧《奴曼西亚》、短篇小说《惩恶扬善故事集》、长诗《巴尔纳斯游记》以及《八出喜剧和八出幕间短剧集》，基本主题是反封建。在戏剧上的代表是剧作家洛卜·德·维伽，作品有《羊泉村》，奠定了西班牙民族戏剧的基础。

英国文学是文艺复兴时期欧洲文学的顶峰。著名的作家及作品有：有杰弗利·乔叟，代表作是《坎特雷故事集》；托马斯·莫尔，主要著作《乌托邦》，是一部对话体幻想小说；人文主义诗人埃德曼·斯宾赛，代表作是《仙后》；英国16世纪文学中成就最大的是戏剧，在莎士比亚之前出现了约翰·李利、罗伯特·格林、托马斯·基德、克里斯托弗·马洛等剧作家，其中托马斯·基德著有《西班牙悲剧》；克里斯托弗·马洛著有《帖木儿》《马尔他岛的犹太人》《浮士德博士的悲剧》；莎

《堂·吉诃德》

士比亚是欧洲文艺复兴时期的代表作家，他的戏剧作品主要有：历史剧、喜剧，如《亨利四世》《亨利五世》《仲夏夜之梦》《亨利八世》《第十二夜》《威尼斯商人》《一报还一报》；悲剧如《罗密欧与朱丽叶》《裘力斯·凯撒》《哈姆雷特》《奥赛罗》《李尔王》《麦克白》《雅典的泰门》，传奇剧如《暴风雨》等。

◆ 但丁与《神曲》

但丁（1265—1321年），意大利诗人，现代意大利语的奠基者，欧洲文艺复兴的开拓人物之一。恩格斯评价但丁："中世纪的最后一位诗人，同时又是新时代的最初一位诗人"。但丁出生在意大利的佛罗伦萨。一生著作甚丰，最有价值

《神曲》插图

的是《神曲》。这部作品通过作者与地狱、炼狱、天国中各种著名人物的对话，反映出中古文化领域的成就和一些重大的问题，带有"百科全书"性质。《神曲》的伟大历史价值在于，它以极其广阔的画面，通过对诗人幻游过程中遇到的上百个各种类型的人物的描写，反映出意大利从中世纪向近代过渡的转折时期的现实生活和各个领域发生的社会、政治变革，透露了新时代的新思想——人文主义的曙光。《神曲》对中世纪政治、哲学、科学、神学、诗歌、绘画、文化，作了艺术性的阐述和总结，是一座划时代的里程碑，而且是一部反映社会生活状况、传授知识的百科全书式的鸿篇巨制。但丁的其他作品还有《新生》《论俗语》《飨宴》

《诗集》。其中《新生》主要抒发对贝亚特丽契的眷恋之情，质朴清丽，优美动人，是"温柔的新体"诗派的最高成就。

◆ 薄伽丘与《十日谈》

薄伽丘（1313—1375年），意大利文艺复兴运动的杰出代表，人文主义者。主张"幸福在人间"，与但丁、彼特拉克，合称"文学三杰"。代表作《十日谈》，是一部短篇小说集，它是意大利文艺复兴时期最早的代表作家薄伽丘对后世影响最大的作品，是欧洲近代文学史上第一部现实主义作品。《十日谈》的故事大都取材于历史事件、中世纪的民间传说和东方民间故事，对后来欧洲小说的发展有重大影响。

《十日谈》开端叙述10个男女青年为躲避黑死病，住在佛罗伦萨乡间的一个别墅里，每天每人讲一个故事，在10天中轮流讲了100个故事，故名《十日谈》。它反映了当时意大利的广阔现实社会，反对禁欲主义，歌颂男女爱情，反对等级特权，宣扬人类平等，揭露贵族的腐朽和愚昧，抨击僧侣的虚伪和荒谬。

◆塞万提斯与《堂·吉诃德》

塞万提斯（1547—1616年），文艺复兴时期西班牙小说家、剧作家、诗人，被誉为是西班牙文学世界里最伟大的作家。他的小说《堂·吉诃德》是文学史上的第一部现代小说。《堂·吉诃德》全面真实地反映了16世纪末、17世纪初西班牙的社会现实，生动描写了各行业各阶层的人物的生活遭遇，揭示了西班牙王国的社会危机和必然衰落的趋势，表达了作者的人文主义思想。《堂·吉诃德》以史诗般的宏伟规模，以农村为主要舞台，出场以平民为主，在这广阔的社会背景中，绘出一幅幅各具特色又互相联系的社会画面。

《堂·吉诃德》原名《奇情异想的绅士堂吉诃德·台·拉·曼却》，目的在于"把骑士文学地盘完全摧毁"，是一部"行将灭亡的骑士阶级的史诗"，一部伟大的现实主义文学名著。作品主人公堂·吉诃德是一个不朽的典型人物。这个瘦削的、面带愁容的穷乡绅，由于爱读骑士文学，入了迷，竟然骑上一匹瘦弱的老马，找到一柄生了锈的长矛，戴着破了洞的头盔，要去游侠，除强扶弱，为人民打抱不平。他雇了附近的农民桑丘·潘沙做侍从，骑了驴儿跟在后面。堂·吉诃德又把邻村的一个挤奶姑娘想象为他的女主人。于是他以一个未受正式封号的骑士身份出去找寻冒险事业，完全失掉对现实的感觉而沉入漫无边际的幻想中，因此一路闯了许多祸，吃了许多亏，闹了许多笑话，然而一直执迷不悟，神智不清、疯狂而可笑。正是通过这一典型，塞万提斯怀着悲哀的心情宣告了信仰主义的终结。

◆剧作家莎士比亚

莎士比亚（1564—1616年），英国文艺复兴时期伟大的剧作家、诗人。1564年4月23日生于英格兰沃里克郡斯特拉福镇，1616年5月3日病逝。每年4月23日是莎士比亚的

莎士比亚

辞世纪念日，1995年被联合国科教文组织定为"世界读书日"。

莎士比亚是"英国戏剧之父"，本·琼斯称他为"时代的灵魂"，马克思称他为"人类文学奥林匹斯山上的宙斯"。代表作有四大悲剧《哈姆雷特》《奥赛罗》《李尔王》《麦克白》，四大喜剧《第十二夜》《仲夏夜之梦》《威尼斯商人》《无事生非》，以及历史剧《亨利四世》《理查二世》。

莎士比亚的戏剧创作分为3个时期：第一时期（1590—1600年），以写作历史剧、喜剧为主。历史剧概括了英国历史上百余年间的动乱，塑造了一系列正反面君主形象，反映了莎士比亚反对封建割据，拥护中央集权，谴责暴君暴政；喜剧以爱情、友谊、婚姻为主题，基本情调是乐观、明朗的，充满着以人文主义理想解决社会矛盾的信心。作品包括《约翰王》《亨利六世》《查理三世》《查理二世》《亨利四世》《亨利五世》《错误的喜剧》《训悍记》《维洛那二绅士》《爱的徒劳》《仲夏夜之梦》《威尼斯商人》《温莎的风流娘儿们》《无事生非》《皆大欢喜》《第十二夜》等。

第二时期（1601—1607年）以悲剧为主，标志着作者对时代、人生的深入思考，深刻揭示了在资本原始积累时期已出现的种种社会罪恶和资产阶级的利己主义，表现了人文主义理想与残酷现实之间矛盾的不可调和。显露出资产阶级阴暗的一面，笼罩着背信弃义、尔虞我诈的罪恶阴影，因而被称为"问题剧"或"阴暗的喜剧"。作品包括《尤利乌斯·凯撒》《安东尼和克莉奥佩特拉》《科里奥拉努斯》《哈姆雷特》《奥赛罗》《李尔王》《麦克白》《雅典的泰门》《特洛伊罗斯与克瑞西达》《终成眷属》《一报还一报》等。

第三时期（1608—1613年）倾向于妥协和幻想的悲喜剧或传奇剧。作品多写失散、团聚、诬陷、昭雪，矛盾的解决主要靠魔法、幻想、机缘巧合和偶然事件，宣扬宽恕、容忍、妥协、和解。主要作品是《泰尔亲王里克里斯》《辛白林》《冬天的故事》《暴风雨》等。

《失乐园》插图

◆弥尔顿与《失乐园》

弥尔顿是文艺复兴时期英国杰出的诗人、散文家和政论家。从小热爱文学，深受人文主义思想的熏陶。弥尔顿一生的文学创作分为两个时期：前期以短诗为主，诗歌清纯质朴、严谨优美，表达了对大自然和人生的热爱，以及对人类的崇高美好情操的赞美；后期创作了3部长诗——《失乐园》《复乐园》和《力士参孙》，都取材于《诗经》。

《失乐园》是一部长诗，共有一万多行，写的是亚当、夏娃偷食禁果而被上帝逐出乐园的故事。故事的梗概是这样的：上帝宣布其独子为天军的首领，统帅天国。大天使卢西弗不服，于是领导起义试图推翻上帝。不幸起义失败，卢西弗坠入地狱火湖之中。但卢西弗毫不气馁，仍在地狱自立为王，成为魔王撒旦，还大兴土木建筑"万魔殿"。为了扩大自己而战胜上帝，撒旦决定去上帝刚刚建成的乐园引诱人类来归顺自己。撒旦偷偷进入乐园，并利用蛇的化身亲近人类，诱骗夏娃和亚当摘食禁果。撒旦骗计成功，亚当和夏娃被逐出乐园。《失乐园》以史诗的气势揭示了人的原罪与堕落。该诗体现了诗人追求自由的崇高精神，是世界文学史上的一部重要作品。

◆法国作家莫里哀

莫里哀（1622—1673年），法国喜剧作家、演员、戏剧活动家。法国芭蕾舞喜剧的创始人，是法国17世纪古典主义文学最重要的作家，古典主义喜剧的创建者，在欧洲戏剧

莫里哀

史上占有十分重要的地位。莫里哀创立了"光耀剧团"，曾因负债入狱。后来毅然离家出走，在外飘流十多年。由于积累了丰富的生活素材，所以编写演出了一系列很有影响的喜剧。莫里哀喜剧，以滑稽的形式揭露了社会的黑暗，是法国古典主义文学，以及欧洲文艺复兴运动的杰出代表。

1659年，莫里哀创作《可笑的女才子》，辛辣地讽刺了资产者的附庸风雅，抨击了贵族社会所谓"典雅"生活的腐朽无聊。后来连续编演了《丈夫学堂》《太太学堂》。《太太学堂》要求冲破封建思想牢笼，而被指责为"淫秽""诋毁宗教"，遭到禁演。莫里哀奋起还击，写了《〈太太学堂〉的批评》和《凡尔赛宫即兴》两出论战性短剧。1664年，莫里哀写成《伪君子》，1668年创作了《吝啬鬼》。莫里哀是位喜剧大师，但是他的死却是一场悲剧。为了维持剧团开支，他不得不带病参加演出。1673年，在演完《没病找病》最后一幕以后，莫里哀咯血倒下，当晚逝世。

欧洲浪漫主义文学

浪漫主义文学的鼎盛时代是法国资产阶级大革命时期，即18世纪90年代到19世纪30年代。浪漫主义文学在政治上反对封建制度，不再刻意突出人的理性，而是深入发掘人类的感情世界，通过瑰丽的想象和夸张的手法塑造特点鲜明的人物形象。在创作风格上，以想象力丰富的构思和跌宕起伏的情节为主要特征。浪漫主义文学着重表现作家的主观理想，抒发强烈的个人感情。这是浪漫主义文学的本质特征。浪漫主义文学将大自然和资本主义文明对立，着力歌颂大自然。一般说来，浪漫主义文学是反对古典主义的。浪漫主义首先于十八世纪末在德、英、法等国兴起，很快形成全欧性的文学思潮。

19世纪德国文学的著名作家及作品有：史雷格尔是德国浪漫主义理论的奠基者。他通过浪漫派刊物《雅典娜神殿》宣传和古典主义对抗的文学主张，打出"浪漫主义"的旗号；霍夫曼是德国晚期浪漫主义文学中影响较大的作家，善于用荒诞离奇的形象和情节来揭露讽刺社会的黑暗面，恐怖、病态、庸俗、丑恶交织在一起，人物受着神秘力量的支配，无法主宰自己的命运。代表作是《侏儒查赫斯》；海涅是德国19世纪著名的革命民主主义诗人。恩格斯称赞他是"德国当代最杰出的诗人"。

19世纪英国文学的著名作家及作品有：英国的浪漫主义文学代表了19世纪欧洲浪漫主义文学的最高成就。第一代浪漫主义诗人是华兹华斯、柯勒律治和骚塞。他们隐居于昆布兰湖区，被称为"湖畔诗人"。华兹华斯是"湖畔诗人"中声望最高的，杰作是与柯勒律治合写的《抒情歌谣集》。他认为"诗是人和自然的形象""所有好诗，都是强烈感情的自然流露"，诗人"是人性最坚强的保卫者""他所到之处都播下人的情谊和爱"。提倡采用人民日常生活的语言来写诗，主张诗歌语言散文化，反对矫揉造作。华兹华斯的主张成为英国浪漫主义文学的纲领。英国第二代浪漫主义诗人主要代表人物是拜伦和雪莱。雪莱的作品有《无神论的必然性》《麦布女王》《伊斯兰起义》《解放了的普罗米修斯》《云》《致云雀》《西风颂》等。拜伦的作品有《东方叙事诗》（共六篇即《异教徒》《阿比道斯的新娘》《海盗》《莱拉》《柯林斯的围攻》《巴里西纳》）《唐璜》《恰尔德·哈洛尔德游记》等。骚塞曾积极参加英国政府对拜伦和雪莱的迫害，攻击他们是"恶魔派"。

维克多·雨果（1802—1885年），19世纪浪漫主义文学运动领袖，人道主义的代表人物，被称为"法兰西的莎士比亚"。雨果出生于法国贝桑松，他的父亲是拿破仑手下的一位将军，儿时的雨果随父在西班牙驻军。20岁时出版了诗集

雨果画像

《颂诗集》，因歌颂波旁王朝复辟，获路易十八赏赐，之后写了大量异国情调的诗歌。之后对波旁王朝和七月王朝都感到失望，成为共和主义者。1841年被选为法兰西学院院士，1845年任上院议员，1848年二月革命后任共和国议会代表，1851年拿破仑三世称帝，雨果奋起反对而被迫流亡国外，写下政治讽刺诗《惩罚集》。雨果死后安葬在法国"先贤祠"。雨果的代表作有《巴黎圣母院》《悲惨世界》《海上劳工》《笑面人》《九三年》《光与影》《"诺曼底"号遇难记》。

其中，《巴黎圣母院》以离奇和对比手法写了一个发生在15世纪法国的故事：巴黎圣母院副主教克罗德道貌岸然、蛇蝎心肠，先爱后恨，迫害吉卜赛女郎爱斯梅拉达。面目丑陋、心地善良的敲钟人卡西莫多为救女郎舍身。小说揭露了宗教的虚伪，宣告禁欲主义的破产，歌颂了下层劳动人民的善良、友爱、舍己为人，反映了雨果的人道主义思想。《悲惨世界》展示了资本主义社会奴役劳动人民、逼良为娼的残酷现实。然而，作家却迂腐地深信唯有道德感化是医治社会灾难的良方。

经典短篇文学欣赏

雨果名言欣赏

世界上最宽阔的是海洋，比海洋更宽阔的是天空，比天空更宽阔的是人的胸怀。

未来将属于两种人：思想的人和劳动的人，实际上，这两种人是一种人，因为思想也是劳动。

人的智慧掌握着三把钥匙，一把开启数字，一把开启字母，一把开启音符。知识、思想、幻想就在其中。

世人缺乏的是毅力，而非气力。

大胆是取得进步所付出的代价。应该相信，自己是生活的强者。

谁虚度年华，青春就要褪色，生命就会抛弃他们。

笑声如阳光，驱走人们脸上的冬天。

释放无限光明的是人心，制造无边黑暗的也是人心。

书籍是造就灵魂的工具。人类第一种饥饿就是无知。多办一所学校，可少建一座监狱。

人，有了物质才能生存；人，有了理想才谈得上生活。

脚步不能到的地方，眼光可以到达；眼光不能到达的地方，精神可以飞到。

人的两只耳朵，一只听到上帝的声音，一只听到魔鬼的声音。

欧洲现实主义文学

现实主义文学，又称写实主义文学，兴盛于19世纪下半叶，是对19世纪上半叶兴盛的浪漫主义文学的批判和推翻。现实主义文学作品创作的焦点是那些生活在社会下层的大众，关心社会政治经济制度等因素对人民所造成的种种压迫和影响，而不再是浪漫主义式的自我世界。现实主义的形成有一个过程。19世纪上半叶，欧洲许多现实主义作家并没有和浪漫主义划清界限。他们不但同浪漫主义作家一起反对新古典主义的清规戒律，而且在创作上也沿用浪漫主义文学的一些题材和手法。诸如梅里美、巴尔扎克、霍夫曼、普希金、果戈理等，更是由浪漫主义转向现实主义的。

现实主义文学的更迭，有深刻的社会历史原因。19世纪30、40年代是资本主义制度在西欧几个主要国家最后战胜封建主义的时期。资本主义制度的确立和巩固，使资本主义社会的阶级矛盾和各种社会弊病日益显露和激化，"使人和人之间除了赤裸裸的利害关系，除了冷酷无情的现金交易，就再也没有任何别的联系了"。面对这种冷酷的社会现实，"人们终于不得不用冷静的眼光来看他们的生活地位、他们的相互关系"。此外，19世纪自然科学发展和唯物主义在反对宗教与唯心主义斗争中的胜利，以及空想社会主义学说的广泛传播，也都促使人们打破传统的观念和幻想，转而用比较客观的眼光来观察世界，研究社会现实问题。在这样的历史情况下，越来越多的作家继承和发扬文艺复兴、特别是启蒙运动文学的现实主义传统，主张冷静地观察和评价资产阶级统治带来的种种弊病和矛盾，如实地客观地描写当时资本主义社会的日常生活，从剖析人物性格和社会环境的相互关系中揭示造成种种社会罪恶和弊病的根源。这样以揭露批判社会黑暗为特征的现实主义文学，逐步代替浪漫主义，成为欧洲占主导地位的文学思潮。

◆司汤达与《红与黑》

司汤达（1783—1842年），法国杰出的批判现实主义作家。在文学上起步很晚，三十几岁才开始发表作品。司汤达本名亨利·贝尔，其父亲拥护王权与教会，头脑里充满了贵族的观念。对司汤达影响最大的是他的外祖父，他是一个医生，思想特别开放，是卢梭和伏尔泰的信徒，拥护共和派。司汤达少年时在外祖父家阅读了大量的世界名作。司汤达的童年，是在法国大革命的疾风暴雨中度过的。拿破仑对司汤达的影响很深，他批判的笔锋总是指向贵族和教会。1814年拿破仑下台，波旁王朝复辟，资产阶级革命派遭受镇压，封建王公贵族

弹冠相庆。在这种形势下，司汤达觉得"除了遭受屈辱，再也不能得到什么"，便离开祖国，侨居意大利米兰。司汤达是善于从爱情中反映重大社会问题的文学大师，被评论家称为"现代小说之父"，表现了卓越的心理描写天才。

司汤达

司汤达的著名作品有《意大利绘画史》《罗马、那不勒斯和佛罗伦萨》《拉辛和莎士比亚》《阿尔芒斯》《瓦尼娜·瓦尼尼》《红与黑》《吕西安·娄万》《巴马修道院》《亨利·勃吕拉传》《卡斯特罗修道院长》《往事连篇》《箱子与鬼》《米娜·德·旺格尔》《媚

药》《菲利贝》《维多利娅·阿柯朗波尼》《桑西一家》《岸边的圣方济各教堂》《血染风情》《苏奥拉·斯科拉蒂卡》等。其中《红与黑》是19世纪欧洲批判现实主义的奠基作品。小说围绕主人公于连个人奋斗的经历与最终失败，尤其是他的两次爱情的描写，广泛地展现了"19世纪初30年间压在法国人民头上的历届政府所带来的社会风气"，强烈抨击了复辟王朝时期贵族的反动，教会的黑暗和资产阶级新贵的卑鄙庸俗，利欲熏心。因此是一部"政治小说"。

◆ 巴尔扎克与《人间喜剧》

巴尔扎克（1799—1850年）是19世纪法国伟大的批判现实主义作家，欧洲批判现实主义文学的奠基人和杰出代表，他创作的《人间喜剧》被称为法国社会的"百科全书"。他共著有91部小说，展示了19世纪上半叶法国社会生活的画卷。马克思、恩格斯称赞他"是超群的小说家""现实主义大师"。巴尔扎克1799年5月20日生于法国中

部的图尔城。1829年出版的长篇小说《最后一个舒昂党人》，

巴尔扎克

初步奠定了他在文学界的地位。1831年发表的长篇小说《驴皮记》为他赢得声誉。1841年在但丁《神曲》的启示下，巴尔扎克正式把自己作品的总名定为《人间喜剧》并宣称要做社会历史的"书记"，要求作家具有"透视力"和"想象力"，注重对地理环境和人物形体的确切描写。《人间喜剧》分为《风俗研究》《哲学研究》和《分析研究》三个部分，又可分为《私人生活场景》《外省生活场景》《巴黎生活场景》《政治生活场景》《军队生活场景》《乡村生活场景》六类。代表作有《欧也妮·葛朗台》《高老头》《纽沁根银行》《幻灭》《烟花女荣辱记》

等。通过《人间喜剧》，巴尔扎克"提供了一部法国展示上流社会的卓越的现实主义历史"。他的作品"是对上流社会必然崩溃的一曲无尽的挽歌""看到了他心爱的贵族们灭亡的必然性"。

◆ 狄更斯

狄更斯（1812—1870年），英国19世纪伟大的批判现实主义作家，广泛描写了19世纪英国维多利亚时代的社会生活，揭露了资产阶级金钱世界的种种罪恶，是继莎士比亚之后对英国文学产生巨大影响的小说家，代表有《匹克威克外传》《双城记》《尼古拉斯·尼克尔贝》《远大前程》《雾都孤儿》《董贝父子》《大卫科波菲尔》《荒凉山庄》《艰难时世》《小杜丽》等。狄更斯所生活的年代，现实的阶级矛盾逐渐加深，统治阶级疯狂追求利润，想发横财；工人失业，无家可归。狄更斯从人道主义出发，呼吁统治者在追求个人利益的同时，不能剥夺劳动人民的权力，劝戒统治者要讲道德、有良知。

狄更斯开始文学创作时，先为伦敦《晨报》撰写特写，主要表现伦敦城乡的风俗人情和对生活的爱憎。1837年第一部长篇小说《匹克威克外传》开始在报上连载，暴露当时英国现实生活的黑暗，描绘了作者心目中的"古老的、美好的英格兰"。

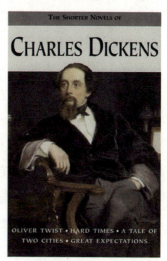

狄更斯

《雾都孤儿》是狄更斯第一部动人的社会小说，通过孤儿奥列佛的遭遇揭开了处于社会底层的人们哀苦无告的生活画面。《大卫·科波菲尔》通过一个孤儿的不幸遭遇描绘了一幅广阔而五光十色的社会画面，揭露了资产阶级对劳动人民的剥削、司法界的黑暗腐败和议会对人民的欺压。

◆易卜生

易卜生（1828—1906年），挪威戏剧家、诗人。曾积极地为《工人协会报》等刊物撰稿，参加挪威社会主义者马尔库斯·特兰内所领导的工人运动，并出版了讽刺周刊《安德里妈纳》。其作品主要有《觉醒吧，斯约的纳维亚人》《卡提利那》《仲夏之夜》《勇士之墓》《埃斯特罗的英格夫人》《索尔豪格的宴会》《奥拉夫·利列克朗》《海尔格兰的海盗》《爱的喜剧》《觊觎王位的人》《布兰德》《彼尔·英特》《皇帝与加利利人》《建筑师》《当我们死而复醒时》等。在戏剧创作方面，易卜生可以和莎士比亚、莫里哀媲美，被誉为"现代戏剧之父"。

易卜生的代表作是《玩偶之家》，又译《娜拉》《傀儡家庭》。故事写女主人公娜拉伪造父亲的签字向人借钱，为丈夫海尔茂医病。丈夫了解原委后，生怕因此影响自己的名誉地位，怒斥妻子下贱无耻。当债主在娜拉的女友感化下主动退回借据时，海尔茂又对妻子装出一副笑脸。娜拉看透了丈夫的自私和夫妻间的不平等，不甘心做丈夫的玩偶，愤然出走。恩格斯曾指出，娜拉是有自由意志与独立精神的"挪威的小资产阶级妇女"的代表。

俄国文学

俄国长期遭受鞑靼人和其他外族的侵略，地理上又和西欧的发达国家隔离，经济文化处于落后闭塞的状态。这种状况直到18世纪才有所改变。18世纪初，彼得一世厉行改革。彼得死后的三十年间不断发生宫廷政变，贵族地主在政变中巩固了自己的统治地位。18世纪30至

50年代，法国古典主义深入俄国，形成俄国古典主义流派，出现了第一批俄国作家康捷米尔、罗蒙诺索夫、苏马罗科夫等。为了建立民族文学，俄国古典主义作家大都向民族历史和民族生活汲取题材，注意文学语言和诗体改革，强调爱国思想和科学文化的启迪作用，比较注意文学的社会功能，采用讽刺体裁来表示他们的社会见解。

冯维辛是18世纪后半期俄国讽刺文学的代表，作品有《旅长》《纨绔少年》等，作者刻画了普罗斯塔科娃这个农奴主的形象，横暴、奸诈、愚蠢、狠毒，农奴出身的保姆在她家工作了四十年，所得的酬报是"一年五个卢布，外加每天五记耳光"。拉吉舍夫把专制农奴制度比作一只生有"一百张血盆大口"的怪物，而俄国农民却过着极其悲惨的牛马生活，指出"法律给农奴规定了一条死路"，称沙皇为"骗子、伪君子、害人精"。拉吉舍夫在《自由颂》里说道："我看见利剑到处闪耀，死神变成各种各样的形象，在沙皇高傲的头顶飞翔。欢呼吧，被束缚的人民！大自然赋予的复仇权利，已经把沙皇带到死刑台上！"普加乔夫起义后，俄国产生了感伤主义文学，是贵族地主阶级精神危机的表现。卡拉姆辛被认为是这一派的代表，他的中篇小说《苦命的丽莎》叙述农村少女丽莎被贵族少爷埃拉斯特遗弃以至自杀的故事。

进入19世纪，俄国文学开始出现新的气象，危机四伏。1812年，拿破仑入侵俄国，激起俄国人民的爱国主义情感。拿破仑兵败后，俄国军队远征西欧。一些青年贵族军官于1825年12月在彼得堡发动起义，史称"十二月党人起义"。起义遭到沙皇的镇压，但揭开了俄国贵族革命，唤醒了一代年轻人。19世纪初期，俄国开始出现浪漫主义文学思潮，代表作家有如可夫斯基、巴丘什科夫、以雷列耶夫为代表的"十二月党诗人"和普希金、莱蒙托夫。同时克雷洛夫、格利鲍耶陀夫分别以寓言和剧本推动了俄罗斯文学向现实主义方向的发展。30年代前后，俄国"自然派"批判现实主义文学形成，代表作家有果戈理、别林斯基、赫尔岑、柯里佐夫、格利戈洛维奇等。

19世纪50年代，平民阶级开始代替贵族知识分子登上历史舞台。当时有影响的进步刊物有涅克拉索夫主持的《现代人》杂志，以及《俄国言论》《北极星》《钟声》《读者文库》和《俄国导报》等，代表作家有车尔尼雪夫斯基、杜勃洛留波夫、皮萨列夫、赫尔岑、屠格涅夫、冈察洛夫、奥斯特罗夫斯基、涅克拉索夫、波缅洛夫斯基、费特、丘特切夫、阿·托尔斯泰等。19世纪后期，俄国社会矛盾相当尖锐，1874—1875年出现民粹运动，由部分激进分子组成的"民意党"曾组织暗杀活动。80年代，俄国民主运动处于低潮。90年代，俄国工人运动出现并逐步走向成熟。此时批判现实主义文学在俄国繁荣。当时最有影响的刊物是《祖国纪事，作家主要有列夫·托尔斯泰、陀思妥耶夫斯基、谢德林、契诃夫、柯罗连科、列斯科夫、迦尔洵、乌斯宾斯基、西比利亚克、蒲宁、库普林等。

◆俄国文学之父普希金

普希金（1799—1837年），俄国著名诗人、小说家，现代俄国文学的创始人，19世纪俄国浪漫主义文学代表，俄国现实主义文学奠基人，现代标准俄语的创始人，被誉为"俄国文学之父""俄国诗

普希金像

歌的太阳"。普希金创立了俄国民族文学和文学语言，在诗歌、小说、戏剧、童话等文学领域都给俄罗斯文学提供了典范。1837年在一次阴谋布置的决斗中遇害。普希金的作品除诗歌外，主要有小说《上尉的女儿》《普加乔夫史》《叶甫盖尼·奥涅金》《杜布罗夫斯基》《别尔金小说集》等。诗歌作品有《致恰达耶夫》《自由颂》《致西伯利亚的囚徒》《我记得那美妙的一瞬》《我又重新造访》《鲁斯兰和柳德米拉》《高加索的俘虏》《青铜骑士》等。

 经典短篇文学欣赏

假如生活欺骗了你

假如生活欺骗了你，
不要悲伤，不要心急；
忧郁的日子里需要镇静，
相信吧，快乐的日子将会来临。
心儿永远向往着未来，
现在却常是忧郁；
一切都是瞬息，一切都将会过去，
而那过去了的，就会成为亲切的怀恋。

◆ **讽刺作家果戈里**

果戈里（1809—1852年），俄国19世纪前半叶最优秀的讽刺作家、讽刺文学流派的开拓者、批判现实主义文学的奠基人之一。出生于乌克兰，中学毕业后在十二月党人革命运动的影响下到了彼得堡，当过小公务员，生活拮据，使他亲身体验了"小人物"的悲哀，也目睹了官僚们的荒淫无耻、贪赃枉法、腐败堕落。1831年辞职后专门从事文学创作。1831—1832年处女作《狄康卡近乡夜话》问世，赞扬了乌克兰人民的勤劳、智慧和善良，揭露封建主义和金钱势力的罪恶。1835年，《米尔戈罗德》《彼得堡的故事》出版。其中《米尔戈罗德》里的《塔拉斯·布尔巴》是历史题材，塑造了哥萨克英雄布尔巴的形象，歌颂了民族解放斗争和人民爱国主义精神。《彼得堡的故事》取材现实生活，展示了生活在专制制度下"小人物"的悲剧，以《狂人日记》《鼻子》和《外套》最著名。《狂人日记》描写的是狂人和狗的通讯、几篇日记，形式荒诞。主人公是一个微不足道、安分守己的小公务员，处处被人侮辱蹂躏，最后被逼发疯。《外套》写地位卑微的小官吏唯一生存乐趣是渴望攒一点钱做一件外套。不料新外套刚上身便被人劫走。主人公最后含恨死去。果戈里的作品还有《汉斯·古谢加顿》《钦差大臣》《死魂灵》。讽刺喜剧《钦差大臣》描写了纨绔子弟赫列斯达可夫与人打赌输得精光，正一筹莫展，从彼得堡途经外省某市，被误认为"钦差大臣"，在当地官僚中引起恐慌，闹出许多笑话。果戈理用喜剧照出了当时社会达官显贵们的丑恶原形。

◆ 列夫·托尔斯泰

列夫·托尔斯泰（1828—1910年），俄国作家、思想家，19世纪末20世纪初世界最伟大的文学家，19世纪俄国伟大的批判现实主义作家，被称颂为具有"最清醒的现实主义"的"天才艺术家"。他的作品描写了俄国革命时的人民的顽强抗争，被称为"俄国十月革命的镜子"列宁曾称赞他创作了世界文学中"第一流"的作品。托尔斯泰晚年力求过简朴的平民生活，1910年10月从家中出走，11月7日病逝于一个小站。列夫·托尔斯泰的主要作品有《童年·少年·青年》《一个地主的早晨》《琉森》《三死》《家庭幸福》《哥萨克》《战争与和平》《安娜·卡列尼娜》《忏悔

列夫·托尔斯泰

录》等。

1863—1869年，托尔斯泰创作了长篇历史小说《战争与和平》，这是其创作历程中的第一个里程碑。小说以四大家族相互关系为情节线索，展现了当时俄国从城市到乡村的广阔社会生活画面，反映了1805—1820年间发生的一系列重大历史事件，特别是1812年库图佐夫领导的反对拿破仑的卫国战争，歌颂了俄国人民的爱国热忱和英勇斗争精神，探讨俄国前途和命运，特别是贵族的地位和出路问题。是一部具有史诗和编年史特色的鸿篇

巨制。1873—1877年，完成其第二部里程碑式巨著《安娜·卡列尼娜》，小说艺术达到炉火纯青的境界。

◆戏剧家契诃夫

契诃夫（1860—1904年），俄国小说家、戏剧家，19世纪俄国批判现实主义作家、短篇小说大师。和法国莫泊桑，美国欧·亨利，并称为三大短篇小说巨匠。契诃夫早期作品多是短篇小说，如《胖子和瘦子》《小职员之死》《苦恼》《凡卡》，主要再现"小人物"的不幸和软弱，以及劳动人民的悲惨生活和小市民的庸俗猥琐。尤其是在《变色龙》《普里希别叶夫中士》中，揭露了忠实维护专制暴政的奴才及其专横跋扈、暴戾恣睢的丑恶嘴脸。契诃夫后期转向戏剧，作品有《伊凡诺夫》《海鸥》《万尼亚舅舅》《三姊妹》《樱桃园》等，反映了俄国1905年大革命前夕知识分子的苦闷和追求。

1890年，契诃夫到政治犯人流放地库页岛考察后，创作出表现重

契诃夫

大社会课题的作品，如《第六病室》，猛烈抨击沙皇专制暴政；《带阁楼的房子》，揭露了沙俄对人的青春、才能、幸福的毁灭。其代表作《变色龙》《装在套子里的人》，前者成为见风使舵、善于变相、投机钻营者的代名词；后者成为因循守旧、畏首畏尾、害怕变革者的象征。总的来说，契诃夫的小说短小精悍，结构紧凑，情节生动，笔调幽默，语言明快，善于从日常生活中发现具有典型意义的人和事，通过幽默可笑的情节塑造出完整的典型形象，以此来反映当时的俄国社会。

第十一章

非洲、拉丁美洲和美国文学

　　从文学的国家地域观来说，整个人类文学可以划分为古希腊文学、古罗马文学、爱尔兰文学、非洲文学、美国文学、英国文学、意大利文学、希腊文学、西班牙文学、印度文学、中国文学（台湾文学、香港文学）、朝鲜文学、德国文学、伊朗文学、日本文学、法国文学、巴西文学、俄国文学（苏联文学）等。其中亚非文学是其中重要的组成部分，尤其是亚洲文学代表着古老的东方智慧。大约公元前5000年，尼罗河流域的古埃及人已经开始农业生活，翻开了人类古老的文明史。古埃及文化有自然崇拜、法老崇拜和亡灵崇拜的思想。产生于新王国时期的宗教诗歌集《亡灵书》就是部关于冥界信仰的产物，包括颂神诗（对太阳神拉或冥王的颂扬）、祈祷诗（表现亡灵对冥王的崇敬忠诚）、劝诫诗以及神话诗、歌谣和咒语等。《亡灵书》和《阿顿太阳神颂诗》《尼罗河颂》代表了古埃及宗教诗的主要成就。古埃及还有许多歌谣、箴言、故事，比如《能说善道的农夫的故事》等。总之，古埃及文学在题材或体裁上对古希伯来文学、古希腊文学、中古东方文学产生了深远影响。本章介绍一些非洲、拉丁美洲和美洲的主要文学代表。

非洲文学

非洲，在一般世人的印象中总是一个文化落后的边陲地带，但是在后殖民时代非洲各国独立和政治纷乱的年代中，非洲各种语言的民族文学相继崛起。反对殖民主义、焕发民族精神、歌颂非洲文化，成为这一时期整个非洲文学的主旋律。一大批优秀作家、诗人在非洲大地诞生了，一大批反映非洲各族人民的生活和斗争的佳作问世了，特别是以桑戈尔、索因卡等为代表的世界级文学大师，以其浓烈的感情、深沉的思想和非洲特有的韵味轰动了世界，将人们的眼光引向了非洲。

不管是在诗歌上还是在小说上，非洲的成就都是非常瞩目的，出现过很多耀眼的文学家，如索因卡、马哈福兹等。

◆沃尔·索因卡——非洲的"莎士比亚"

沃尔·索因卡于1934年生于尼日利亚，他用英语写作，主要作为一名戏剧家而为世所推重。他的多方面的生动文学作品还包括一些重要的诗集和小说，一部有趣的自传和大量的文章和随笔。他曾是位非常活跃的戏剧界人士，现在依然如此，并且曾在英国和尼日利亚演出过他自己的戏剧。他自己也亲自登台演出，并且精力充沛地参加戏剧界的论争和戏剧方针的探讨。20世纪60年代中期尼日利亚内战期间，他因为反对暴力和恐怖而投入争取自由的斗争。1967年他被粗暴地非法关押，两年多以后被释放——这是一个强烈影响了他的人生观和文学事业的经历。

尼日利亚海岸景色

索因卡描述过他在非洲一个小乡村的儿童时代。他的父亲是一位教师，他的母亲是一个社会福利工作者——都是基督教徒。但是在上一代中有一些巫医和坚信幽灵、魔力和任何非基督教事物的仪式的其他人。我们遇见这样一个世界，在那里树妖、幽灵、术士和非洲的原始传统都是活跃的现实。我们还面对着一个更复杂的神话世界，它根植于一种源远流长的口头流传的非洲文化。对儿童时期的这个叙述也就给索因卡的文学作品提供了一个背景——与丰富而又复杂的非洲传统的一种亲身经验的密切联系。

索因卡很早就以剧作家闻名于世。他探索这种艺术形式是意想之中的，因为它与非洲的素材和非洲语言形式以及笑剧创作联系紧密。他的戏剧频繁而又驾轻就熟地使用许多属于舞台艺术而又真正根植于非洲文化的手法——舞蹈、典礼、假面戏、哑剧、节奏和音乐、慷慨激昂的演说、戏中戏等等。与他的后期剧作相比，他的早期剧作轻松愉快、情趣盎然——恶作剧、冷嘲讽刺的场景、伴有生动诙谐对话的日常生活的画面等等，往往以一种又悲又喜的或怪诞的生活感觉作为基调。在这些早期戏剧中值得一提的是《森林舞蹈》——非洲的《仲夏夜之梦》，有树精、鬼魂、幽灵、神或半神半人。它描写创造和牺牲，神或英雄奥根就是这些业绩的一位完成者。这位奥根有像普罗米修斯的外貌——一个意志坚强且又擅长艺术的半神半人，但又精于战术和战斗，是一个兼有创造和破坏的双重人物的形象。索因卡经常涉及到这个人物形象。

索因卡的戏剧深深根植于非洲世界和非洲文化之中，他也是一个阅读范围广泛、无疑是博学的作家和剧作家。他通晓西方文学，从希腊悲剧到贝克特和布莱希特。在戏剧的范围以外，他还精通伟大的欧洲文学。例如，像詹姆斯·乔伊斯这样的作家就在他的小说中留下了痕迹。索因卡是一位写作时非常慎重的作家，特别是在他的小说和诗歌中他能写得像先锋派一样深奥微妙。

在战争期间，在他蹲监狱和其后的时间里，他的写作呈现了一种更为悲剧的性质。精神的、道德的和社会的冲突显得越来越复杂，越来越险恶。那对善与恶的记录，对破坏力和建设力的记录，也越来越含糊不清，他的戏剧变得含义模棱两可，他的戏剧以讽喻或讽刺的形式，采用了道德、社会、政治等方面的问题来进行神话式的戏剧创作。对话尖锐深刻，人物变得更富有性格，经常夸大到滑稽的程度，而且需要有个结局——戏剧的气氛热烈起来了。其活力也决非少于早期作品——正相反：那种讽刺、幽默、怪诞的和喜剧性的成分，以及神话般的寓言制作，都栩栩如生地活了起来。索因卡对非洲的神话素材和欧洲的文学训练的使用是非常独立的。他说，他把神话用作他的创作的"艺术母体"。因而这也就不是一个民间传统的再现的问题，不是一种异国情调的再现的问题，而是一个独立的、合作的工作。神话、传统和仪式结合成一体，成为他的创作的营养，而不是一种化装舞会上穿的服装。他把他的广泛涉猎和文学意识称为一种"有选择的折衷主义"，有目的的独立的选择。在后期剧作中特别值得一提的是《死亡与国王的马夫》——这是一部真正地、引人注目地、令人信服的作品，许多思想和意义充满其中，有诗意、讽刺、惊奇、残酷、贪欲。表面上它写的是在西方道德和习俗与非洲文化和传统之间的冲突。它的主题围绕着一个典礼的或祭礼的人的献祭而展开。这部戏剧极其深刻地探究了人的状况和神的状况，因而不可简单化地看作是给我们讲述不同文明之间的不和。索因卡自己宁愿把它看成是一部描写命运的神秘剧、宗教剧。它涉及了人的自我的状况及自我的实现，生与死的神话式的契约，以及未来的前景。

具有自传体的灵感的故事《人死了》写的是他在监狱的生活，小说《译员》写的是尼日利亚的知识界，它们都属于索因卡的非戏剧作品。小说《混乱的季节》是一部讽谕作品，以俄耳甫斯和欧律狄斯的神话作为框架，这是一个在某种程度上复杂的、象征——表现主义的故事，以压迫和腐败的、野蛮的社会状况和政治状况为背景。诗作中杰出的是那些带有他监狱生涯的主题的诗选，其中有一些是在他被关押时写的，作为一种脑力锻炼以帮助作者带着尊严和刚毅活下去。这些诗中的意象是简洁的，然而有时又是相当难以洞察的，这是因为它具有一种精练的或禁欲主义式的浓缩。要精湛理解这些诗歌需要一些时间，但是一旦达到精湛的理解，它们就能产生出一种奇怪的放射物，为它们在诗人生活中的一段严苛而又困难的时期中的背景和所起的作用提供依据——勇气和艺术力量的动人的证据。

正如已经提到过的那样，戏剧是沃尔·索因卡最大的艺术成就。它们当然是创造出来以便在舞台上演出的，以舞蹈、音乐、假面剧和笑剧作为基本的构成成分。但是他的戏剧也可以作为来自一位才华横溢的作家的经历和想象力而又引人入胜的文学作品来阅读——这些文学作品根植在一种综合文化之中，这种文化又拥有大量栩栩如生、给艺术带来灵感的传统。

◆纳吉布·马哈福兹

纳吉布·马哈福兹1911年12月11日出生于埃及开罗杰马里那区的一个公务员家庭。他四岁时就被送到私塾学习《古兰经》，接受宗教启蒙教育。

1930年，纳吉布·马哈福兹进入开罗大学文学院哲学系学习，接触了西方各种民主主义和社会主义思潮，逐步接受了一些社会主义思想和科学观点。1934年大学毕业后，他一边留校工作，一边为一些哲学杂志撰稿。他先后在宗教基金部、文化指导部等政府部门任职，曾任文学艺术最高理事会理事、电影局局长和文化部顾问。1970年退休后，他进入《金字塔报》编委会，任该报专职作家。

20世纪20至30年代的埃及正处于反帝爱国斗争的革命风暴之中，在家庭与社会的影响下，马哈福兹从一开始创作，便以明确的历史责任感，承担起了一个正直作家的责任。他最初发表的三部历史小说《命运的嘲弄》《阿杜比斯》《埃伊拜之战》都是表现爱国主义的。40至50年代是马哈福兹现实主义创作阶段，发表了四部揭露社会黑暗、呼吁社会变革的小说《新开罗》《赫利市场》《梅达格胡同》《始未记》等。标志着他小说创作顶峰的三部曲：《宫间街》《思宫

纳吉布·马哈福兹

街》《甘露街》被公认为阿拉伯小说史上的里程碑。此后他还发表了《小偷与狗》《道路》《乞丐》《尼罗河上的絮语》《平民史诗》等作品。

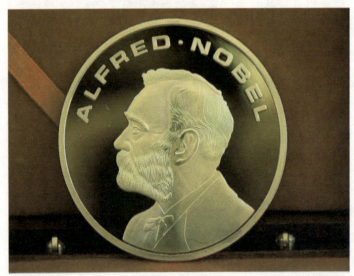

马哈福兹曾多次声明自己信仰社会主义和科学，提倡以科学反对宗教迷信，强调人要进行自我净化。

1970年，马哈福兹获国家文学表彰奖。1988年，获埃及最高奖赏——尼罗河勋章。1988年10月获诺贝尔文学奖，成为阿拉伯世界第一个获得此奖的人。

◆纳丁·戈迪默

纳丁·戈迪默，1923年出生，南非作家，1991年诺贝尔文学奖的获得者，也是第一位获得此奖的南非作家。她的长篇小说和短篇小说

诺贝尔奖章

描述了南非的防备性社会准则对每个人和他们彼此间的关系所造成的影响。她的小说结构严谨，观察细腻，描写精确，擅长人物塑造、讽刺和心理洞察。她的作品通常关注种族隔离（1948年到1991年间的一项政府政策）的影响及其对南非黑人和白人的生活所造成的后果。戈迪默运用自己小说中的各种要素，来表达自己对南非的种族分歧和歧视的反对。戈迪默深信个人生活不可能与社会问题相分离，这在她的作品中有所体现。《贵宾》（1970年）也许是她最知名的长篇小说。

与其他作品不同的是，这部小说以一个虚构的刚刚独立的非洲国家为背景。

戈迪默不仅善于描写受压抑的白人心态、社会的畸形和人性的扭曲，也敢于

正面描写黑人战士反抗种族隔离制度的正义斗争，歌颂为正义而英勇献身的人们。她以其创作实践证明，在南非，作家的基本姿态"只能是革命的姿态"。

戈迪默以热切而直接的笔触描写在她那个环境当中极其复杂的个人与社会关系。与此同时，由于她感受到一种政治上的卷入感——而且在此基础上采取了行动——她却并不允许这种感觉侵蚀她的写作。尽管如此，她的文学作品由于提供了对这一历史进程的深刻洞察力，帮助了这一进程的发展。

1970年，戈迪默创作了长篇小说《贵客》，此书是她前期创作生涯中的一座里程碑。这部作品结构严谨，简洁含蓄，文体高雅。她极其热切地成功表达了在一个国家诞生时各种事件的纷繁复杂。回国来的前殖民地官员被卷进冲突当中，忠诚感又使他无所适从。事件的进展通过平行发展的主人公的恋爱事件得到反映。他那毫无英雄气概的偶然死亡则对个人在追求未来的伟大游戏中的作用提出了反思。

◆约翰·马克斯韦尔·库切

约翰·马克斯韦尔·库切是南非作家。瑞典皇家科学院宣布2003年度的诺贝尔文学奖得主是南非作家约翰·马克斯韦尔·库切。63岁的库切将赢得1000万瑞典克朗（约合130万美元）的巨额奖金。

瑞典皇家科学院表示，库切的数部小说"精准地刻画了众多假面具下的人性本质"，他的作品《耻》《等待野蛮人》和《国家中心》是这一风格的典范。这几部作品"构思纤美精巧、文白韵味深刻、分析精辟入微"，是难得一见的闪光之作。此外，库切在批判西方文明的理性主义和伪道德方面也"笔锋犀利、入木三分"。但库切的小说也存在"是非不清的观点，尤其是在一些泾渭分明的问题上"。瑞典皇家颁奖委员会在其颁奖辞中，指出库切的获奖理由为："在人类反对野蛮愚昧的历史中，库切通过写作表达了对脆弱个人斗争经验的坚定支持。"

《耻》一书表面上看像畅销书，有大学教授每周定时招妓以解决性需求、大学教授诱奸女学生进而丢掉教职、教授女儿"自甘堕落"地在偏僻农场里当农民、白人女子遭黑人强奸等情节，但实际上是非常严肃、深刻的一部作品。"整个故事所反映的是殖民主义消退后所造成的影响。这个影响，已经不单单是我们通常所认为的殖民者给被殖民者造成的政治、经济、文化、道德上的损害，这些损害也作用于殖民者身上。当殖民主义势力消退后，殖民者的后裔为他们的父辈所做的事情要承担后果。

小说反映了很复杂的社会、人与人之间的关系"。

库切1940年生于南非开普敦，1983年以《迈克尔·K的生活和时代》、1999年以《耻》两度获得英国布克文学奖。库切和另一位诺贝尔文学奖得主戈迪默被视为南非当代文坛的双子星座。他于2002年移居澳大利亚，任职于阿德莱德大学，最新作品《伊莉莎白·考斯特罗：八个教训》是集杂文和小说于一体的著作。

拉丁美洲文学

拉丁美洲是美国以南所有美洲地区的通称，包括中美洲西印度群岛和南美洲的整个地区。拉丁美洲的命名，是由这个地区的政治、经济、文化等因素长期历史发展的共同性决定的。其中主要使用西班牙语的国家，称为"西班牙美洲"；把巴西包括在内的时候，则称为"伊比利亚美洲"，拉丁美洲则是其总称。除了上述以拉丁语系的西

班牙语、葡萄牙语、法语为主要语言的国家和地区外，还包括使用英语的国家和地区。

拉丁美洲文学，其范围包括拉丁美洲全部国家和地区以印第安语、西班牙语、葡萄牙语、法语、英语等写作的文学。主要可以分为3个系统：西班牙美洲文学、巴西文学、安的列斯文学。

这些国家和地区在政治上、经

济上、文化上有许多共同的因素和内在的联系，它们的文学也表现出许多共同的性质。因为：

（1）文学借以表达的工具——语言是共同的，许多国家使用西班牙语，其次是葡萄牙语、法语、英语。

（2）文学所反映的社会内容是相似的，历史上都长期处于殖民统治之下，独立以后，经济得不到充分发展，目前仍多数处于不发达状态。

（3）文学所经历的发展道路，大体上是一致的，都存在着一个努力建立民族文学的问题。

（4）各国、各地区文学相互之间有直接的联系和影响。例如现代主义运动，几乎遍及拉丁美洲所有的国家和地区。

当代拉丁美洲的文学史家已经把拉丁美洲文学作为一个完整的体系加以研究，一般认为可以分为：

（1）史前时期：欧洲殖民者来到之前，中亚美利加洲和南亚美利加洲的印第安民族已经建立了高度发达的文化，但是在被征服的过程中完全被摧毁，只能从幸存的少数几部作品中看到古代印第安文学的面貌。这少数几部作品就是拉丁美洲文学的渊源。

（2）殖民地时期：主要处在宗主国文学的影响之下。17世纪流行于西班牙、葡萄牙的巴罗克文学和贡戈拉主义，也流传到拉丁美洲。同时，人文主义思想和启蒙运动也开始波及。民族文学已经萌芽。这是拉丁美洲文学的古典主义时期。18世纪末，克里奥约（即土生白人）要求摆脱宗主国的束缚而独立的思潮兴起，称为克里奥约主义。反映在文学上，则表现为要求描写殖民地本土题材的美洲主义。

（3）独立革命时期：民族文学诞生，在独立革命运动浪潮推动下，主要倾向为浪漫主义。其中以印第安人为题材的称为印第安主义；以某一地区生活为题材的称为地区主义，加乌乔文学为其最有特色的代表；以风尚习俗为题材的称为风俗主义。地区主义文学和风俗主义文学往往带有现实主义的因素。

（4）民族文学繁荣时期：民族文学在继续发展中要求创新，形成现代主义。现代主义文学浪潮遍及拉丁美洲所有的国家和地区，主要表现在诗歌方面。20世纪初，现实主义和自然主义小说开始兴起，出现了许多优秀的作品。其中反映印第安民族生活的，称为土著主义。黑人题材则在诗歌方面得到表现，称为黑人派诗歌。

（5）当代文学：各国、各地区的民族文学继续发展，逐渐显示出各自的特点。20世纪60年代，小说

豪尔赫·路易斯·博尔赫斯

方面形成一个高潮，出现魔幻现实主义，影响正在扩大。

◆豪尔赫·路易斯·博尔赫斯

豪尔赫·路易斯·博尔赫斯（1899—1986年），阿根廷作家。其作品涵盖多个文学范畴，包括：短文、随笔小品、诗、文学评论、翻译文学。其中以拉丁文隽永的文字和深刻的哲理见长。

博尔赫斯1899年8月24日生于布宜诺斯艾利斯市中心图库曼大街840号一英裔律师家庭。父亲豪尔赫·吉列尔莫·博尔赫斯（1874—1938年）是位律师，兼任现代语言师范学校心理学教师，精通英语，拥有各种文本的大量藏书；母亲莱昂诺尔·阿塞维多（1876—1975年）出身望族，婚后操持家务，但也博览群书，通晓英语；祖母弗朗西斯（范妮）·哈斯拉姆（1845—1935年）是英国人，英语是她的母语。

J.L.博尔赫斯虽然从小就受着这浓重的英语环境的熏陶，但他生活的大环境毕竟是讲西班牙语的阿根廷；据作家自称，他还是先学会西班牙语，后掌握英语的。

1901年，博尔赫斯全家从图库曼大街840号外祖父家迁到首都北部的巴勒莫区塞拉诺大街（现改名为博尔赫斯大街）2135/47号的一幢

高大宽敞、带有花园的两层楼房；作家的童年和少年就是在这里度过的。父亲在这幢舒适的楼房里专辟了一间图书室，内藏大量的珍贵文学名著，博尔赫斯得以从祖母和英籍女教师那里听读欣赏，未几便自行埋首涉猎，乐此不疲。

博尔赫斯受家庭熏陶，自幼热爱读书写作，很小就显露出强烈的创作欲望和文学才华。7岁时，他用英文缩写了一篇希腊神话。8岁，他根据《堂·吉诃德》，用西班牙文写了一篇叫做《致命的护眼罩》的故事。10岁时就在《民族报》上发表了英国作家王尔德的童话《快乐王子》的译文，署名豪尔赫·博尔赫斯，其译笔成熟，竟被认为出自其父的手笔。

1914年，父亲因眼疾几乎完全失明，决定退休，所以豪尔赫·路易斯随全家赴欧洲，遍游英、法之后，定居瑞士日内瓦。博尔赫斯正式上中学，攻读法、德、拉丁等诸多语文。凭借得天独厚的语言环境，好学的博尔赫斯如虎添翼，如饥似渴地浏览世界名著。他读

都德、左拉、莫泊桑、雨果、福楼拜，读托马斯·卡莱尔、切斯特曼、斯蒂文森、吉卜林、托马斯·德·昆西，读爱伦·坡、惠特曼，读海涅、梅林克、叔本华、尼采……这对他日后的文学创作产生了巨大而深远的影响，并打下了极为坚实的基础。

1923年正式出版第一本诗集《布宜诺斯艾利斯的激情》（1922年曾先行自费出版）以及后来面世的两首诗集《面前的月亮》（1925年）和《圣马丁札记》（1929年）形式自由、平易、清新、澄清，而且热情洋溢，博尔赫斯作为诗人登上文坛，崭露头角。

晚年的博尔赫斯带着四重身份，离开了布宜诺斯艾利斯之岸，开始其漂洋过海的短暂生涯，他的终点是日内瓦。就像其他感到来日不多的老人一样，博尔赫斯也选择了落叶归根，他如愿以偿地死在了日内瓦。

博尔赫斯一生读书写作，堪称得心应手。博尔赫斯的作品主要有：诗集：《面前的月亮》《圣马

博尔赫斯谈话录

丁札记》《另一个，同一个》《铁币》《雨》《布宜诺斯爱丽斯激情》《夜晚的故事》《天数》《密谋》；散文集：《探讨集》《我希望的尺度》《序言集成》《什么是佛教》；传记：《埃瓦里斯托·卡列戈》；论文集：《讨论集》；短篇小说集：《恶棍列传》《沙之书》《梦之书》《小径分岔的花园》《虚构集》《虚构集》《阿莱夫》；小说集：《杜撰集》；诗歌散文集：《影子的颂歌》《深沉的玫瑰》《阿德罗格》等。博尔赫斯晚年双目失明，仍以口授的方式继续创作，成

就惊人。然而，他的婚姻生活并不如意。他长期独身，由母亲照料生活，直至68岁（1967年）才与孀居的埃尔萨·阿斯泰特·米连结婚，3年后即离异。母亲辞世后，他终于认定追随他多年的日裔女秘书玛丽亚·儿玉为终身伴侣。他们1986年4月26日在日内瓦结婚，宣布她为他财产的唯一合法继承人，以便保管、整理和出版他的作品。同年6月14日，一代文学大师博尔赫斯终因肝癌医治无效，在日内瓦逝世。

◆马尔克斯

加西亚·马尔克斯（1927—），哥伦比亚作家、记者，20世纪拉丁美洲魔幻现实主义文学的杰出代表。生于马格达莱纳省阿拉卡塔卡镇。父亲是个电报报务员兼顺势疗法医生。他自小在外祖父家中长大。外祖父当过上校军官，性格善良、倔强，思想比较激进；外祖母博古通今，善讲神话传说及鬼怪故事，这对作家日后的文学创作有着重要的影响。13岁时，他迁居首都波哥大，就读于教会学校。18岁进国立波哥大大学攻读法律，并加入自由党。1948年，哥伦比亚发生内战，中途辍学。不久，他进入报界，他任《观察家报》记者，同时从事文学创作。1954年起，任该报驻欧洲记者。1961年起，任古巴拉丁社记者。1961年至1967年侨居墨西哥，从事文学、新闻和电影工作。1971年获美国哥伦比亚大学名誉文学博士称号，1972年获拉美文学最高奖——委内瑞拉加列戈斯文学奖，1982年获诺贝尔文学奖和哥伦比亚语言科学院名誉院士称号。

加西亚·马尔克斯作品的主要特色是幻想与现实的巧妙结合，以此来反映社会现实生活，审视人生和世界。重要作品有长篇小说:《百年孤独》《家长的没落》《霍乱时期的爱情》；中篇小说:《枯枝败叶》《恶时辰》《没有人给他写信的上校》《一件事先张扬的凶杀案》；短篇小说集:《蓝宝石般的眼睛》《格兰德大妈的葬礼》；电影文学剧本:《绑架》；文学谈话录《番石榴飘香》和报告文学集:《一个海上遇难者的故事》《米格

马尔克斯

尔·利廷历险记》等。

12岁时，作家来到首都波哥大教会学校读书。18岁后在波哥大大学读法律，参加了自由党。1948年内战爆发时，他中途辍学，不久进报界工作。1954年任《观察家报》记者兼电影专栏负责人。此后，他从事新闻工作，同时进行文学创作。他曾到过意、法、英、苏、波、捷、匈等国。1959年回国，担任古巴"拉丁社"驻哥伦比亚办事处的负责人。 1961年任该社驻联合国记者，后迁居墨西哥，至1976年才返回哥伦比亚。为了抗议军人政权，他曾于同年举行了"文学罢

工"。1981年受军政府迫害而流亡墨西哥。1982年哥伦比亚新政府成立，作家才得以返回故土，从事文学创作。当年因《百年孤独》的成功获诺贝尔文学奖。同年，应法国总统密特朗的邀请，担任法国-西班牙语国家文化交流委员会主席。

马尔克斯的作品主要是代表作长篇小说《百年孤独》被誉为"再现拉丁美洲历史社会图景的鸿篇巨著"。还有短篇小说：《第三次无可奈何》《格兰德大妈的葬礼》等；中篇小说：《伊莎白尔在马贡多的观雨独白》《枯枝败叶》《周末后的一天》《一件事先张扬的凶杀案》等；长篇小说：《恶时辰》《家长的没落》（1976年被美国《时代》杂志评为当年世界十大优秀作品之一）《霍乱时期的爱情》《迷宫中的将军》等。

美国文学

美国文学表现为平民化，多元化，富于阳刚之气，热爱自由，追求以个人幸福为中心的美国梦。美国文学大致出现过三次繁荣：19世纪前期形成民族文学，第一和第二次世界大战后，美国文学两度繁荣，并产生世界影响，已有近10位作家获得诺贝尔文学奖。

殖民时期北美土著印第安人的文化主要是口头传说，从未进入美国文化主流。早期新英格兰清教移民区实行政教合一，文化为宗教服务，著作主要为神学研究、移民史、布道、书信和日记等。重要作家有J.温斯洛普、C.马瑟和J.爱德华兹等。诗人有A.布拉兹特里特和E.泰勒等。新英格兰以外的地区较为世俗化，产生的文学中有记载殖民地历史风貌的，如J.史密斯的《弗吉尼亚记实》；有向欧洲介绍新大陆的，如M.克莱弗克尔的《美国农夫书札》。B.富兰克林在《致富之路》中的警句格言成了当时流行的实用智慧。

独立战争前后,爱国演说和政论文章大量涌现,最有名的有P.亨利的演说《不自由毋宁死》,T.潘恩的小册子《常识》,T.杰弗逊执笔的《独立宣言》和A.汉密尔顿等人在宪法辩论中阐述民主体制的《联邦党人文献》。

19世纪上半叶 美国独立后将近半个世纪,在浪漫主义运动中形成了自己的文学。下面简单介绍几位作家。

◆海明威

欧内斯特·海明威是美国小说家。他一向以文坛硬汉著称,是美利坚民族的精神丰碑,1926年发表成名作《太阳照样升起》,作品表现战后青年人的幻灭感,成为"迷惘的一代"的代表作。1899年,海明威生于美国芝加哥市郊橡胶园小镇。其是1954年度(第五十四届)的诺贝尔文学奖获得者、"新闻体"小说的创始人。被称为"20世纪最伟大的作家之一"。1961年7月

2日,蜚声世界文坛的海明威用自己的猎枪结束了自己的生命。整个世界都为此震惊,人们纷纷叹息这位巨人的悲剧。美国人民更是悲悼这位美国重要作家的陨落。

海明威毕业前两个月,美国参战。卡洛斯·倍克尔写道:"他面临的几条路是上大学、打仗和工作",海明威选择工作。他左眼有毛病(当初训练拳击的时候意外伤到了左眼,视力下降,从那以后

海明威

他左眼的视力再也没有恢复过),不适宜去打仗。1917年10月,他开始进堪萨斯市的《星报》当见习记者,这家报纸是美国当时最好的报纸之一。六个月之中,他采访医院和警察局,也从《星报》优秀的编者G.G.威灵顿那里学到了出色的业

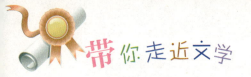

务知识。海明威在《星报》头一次知道，文体像生活一样必须经过训练。《星报》有名的风格要求单上印道："用短句"，"头一段要短。用生动活泼的语言。正面说，不要反面说。"海明威在相当短的时间内，学会把写新闻的规则化成文学的原则。

但是，战争的吸引力对海明威越来越大，他于1918年5月后半月开始这场探险。头两个月，他志愿在意大利当红十字会车队的司机，在前线只呆了一个星期。在这个星期最后一天的下半夜，海明威在意大利东北部皮亚维河边的福萨尔达村，为意大利士兵分发巧克力的时候，被奥地利迫击炮弹片击中。他旁边的一个士兵当场牺牲，就在他前面的另一个士兵受了重伤。他拖着伤兵到后面去的时候，又被机关枪打中了膝部；他们到达掩护所的时候，伤兵已经死去。海明威腿上身上中了两百多片碎弹片，左膝盖被机枪打碎，被迫手术换了一个白金膝盖。他在米兰的医院里住了三个月，动了十几次手术，大多数弹片都取了出来，还有少数弹片至死都保留在他的身上。他受伤的时候，离他十九岁生日还差两个星期。

20世纪50年代早期，海明威说过："对于作家来说，有战争的经验是难能可贵的。但这种经验太多了，却有危害。"摧残海明威身体的那次炸裂也渗透他脑子里去了，而且影响更长、更深远。一个直接的后果是失眠，黑夜里整夜睡不着觉。五年之后，海明威和他妻子住在巴黎，他不开灯仍然睡不着。在他的作品中，失眠的人处处出现。《太阳照样升起》中的杰克·柏尼斯，《永别了，武器》中的弗瑞德里克·亨利、涅克·阿丹姆斯，《赌徒、修女和无线电》中的弗莱才先生，《乞力马扎罗的雪》中的哈利和《清洁、明亮的地方》中的老年侍者，都患失眠症，害怕黑夜。

1953年，他与玛丽去非洲作狩猎旅行。他已是满身伤痕，这一次又遇到飞机连续出事，险些丧命。第一次失事，玛丽断了两根胁骨，海明威肝部与腰部震裂，下脊椎骨受到重伤；第二天，飞机再次失事，海明威一生受了十几次脑震荡，这是最严重的一次（机舱着火，门被夹住，海明威用头把门撞开），外加内伤。虽然他开始倒运，不过还算幸运，在内罗毕医院养伤时居然能读到关于自己的讣告（海明威是唯一一个在有生之年见到自己讣告的著名作家）。他写了一篇长篇报告，描述他在非洲的经历，但发表在《展望》杂志上的只是连续性的两段二流水平的新闻报道。

在这些经历之后，他写了人生中最为辉煌的作品《老人与海》，补回他在文学上的损失。同时，他得到普立彻奖金，1954年他得到诺贝尔文学奖金。

《老人与海》讲述的是一场人与自然搏斗的惊心动魄的悲剧。老人每取得一点胜利都付出了惨重的代价，最后遭到无可挽救的失败。但是，从另外一种意义上来说，他又是一个胜利者。因为，他不屈服于命运，无论在怎么艰苦卓绝的环

《老人与海》中文版

境里，他都凭着自己的勇气、毅力和智慧进行了奋勇的抗争。大马林鱼虽然没有保住，但他却捍卫了"人的灵魂的尊严"，显示了"一个人的能耐可以到达什么程度"，是一个胜利的失败者，一个失败的英雄。这样一个"硬汉子"形象，正是典型的海明威式的小说人物。在20世纪30年代以后发表的一些短篇小说里，海明威描写了一些拳击师、斗牛士、猎人等形象，在这些下层人物身上，他塑造了一种百折不挠、坚强不屈、敢于面对暴力和死亡的"硬汉子"性格，《老人与海》中桑地亚哥的形象就是这种性格的发展与升华。小说中的大海和鲨鱼象征着与人作对的社会与自然

力量，而老人在与之进行的殊死搏斗中，表现了无与伦比的力量和勇气，不失人的尊严，虽败犹荣，精神上并没有被打败。可以说，这样一个形象，完美地体现了作者所说的"你尽可把他消灭掉，可就是打不败他"的思想。

◆ 爱默生

拉尔夫·沃尔多·爱默生（1803—1882年），美国著名思想家、文学家、诗人，是确立美国文化精神的代表人物。

美国前总统林肯称他为"美国的孔子""美国文明之父"。1803年5月6日，爱默生出生于马萨诸塞州波士顿附近

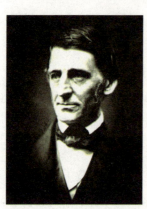

爱默生

的康考德村，1882年4月27日在波士顿逝世。他的生命几乎横贯19世纪的美国，他出生时候的美国热闹却混沌，一些人意识到它代表着某种新力量的崛起，却无人能够清晰的表达出来。它此时缺乏统一的政体，更没有相对一致的意识形态。在他去世的时候美国不但因为南北战争而统一，而且它的个性却逐渐鲜明起来，除了物质力量引人注目，它的文化也正在竭力走出欧洲的阴影。

1835年9月，爱默生和其他志趣相投的知识分子创立了"超越俱乐部"，直到1840年7月，爱默生用化名出版了他在1836年9月创作的第一本小品文《论自然》。当作品成为超越论的基本原则时，很多人立即认为这是意大利的作品。

1837年爱默生以《美国学者》为题发表了一篇著名的演讲辞，宣告美国文学已脱离英国文学而独立，告诫美国学者不要让学究习气蔓延，不要盲目地追随传统，不要进行纯粹的摹仿。另外这篇讲辞还抨击了美国社会的拜金主义，强调人的价值。被誉为美国思想文化领域的"独立宣言"。一年之后，爱

默生在《神学院献辞》中批评了基督教唯一神教派死气沉沉的局面，竭力推崇人的至高无上，提倡靠直觉认识真理。"相信你自己的思想，相信你内心深处认为对你合适的东西对一切人都适用……"文学批评家劳伦斯·布尔在《爱默生传》所说，爱默生与他的学说，是美国最重要的世俗宗教。

1838年，他获邀回到哈佛大学神学院为毕业典礼致词。他的评论立刻震惊整个新教徒的社会，因为他说明了当耶稣是一个人时，他并不是神（当时人们宁愿没有听到这样的言论）。因此，他被谴责是一名无神论者，并毒害了年轻人的思想，面对着这些批评他并没有作任何回应或辩护。在之后的40年，他没有再被邀请到哈佛大学演讲了，但在1880年代中期，他的立场规范成为一位论派的教义。

1840年，爱默生任超验主义刊物《日晷》的主编，进一步宣扬超验主义思想。后来他把自己的演讲汇编成书，这就是著名的《论文集》。《论文集》第一集于1841年发表，包括《论自助》《论超灵》《论补偿》《论爱》《论友谊》等12篇论文。三年后，《论文集》第二集也出版了。这部著作为爱默生赢得了巨大的声誉，他的思想被称为超验主义的核心，他本人则被冠以"美国的文艺复兴领袖"之美誉。

1842年早期，爱默生的长子华都因罹患猩红热而夭折。爱默生在他的两部名作：一首挽歌和他的小品《经验》中呈现了自己的悲痛。在同一年威廉·詹姆士出生，爱默生同意成为他的教父。

爱默生成了新英格兰及美国南部外其他国家著名的讲演者。当他不能如期出席某些演讲时，弗雷德里克·道格拉斯会代替他。爱默生的演讲有许多不同主题，很多他的作品内容都是摘自于他的演讲。

爱默生虽是个抽象而深奥的作家，但他的演讲仍然有很多人来听。爱默生的作品，是以其日记中针对事物观察后的意见为主，在他还在哈佛大学就读时已有写日记的习惯，那些日记都被爱默生精心地编好索引。他把自己的经验及想法写在日记中，并带出一些有意义的讯息，并与他密集且浓缩过的演讲精华相互结合。后来他修订并润饰演讲内容，好放在他的散文及一些其他作品中。

爱默生是当时被视为大演说家之一的人，以低沉的声音令听众着迷，他相当具有热忱，并以平等的态度对待且重视听众。他对废除黑奴主义的直率和不妥协的立场，使得他在之后一谈到相关主题时就会引起人们的反对及嘲弄。他继续发表激进的废除黑奴演讲但并不会考虑人们是否喜欢。他努力试着不加入任何公开的政治运动或团体，并常迫切地要独立自主，这反映了他的个人主义立场。他常常坚持不要拥护者，要成为一个只靠自己的人。晚年时，人们要他算算他的著作数目，他仍然说自己的信念是"无限的个人"。

爱默生早年拜读法国散文家蒙田的作品，并受到其很大影响。他从这些作品中领悟到个人风格，并开始降低他对神的信任。他从不读

康德的作品，但他却读柯尔律治对德国先验观念论者的解释。这令爱默生不相信灵魂及上帝。

爱默生过世之后，被葬于马萨诸塞州康科特郡的斯利培山谷公墓。在2006年5月，也就是爱默生发表了"神学院致辞"的168年之后，哈佛大学神学院宣布了UUA的创立。

爱默生喜欢演讲，面对人群令他兴奋不已，他说他感觉到一种伟大的情感在召唤，他的主要声誉和成就建立于此。他通过自己的论文和演说成为美国超验主义的领袖，并且成为非正式哲学家中最重要的一个。他的哲学精神表现在对逻辑学、经验论的卓越见解上，他轻视纯理论的探索，信奉自然界，认为它体现了上帝和上帝的法则。

除《论文集》之外，爱默生的作品还行《代表人物》《英国人的特性》《诗集》《五日节及其他诗》。爱默生集散文作家、思想家、诗人于一身，他的诗歌、散文独具特色，注重思想内容而没有过分注重词藻的华丽，行文犹如格

言，哲理深入浅出，说服力强，且有典型的"爱默生风格"。有人这样评价他的文字"爱默生似乎只写警句"，他的文字所透出的气质难以形容：既充满专制式的不容置疑，又具有开放式的民主精神；既有贵族式的傲慢，更具有平民式的直接；既清晰易懂，又常常夹杂着某种神秘主义……一个人能在一篇文章中塞入那么多的警句，实在是了不起的，那些值得在清晨诵读的句子为什么总能够振奋人心，岁月不是为他蒙上灰尘，而是映衬得他熠熠闪光。

◆沃尔特·惠特曼

沃尔特·惠特曼（1810—1892年）生于纽约州长岛，他是美国著名诗人、人文主义者，他创造了诗歌的自由体，其代表作品是诗集《草叶集》。

1810年，惠特曼生于现今长岛，南亨亭顿附近的一个农舍中，他在九个兄弟姐妹中排行第二。1823年，惠特曼一家移居到纽约布鲁克林区。惠特曼只上了6年学，然后开始做印刷厂学徒。惠特曼基本上是自学的，他特别喜欢读霍默、但丁和莎士比亚的作品。

惠特曼父亲务农，因家贫迁居布鲁克林，以木工为业，承建房屋；他对空想社会主义思想家和民主思想家潘思的作品很感兴趣，这使惠特曼也深受影响。惠特曼曾在公立学校求学，任过乡村教师；童年时还当过信差，学过排字。后来在报馆工作，又成为编辑。他喜欢游荡、冥想，喜欢大自然的美景；但是他更喜欢城市和大街小巷，喜欢歌剧、舞蹈、演讲术，喜欢阅读荷马、希腊悲剧以及但丁、莎士比亚的作品。1846年2月至1848年1月任《布鲁克林之鹰》的编辑。1848年去新奥尔良编辑报纸，不久回到布鲁克林。此后的五、六年中，他帮助年迈的父亲承建房屋，经营小书店、小印刷厂，自由散漫，随意游荡；与少年时一样，尽情地和船夫、领航员、马车夫、机械工、渔夫、杂工等结交朋友。

1855年《草叶集》的第1版问世，共收诗12首，最后出第9版时共

惠特曼

收诗383首。其中最长的一首，即后来被称为《自己之歌》的那首诗。共1336行。这首诗的内容几乎包括了作者毕生的主要思想，是作者最重要的诗歌之一。诗中多次提到了草叶：草叶象征着一切平凡、普通的东西和平凡的普通人。可是，这薄薄的一册划时代的诗集却受到了普遍的冷遇，只有爱默生给惠特曼写了一封热情洋溢的信，才使得惠特曼得到巨大的鼓舞。

1856年，第2版《草叶集》出版，共收诗32首。《一路摆过布鲁克林渡口》是惠特曼最优秀的作品之一。此外，《阔斧之歌》《大路

之歌》也是其名篇。

1882年，惠特曼出版了他的散文集《典型的日子》，其中包括《民主远景》一文。1888年出版的《十一月枝丫》，收入62首新诗和一些文章，集中的诗篇后来收入《草叶集》的第8版（1889年），并成为"附诗一"。1891年，费城的出版家出版惠特曼的新作《再见吧，我的幻想》，其中的诗篇成为《草叶集》的"附诗二"。《草叶集》的第9版（1892年）包括"附诗一"、《七十之年》和"附诗二"《再见吧，我的幻想》。惠特曼去世后，他的遗诗《老年的回声》作为"附诗"。

◆狄更生

艾米莉·狄更生（1830—1886年），美国著名女诗人，她的诗公开出版后，得到了越来越高的评价。她在美国诗史上的地位和影响仅次于惠特曼。1984年，美国文学界纪念"美国文学之父"华盛顿·欧文诞生二百周年时，在纽约圣·约翰教堂同时开辟了"诗人

角"，入选的只有惠特曼和狄更生两人。

狄更生出生于马萨诸塞州阿默斯特镇一个律师家庭。祖上是当地望族，父亲一度出任国会议员，家庭以保守的传统自居。她从小受到正统的宗教教育，青少年时代的生活单调平静，很少外出，仅作过一次旅行。20岁开始写诗，早期的诗大都已散失。1858年后闭门不出，20世纪70年代后几乎不出房门，文学史上称她为"阿默斯特的女尼"。

她在孤独中埋头写诗，留下诗稿1775首。在她生前只有7首诗被朋友从她的信件中抄录出发表。在她创作时，爱默生所领导的"超验主义"运动在离阿默斯特不远的康科德兴起，她年轻时曾接触到爱默生的思想，爱默生反对权威、崇尚直觉的观点，使她与正统的宗教感情发生冲突，处于对宗教的虔诚与怀疑的矛盾之中。她的诗主要写高傲的孤独、对宗教追求的失望、死的安详等，反映了复杂的心理状态。

狄更生善于写爱情诗，写爱的萌动，爱的燃烧，爱的丧失。她的爱情诗甜而不腻、苦而不酸、炙热而蕴藉。爱是她诗歌的重心，写来清新、别致。她直接写"爱""爱与某人""所爱"和"爱人"的诗篇有123首。她虽然终生未嫁，但并不甘心做一个孤独和缺乏激情的人。如向情侣倾诉深情的《狂风夜！狂风夜！》一诗。诗人说：只要能和你在一起，纵然是狂风暴雨，也令人心花怒放，爱情这条船永远在伊甸园里荡漾，在大海的怀抱中停留。这首诗生动细腻地描绘了一个准备奉献一切的女人的内心感情。"死亡"也是狄更生诗歌的重要题材。在她所接触的狭小天地里，有许多亲友由于疾病、战争或贫困死去。和死神打交道多了，以致连死也使她觉得"彬彬有礼"，而且"亲切"。由于人世间有比死更可怕更难以忍受的事情，所以，她并不害怕死亡。在她的1700多首诗里，有三分之一的诗是写死亡的。她的诗写死亡深刻的蕴含和影响，表现对死亡的迷恋之情。诗人深感失去朋友的悲痛，深知落日的余晖要比它所有的光辉更亲切，只有当失去朋友时，才会感到所失的朋友的可贵和可爱。

狄更生相信来生，相信此生不是终点，本能地知道天国的所在，表现出一种强烈的死的愿望。在《放下木闩，啊死神》中，狄更生乞求死神打开门闩，让疲惫的人们进入，这样他们可以停止哭泣，停止流浪。狄更生对死的渴望和着迷引得她创作出描写死亡的系列之歌。她在诗中描绘出死的过程、死的景象和死后世界状况，对死，她似乎有过多次心理体验，深知死的全部秘密。在她的笔下，有死亡由警醒到僵化的感觉过程，有死亡的漆黑的感觉，有死亡的钟声，死者的安息，有天堂的情状。狄更生的妙笔堪称神乎其技，曲尽其妙，足见狄更生迷恋之深，想象之丰富。狄更生描写自然的诗歌具体、细微，其中所寓道理有时抽象，有时深奥。尤其是诗人在描写气氛欢快但寓意悲凉时，读者的对诗歌的接收心理需要一个适应的过程。如《一只小鸟沿小径走来》一诗，写

一只小鸟啄虫饮露，自由跳跃，细腻而逼真，使人如身临其境，感到心旷神怡。但我们也发现，那只小鸟十分警觉，"滴溜溜的眼睛，急促地看了看前后左右，像个遇险人"，"我"给了它一点儿面包屑，它却展翅飞去。尽管作者赞叹了小鸟飞翔的轻捷/胜过在海上划桨/银光里不见缝隙——/胜过蝴蝶午时从岸边跃起/游泳，却没有浪花溅激。从这首诗中足见狄更生的想象力丰富，但该诗的情调却很悲凉，鸟飞去了，只留下狄更生的惆怅。鸟和人虽同属于大自然，但难以沟通。

1886年5月15日，狄更生逝世。她的亲友曾选编她的遗诗，于19世纪末印出3集，但逐渐为人忘却。直到美国现代诗兴起，她才作为现代诗的先驱者得到热烈欢迎，对她的研究成了美国现代文学批评中的热门。从1921年起，狄更生的书信也开始陆续选编出版。其中，有许多表现出与她的诗相仿的谜一般的意趣。